Arnaldur Indridason est né en 1961 à Reykjavík, où il vit actuellement. Diplômé en histoire, il a été journaliste et critique de cinéma. Il est l'auteur de romans policiers, dont plusieurs best-sellers internationaux, parmi lesquels *La Cité des jarres*, paru en Islande en 2000 et traduit dans plus de vingt langues (prix Clé de verre du roman noir scandinave, prix Mystère de la critique et prix Cœur noir), *La Femme en vert* (prix Clé de verre du roman noir scandinave, prix CWA Gold Dagger et Grand Prix des lectrices de *Elle*), *La Voix*, *L'Homme du lac* (Prix du polar européen), *Hiver arctique*, *Hypothermie* et *Opération Napoléon*. *Les Roses de la nuit*, écrit juste avant *La Cité des jarres*, a consacré la renommée du commissaire Erlendur.

Arnaldur Indridason

LES ROSES DE LA NUIT

Traduit de l'islandais
par Éric Boury

Éditions Métailié

TEXTE INTÉGRAL

TITRE ORIGINAL
Dauðarósir

ISBN 978-2-7578-8171-2
(ISBN 979-10-226-0886-2, 1ère publication)

« Où donc s'est perdue la couleur de tes jours ?
Et les poèmes que, d'un rêve à l'autre, ton sang murmurait,
Dans quelle tempête se sont-ils égarés,
ô enfant, qui te croyais porté par la merveilleuse vérité
qu'abrite l'inépuisable puits que tu portes en toi !
En quel lieu… ? »

Nostalgie, Jóhann Jónsson (1896-1932)

1

Ils avaient découvert le corps sur la tombe de Jon Sigurdsson, le héraut de l'Indépendance, dans le vieux cimetière de la rue Sudurgata. Assise à califourchon sur le jeune homme, c'était elle qui l'avait vu en premier.

Ils avaient remonté Sudurgata en se tenant par la main après avoir quitté l'hôtel Borg. Il l'avait prise dans ses bras et l'avait embrassée. Elle lui avait rendu son baiser, d'abord tendrement, puis en y mettant plus de passion et en se laissant emporter par sa fougue. Ils étaient partis de l'hôtel Borg vers trois heures du matin et avaient traversé la foule qui envahissait le centre. Il faisait beau, c'était peu après le solstice d'été.

Il l'avait invitée à dîner. Ils ne se connaissaient pas encore très bien, ce n'était que leur troisième rendez-vous. Elle possédait des parts dans une société de conception de logiciels dont il était également actionnaire. Génies de l'informatique depuis leur plus jeune âge, ils s'étaient bien entendu dès leur première rencontre. Au bout de quelques semaines, il avait pris l'initiative de l'inviter au restaurant de l'hôtel Borg. Ils avaient répété l'expérience deux fois. Quelque chose dans l'air indiquait que cette soirée ne se terminerait pas de la même manière que les deux autres où il l'avait reconduite chez elle. Ce soir-là, ni elle ni lui n'avaient pris leur voiture. Elle lui avait proposé au téléphone qu'il la raccompagne chez elle à pied et qu'ils prennent un café. Un café ! s'était-il dit avec un sourire entendu.

Ils s'étaient échauffés en dansant à l'hôtel Borg. Blonde, les cheveux courts, svelte mais le visage poupin, elle était vêtue d'une jolie veste beige et d'un legging assorti. Le foulard de soie qu'il avait au cou était selon elle le signe d'une certaine vanité. Il portait le costume Armani qu'il avait acheté récemment dans une boutique de mode pour la séduire. C'était réussi.

Il avait été surpris quand, ayant quitté le centre, elle lui avait proposé de prendre un raccourci par le vieux cimetière pour rentrer chez elle. Il s'était senti plutôt gêné quand il l'avait embrassée et que son sexe avait durci dans son caleçon, il avait eu peur qu'elle s'en aperçoive. Et elle n'avait pas manqué de le remarquer. Ça lui avait rappelé son adolescence et les bals du lycée où elle dansait avec des garçons constamment en érection. Les pauvres, il leur en fallait bien peu, se disait-elle alors, et là, cette pensée lui revenait. Il n'y avait pratiquement pas de circulation dans la rue. Ils avaient enjambé le mur du cimetière à l'angle nord-est où repose la respectable famille Thoroddsen. Puis ils avaient longé les tombes, lui en prenant garde à ne pas salir son costume.

Dans ce cimetière voisinent de bons bourgeois d'autrefois et des gens simples, poètes et fonctionnaires, commerçants aux noms de famille à consonance danoise, hommes politiques et bandits de grand chemin. Cet endroit était pour elle une oasis de calme dans la ville, un îlot de verdure en plein été comme en ce moment. Elle avait d'abord eu l'intention de passer par là pour s'économiser un bout de chemin, mais en y entrant elle avait eu une autre idée. La nuit était claire et tiède, elle était légèrement éméchée et il avait manifestement envie d'ellc. Elle lui avait donc proposé de s'asseoir sur une tombe pour s'y reposer. Il l'avait regardée, déconcerté. Ce cimetière n'avait rien à voir avec le désir qu'elle ressentait subitement pour lui. Elle n'était pas comme ça. Dieu tout-puissant, les cadavres n'aiguisaient pas son appétit. En revanche, elle avait toujours eu envie de faire l'amour dans la nature par une belle nuit d'été, avait-elle avoué plus tard à ce commissaire de la Criminelle, cet Erlendur qui portait un chapeau et la mettait plutôt mal à l'aise. Nous y étions tranquilles, avait-elle plaidé, et un cimetière, c'est un coin de nature.

Le jeune homme ne s'était pas fait prier même s'il avait à nouveau pensé à son costume neuf hors de prix. Ils s'étaient allongés dans l'herbe sous un grand arbre sans se déshabiller. Elle s'était contentée d'ouvrir sa braguette, s'était débarrassée de sa petite culotte et assise à califourchon sur lui. Nom de Dieu, c'est bizarre de faire ça au milieu de tous ces morts, avait-il pensé. Sur la tombe recouverte de mousse en face d'elle, elle lisait l'inscription : À mon époux bien-aimé. Repose en paix.

Elle n'avait pas immédiatement vu le corps. Quelques minutes après le début de leurs ébats, elle avait entendu du bruit et avait regardé vers l'endroit d'où il provenait. Elle avait plaqué sa main sur la bouche du jeune homme pour étouffer ses halètements, toujours assise à califourchon sur lui, aux aguets. En scrutant les parages, il lui avait semblé voir une silhouette franchir précipitamment la grille. Elle avait observé le haut du cimetière. Ses yeux s'étaient arrêtés sur une tache blanche au ras du sol.

Elle s'était redressée et avait enfilé sa culotte. Il avait remonté sa braguette avant de se remettre debout.

– Qu'est-ce qui se passe ? s'était-il inquiété.

– Il y a quelqu'un là-bas, avait-elle répondu, apeurée. Il faut qu'on s'en aille.

Ils avaient marché à pas de loup vers l'ouest du cimetière tandis qu'elle fixait la tache blanche en la montrant au jeune homme. Ils se demandaient ce que ça pouvait être. Devaient-ils aller voir de plus près ou passer leur chemin et rentrer ?

– On y va, avait-il dit.

– Tu veux dire, on va voir ?

– Non, on va chez toi.

– Ce ne serait pas… ? Un corps ? C'est possible ?

– Je ne vois pas.

La curiosité de la jeune femme l'avait emporté. Plus tard, elle avait regretté de s'en être mêlée, mais ça avait été plus fort qu'elle, il fallait qu'elle sache. Il s'agissait peut-être de quelqu'un qui avait besoin d'aide. Elle avait marché vers cette tache blanche, suivie par le jeune homme. La tache grandissait au fur et à mesure qu'ils approchaient. Quand elle avait vu de quoi il retournait, elle avait suffoqué d'effroi.

– C'est une jeune fille, avait-elle murmuré, une jeune fille nue.

Ils s'étaient approchés.

– Elle est morte ? Ohé, ohé, avait crié le jeune homme. Ohé, mademoiselle !

Elle avait eu l'impression qu'il appelait une serveuse dans un bar comme il l'avait fait si souvent au restaurant de l'hôtel Borg plus tôt dans la soirée, levant la main dans la salle. Elle avait trouvé ça gênant et avait eu l'impression qu'il essayait de lui en mettre plein la vue. Elle avait supporté son attitude à ce moment-là, mais il en allait tout autrement dans la situation présente.

La jeune fille était morte. Elle le voyait, elle le sentait. Elle se pencha pour observer son visage. Une épaisse couche de fard à paupières bleu nuit, des sourcils noirs, les pommettes pourpres et un rouge à lèvres carmin. Les yeux fermés, elle devait avoir tout juste vingt ans.

Tout en elle portait l'empreinte de la mort. Son corps gracile était d'une incroyable pâleur. Allongée sur le côté, recroquevillée sur elle-même, elle leur tournait le dos. Ses bras aussi fins que la tige d'une fleur étaient relevés vers sa tête. On comptait ses côtes. Ses jambes étaient fines et longues. Ses cheveux bruns et gras tombaient sur ses épaules. On distinguait une marque rouge sur ses fesses : un J tatoué en majuscule.

Ils étaient restés là un moment à réfléchir chacun de leur côté. Pauvre gamine, se disait-elle. Eh bien, c'est raté pour le café ce soir, pensait-il.

– Tu vois qui c'est ? avait-elle demandé.

– Moi ? Mais je ne la connais pas ! Quelle drôle d'idée de me poser une question pareille !

– Je ne parle pas de la fille mais de lui, avait-elle précisé en lui montrant la pierre tombale. Jon Sigurdsson. Honneur, glaive et bouclier de notre nation. Le président Jon.

Le corps reposait sur la sépulture du héraut de l'Indépendance islandaise dont le périmètre était délimité par une grille en fonte noire tandis que la stèle atteignait trois mètres de haut. C'était une colonne de marbre sombre au centre de laquelle un médaillon en cuivre représentait le grand homme de profil. Elle avait l'impression que le président baissait les yeux sur eux d'un air dédaigneux. Les employés du cimetière veillaient à ce que la tombe soit toujours bien entretenue et fleurie. C'était peu après le 17 juin. La grande couronne de fleurs que le président du conseil municipal déposait chaque année le matin de la fête nationale n'avait pas encore été enlevée. La jeune fille était couchée, nue et blanche, dans un océan de fleurs qui, déjà, commençaient à se faner. Un léger parfum de végétation en putréfaction flottait dans l'air.

– Tu as ton téléphone ? s'enquit la jeune femme.

– Non, je ne l'ai pas emporté.

– Ce n'est pas grave, j'ai le mien. Elle avait sorti son petit portable de son élégant sac à main et s'était apprêtée à appeler les secours.

– Au fait, c'est quoi, le numéro de la police ? Ils passent pourtant leur temps à le répéter à la télé. Est-ce que l'ancien 11166 fonctionne encore ou est-ce qu'on doit appeler le nouveau, le 112 ?

– Aucune idée, répondit le jeune homme.

Non mais, quel dégonflé, avait-elle pensé, ce pauvre type est vraiment nul.

– Bon, j'essaie le 112, avait-elle dit.

– Ici la Centrale d'urgence.

La jeune femme avait hésité, elle supposait que les numéros de ceux qui appelaient ce service étaient automatiquement enregistrés. Les portables les plus rudimentaires gardaient en mémoire une dizaine, voire plusieurs dizaines d'appels, et il était évident que la Centrale d'urgence était équipée de ce type de dispositif. Elle n'était pas sûre de vouloir s'impliquer plus qu'elle ne l'était déjà dans la découverte de ce cadavre.

– Vous avez demandé la Centrale d'urgences ? avait répété la voix.

– Mhm, oui, j'ai trouvé le corps d'une jeune fille dans le cimetière de Sudurgata sur la tombe de Jon Sigurdsson. Je parle du cimetière de Holavallagata ! Sur quoi, elle s'était empressée de raccrocher.

Mais elle savait qu'elle n'en avait pas fini avec ça. Elle pensait à cet homme qu'elle avait vu sortir précipitamment par la grille à proximité de la tombe du président. Elle était témoin, que ça lui plaise ou non. Elle avait ressorti son portable.

– Ici, la Centrale d'urgence, avait à nouveau répondu une voix.

2

Le téléphone sonna.

Divorcé, la cinquantaine, commissaire à la Criminelle, Erlendur Sveinsson détestait qu'on le réveille en pleine nuit, surtout quand il avait eu du mal à s'endormir comme ce soir-là. Ce maudit soleil de minuit le maintenait éveillé jusqu'à des heures déraisonnables. Il n'y avait rien à faire. Il avait essayé de protéger sa chambre en y installant d'épais doubles rideaux, mais la lumière parvenait quand même à les traverser. Dernièrement, il s'était procuré un masque de nuit, ce qui n'était pas allé sans mal. Cette idée lui était venue après avoir vu des femmes élégantes en porter dans des films, mais comme il ignorait où acheter ce genre de choses, il s'était adressé à Elinborg, sa collègue quadragénaire.

– Un masque de nuit ? s'était-elle étonnée.

– Tu sais, pour couvrir les yeux, avait-il précisé à voix basse.

– Tu veux dire comme ceux que mettent les bonnes femmes dans les films ? avait renchéri Elinborg, prenant plaisir à le voir se tortiller.

Elle n'avait pas pu résister à la tentation de lui indiquer la boutique d'orthopédie de la rue Laugavegur. La vendeuse, une femme d'âge mûr à l'air sévère, lui avait demandé ce qu'il comptait en faire en ajoutant que, de toute manière, elle n'avait pas ce genre d'objet en stock.

– Comment ça, un masque de nuit ? s'était-elle enquise d'une voix forte qui avait résonné dans le magasin. Vous voulez dire ces machins ridicules que mettent les femmes dans les films ?

Quand il était revenu au commissariat, Elinborg était déjà rentrée chez elle, mais elle avait laissé sur son bureau un message sous lequel elle avait glissé l'objet tant convoité. Là encore, elle n'avait pas résisté à la tentation : celui qu'elle avait acheté était en satin rose bonbon, les bords ornés de fines broderies blanches.

Or ce maudit masque était plus infernal encore que le soleil de minuit. Erlendur avait soigneusement tiré les rideaux avant de s'allonger sur son lit avec l'engin. L'élastique lui faisait mal et lui serrait la tête, ce machin ne tenait pas en place et, quand il était enfin parvenu à l'installer correctement, il s'était rendu compte que la lumière passait dans l'interstice entre le masque et son gros nez. Il avait passé un long moment à tenter de le mettre comme il fallait puis, vaincu par la fatigue, s'était endormi comme un bienheureux.

Quand le téléphone sonna, il avait l'impression d'avoir dormi à peine une fraction de seconde. C'était Sigurdur Oli, son collègue à la Criminelle.

– On a découvert un cadavre dans le cimetière de Sudurgata, annonça-t-il, également sorti du sommeil par son téléphone. C'était le plus proche collaborateur d'Erlendur. La plupart des autres policiers de la Criminelle ne se risquaient pas à le déranger chez lui en pleine nuit.

– Tu préférerais qu'on l'ait enterré ailleurs qu'au cimetière ? rétorqua Erlendur, furieux. Il ne comprenait pas pourquoi il n'y voyait rien alors qu'il avait ouvert les yeux. Il se tâta le corps et le visage, arracha le masque qui lui couvrait les paupières et regarda la pendule. Il avait dormi une heure.

– Le corps dont je parle n'a pas été enterré, tu comprends, c'est celui d'une jeune fille. Tu veux savoir où on l'a découverte ?

– Eh bien, au cimetière ! Tu viens de le dire, non ?

– Sur la tombe du président Jon Sigurdsson. Honneur et glaive de la nation, tout ça tout ça.

– La tombe du président Jon ?

– Oui, j'ai cru comprendre que l'assassin l'a déposée là entièrement nue. La jeune femme qui l'a découverte déclare avoir vu un homme s'enfuir par la grille du cimetière quelques instants avant qu'elle la trouve.

– Mais pourquoi la mettre sur la tombe du président Jon ?

– Bonne question !

– Est-ce qu'elle s'appellerait Ingibjörg ?

– Tu veux parler du témoin ?

– Non, de la jeune fille.

– Nous ne connaissons pas son identité, pourquoi elle s'appellerait Ingibjörg ?

– Tu ne sais rien ! s'agaça Erlendur. La femme de l'honneur de la nation portait ce prénom. Tu es au commissariat ?

– Non, je passe te prendre en route ?

– Laisse-moi cinq minutes.

– Alors ce masque, ça marche ?

– La ferme !

Erlendur habitait un petit appartement dans la partie la plus ancienne du quartier de Breidholt. Il y avait emménagé après son divorce, des années plus tôt. Ses deux enfants venaient parfois y chercher refuge. Sa fille se droguait et son fils était alcoolique. Erlendur avait tout fait pour les aider, mais il avait compris après de nombreuses tentatives que la bataille était perdue d'avance. Il s'était rangé à une philosophie très simple : la vie devait suivre son cours. Maintenant qu'ils le voyaient régulièrement, ses enfants avaient compris que leur mère leur avait menti. Elle l'accusait de tous les maux. Ce divorce avait fait d'Erlendur le pire ennemi de son ex-épouse et de ses propres enfants. Cette femme leur avait dépeint leur père comme un monstre.

Quand Erlendur et Sigurdur Oli arrivèrent au cimetière, le périmètre était déjà délimité par le ruban jaune de la police et la rue Sudurgata interdite à la circulation. Des chiens flairaient les alentours de la grille. Quelques passants qui rentraient chez eux après leur nuit de fête observaient la scène à distance. Des membres de la Scientifique se tenaient à côté de la tombe du président Jon. L'un d'eux prenait des clichés du corps sous tous les angles. Les journalistes étaient déjà sur place et photographiaient tout ce qu'ils pouvaient même si la police les maintenait à l'extérieur du cimetière. Il était un peu plus de quatre heures du matin, le soleil était déjà haut dans le ciel. La nuit était si claire qu'on voyait à peine les gyrophares allumés des voitures de police et des ambulances garées le long de la rue Sudurgata.

Erlendur et Sigurdur Oli s'avancèrent vers la sépulture où la légère odeur de putréfaction de la couronne de fleurs déposée le matin de la fête nationale les accueillit. La lumière matinale pleuvait sur le corps blanc et décharné. Personne n'avait touché à rien. Elinborg et Thorkell, des collègues d'Erlendur et de Sigurdur Oli, étaient déjà là.

– Eh bien, nous allons avoir du fil à retordre, déclara Erlendur sans même leur dire bonjour. Quelqu'un sait quelque chose ?

– Nous ignorons l'identité de la victime, mais le médecin l'a examinée et il a quelques idées, répondit Elinborg. Apparemment, c'est un meurtre.

Un homme de l'âge d'Erlendur était accroupi à côté du corps. Il avait une épaisse barbe et de grosses lunettes à monture en corne. Il se remit debout. Erlendur le savait malheureux. Sa femme était morte d'un cancer deux ans plus tôt. Ils travaillaient depuis des années ensemble et se connaissaient bien, mais jamais Erlendur n'avait abordé le sujet. Il préférait ne pas se mêler de la vie des autres, il avait assez à faire avec la sienne et celle de ses proches.

– Il faudra que je l'examine de plus près, mais je dirais qu'on l'a étranglée. Elle a peut-être aussi été violée et frappée. Il me semble avoir repéré des traces de sperme dans le vagin. En revanche, pas de traces de violences de ce côté-là.

– De ce côté-là ! souffla Elinborg, consternée.

– Elle se piquait, reprit le médecin. Sans doute depuis un certain temps. On voit des traces sur ses bras et à d'autres endroits. L'autopsie révélera sans doute la présence de drogue dans le sang, de l'héroïne, je suppose. Le corps n'est pas tout à fait froid, je dirais que le décès remonte à environ une heure, une heure et demi, tout au plus.

– C'est sans doute une gamine des rues, suggéra Elinborg. J'imagine qu'elle se prostituait.

– Elle est maquillée comme un camion volé, observa Thorkell.

– Personne n'a signalé la disparition d'une gamine de cet âge ? s'enquit Erlendur.

– Nous n'avons pas ça dans nos registres, répondit Elinborg. C'est peut-être l'histoire classique d'une jeune fille qui a depuis des années quitté sa famille, bonne ou mauvaise, et qui vit dans la rue, qui se prostitue, qui a trouvé un refuge, a été placée en famille d'accueil ou envoyée en cure de désintox. Une gamine qui s'est à nouveau retrouvée à la rue et s'est mise à se prostituer pour se payer sa drogue avant de faire une autre cure. On connaît des tas de tragédies de ce genre. Elle a peut-être aussi commis des vols et des actes de petite délinquance. Ses clients n'étaient sans doute pas bien engageants, sûrement des vieux dégueulasses à la langue pendante. Je suis sûre que nous avons un épais dossier sur elle dans nos ordinateurs. Il ne nous reste qu'à le trouver.

Les quatre policiers observaient le médecin qui continuait à examiner le corps. En dehors d'Erlendur, aucun n'avait jamais été confronté à une affaire de meurtre, et ils essayaient de faire preuve de courage. Les assassinats étaient rares à Reykjavík, ils étaient souvent commis sous l'emprise de l'alcool. La police identifiait rapidement le coupable qui était alors arrêté et incarcéré à la prison de Litla-Hraun. Il arrivait qu'on mette plusieurs jours à trouver l'assassin, mais en général il se rendait de lui-même ou on le repérait après de brèves recherches. On le trouvait toujours. Les meurtres prémédités et commis de sang-froid avaient été rares pour ne pas dire inexistants au cours des dernières décennies. Il en allait autrement des disparitions qui étaient fréquentes et le plus souvent inexpliquées.

– L'honneur de la nation ne doit pas être content, fit remarquer Erlendur en levant les yeux sur la colonne et le médaillon vert-de-gris de Jon Sigurdsson.

– En quoi cette histoire le concerne ? demanda Elinborg.

– Il y a peu de chances que l'assassin ait déposé le corps ici par hasard.

– Cette gamine s'appelle peut-être Ingibjörg comme tu l'as dit tout à l'heure, suggéra Sigurdur Oli.

– Qu'est-ce qui te fait dire ça ? s'enquit Thorkell.

– C'était le prénom de l'épouse de Jon Sigurdsson, parada Sigurdur Oli.

– Ah bon, elle ne s'appelait pas plutôt Aslaug ? répondit Thorkell.

– Aslaug ! s'écria Erlendur. Comment ça, Aslaug ?!

– Ah bon, elle s'appelait Ingibjörg ? s'excusa Thorkell, faisant aussitôt machine arrière.

– Dieu du ciel, soupira Erlendur.

– C'est quoi ce truc sur ses fesses ? demanda Sigurdur Oli en se penchant. Elle était peut-être amoureuse d'un garçon dont le nom commence par un J, poursuivit-il, répondant lui-même à sa question. Où est-ce qu'on fait ce genre de tatouages ? Je n'ai pas l'impression qu'il y ait beaucoup de tatoueurs à Reykjavík.

– C'est peut-être son prénom à elle qui commence par un J, fit remarquer Thorkell.

– En résumé, d'après ta légendaire intuition, elle est originaire de Reykjavík, n'a jamais quitté la ville et n'est jamais allée non plus à l'étranger, ironisa Erlendur.

– Pour ma part, j'aimerais bien qu'on s'abstienne d'assassiner les gens en pleine nuit pour préserver ton sommeil, monsieur Masque de nuit ! rétorqua Sigurdur Oli en adressant à Elinborg un regard complice.

– Il semble évident que le corps a été transporté jusqu'ici, reprit Elinborg. Il n'y a aucune trace de lutte ni ses vêtements. On a presque l'impression que l'assassin a voulu l'exposer.

– Ou la placer sous la protection du président Jon, déclara Sigurdur Oli. Il était peut-être censé la ramener à la vie.

– Où est la jeune femme qui l'a trouvée ? s'enquit Erlendur.

– Nous l'avons raccompagnée chez elle, répondit Thorkell. J'ai pensé que ça ne posait pas de problème. Elle t'attend.

– Elle était seule ?

– C'est ce qu'elle nous a dit. Elle a également affirmé qu'elle avait vu un homme s'enfuir du cimetière.

– Il faut vérifier si les habitants du quartier auraient aperçu le fuyard, répondit Erlendur avant de s'en aller, suivi par Sigurdur Oli.

– Tu savais qu'autrefois on appelait la rue Sudurgata le chemin des Amants ? demanda Erlendur en marchant sous le soleil radieux. Les deux hommes se montraient parfois puérils dans leurs joutes verbales destinées à déterminer lequel était le plus brillant et cultivé des deux. Erlendur souffrait d'un complexe d'infériorité car il n'avait que le certificat d'études. Quant à Sigurdur Oli, il paradait avec ses diplômes universitaires et sa spécialisation acquise dans une université américaine. Il ne pouvait pas s'en empêcher. Il était insupportable.

– En effet, répondit-il, même s'il n'en avait pas la moindre idée. Et toi, tu savais qu'à une époque, on la surnommait le chemin de la Morgue ?

– Oui, oui, assura Erlendur qui n'en avait pourtant jamais entendu parler.

3

Quand Erlendur et Sigurdur Oli vinrent frapper à sa porte, Bergthora avait déjà ôté sa tenue de soirée et enfilé des vêtements confortables. Dès qu'elle avait appelé la police, le dégonflé avait pris la poudre d'escampette en disant qu'il n'avait pas envie d'être impliqué dans cette histoire, ce qu'elle avait très bien compris. Quel esprit chevaleresque, avait-elle toutefois pensé. Il lui avait demandé d'éviter de mentionner son nom à la police et elle avait décidé de s'y conformer. Elle avait dessoûlé d'un coup en découvrant le corps et avait affreusement mauvaise conscience. Elle ne pouvait pas imaginer raconter ce qu'elle était allée faire dans ce cimetière, ni à la police ni à qui que ce soit. Elle aurait voulu effacer de son existence l'heure qui venait de s'écouler. Elle espérait seulement que son collègue se tairait au travail. Quel cauchemar ! Franchement, quelle idée ! Aller faire ça dans un cimetière ! Qu'est-ce qui lui était passé par la tête ?

Elle habitait rue Aflagrandi dans un petit appartement élégant meublé chez des antiquaires. De petits tapis persans couvraient çà et là le parquet en hêtre. Des sérigraphies de la Marilyn Monroe d'Andy Warhol ornaient les murs du salon. Elle pria Erlendur de bien vouloir s'abstenir de fumer. Il remit son paquet de cigarettes dans sa poche. C'est vraiment l'appartement rêvé des jeunes loups dynamiques, se dit-il en pensant à son chez-soi où s'accumulaient des objets et des meubles hétéroclites, sans le moindre goût ni la moindre harmonie.

Bergthora essaya d'abord de leur mentir même si elle n'avait pas disposé d'assez de temps pour préparer sa version des faits.

– Je n'ai pas grand-chose à vous dire, déclara-t-elle en s'efforçant d'adopter un ton détaché dès qu'ils furent assis dans son salon.

– En effet, c'est un endroit tranquille, convint Erlendur. Je suppose que vous tombez régulièrement sur des cadavres en vous promenant dans le quartier ouest.

– Non, ce que je veux dire, c'est surtout que mon témoignage ne vous apportera pas grand-chose. Je suis descendue faire la fête en ville, il était environ trois heures du matin quand j'ai remonté la rue Sudurgata pour rentrer chez moi. J'ai vu un homme sortir précipitamment du cimetière puis prendre la rue Skothusvegur. En m'approchant du mur d'enceinte, j'ai aperçu cette jeune fille sur la tombe de Jon Sigurdsson et j'ai immédiatement appelé la police.

– Vous avez passé deux appels, observa Sigurdur Oli. Vous pouvez nous expliquer pourquoi ?

– J'ai hésité. Ma première réaction a été de prévenir les secours, mais je ne voulais pas être mêlée à cette histoire. Je ne voulais pas avoir le statut de témoin. Puis j'ai changé d'avis.

– Vous pouvez nous décrire l'homme que vous avez vu ? demanda Erlendur.

– Je n'ai fait que l'apercevoir et je ne suis pas vraiment en mesure de vous fournir son signalement. Tout ce que je peux vous dire, c'est qu'il portait une tenue sombre.

– Une tenue sombre ? Vous n'avez rien remarqué d'autre ? Vous étiez à quel endroit de Sudurgata quand il est sorti du cimetière ?

– Vers le bas de la rue, répondit Bergthora en le regardant dans les yeux. Elle n'avait pas l'habitude de mentir et la fatigue ne l'aidait pas, elle n'avait qu'une envie : régler cette affaire et aller se coucher. Elle ne voulait surtout pas leur dévoiler son secret. Erlendur le sentait. Elle le savait.

– Ce qui explique que vous ne l'ayez pas bien vu, glissa Sigurdur Oli, avant tout désireux de faire bonne impression sur cette magnifique jeune femme plutôt que de l'embêter avec des détails. Elle est sublime, se disait-il. Pour sa part, il se considérait comme assez bel homme. Un mot qu'il avait entendu récemment lui vint subitement à l'esprit, une expression qu'il avait trouvée déplacée et vulgaire, mais qu'un de ses collègues utilisait à l'envi quand il racontait ses aventures féminines. Tringler. Ce collègue se vantait de tringler les filles. Il les traitait également de poupées, mais cette expression était plus datée.

– Oui, je l'ai à peine aperçu et il courait très vite. Il a disparu presque aussitôt. En outre, je n'y ai pas vraiment fait attention. À ce moment-là, je n'avais pas vu le corps.

– Donc, vous êtes sûre qu'il s'agissait d'un homme, reprit Erlendur.

– Tout à fait.

– Votre calme me surprend. Découvrir un mort, seule en pleine nuit, ne vous a pas effrayée ? s'étonna-t-il. Surtout quand on sait qu'un certain nombre de gens affirment que le cimetière de Holavalla est hanté.

– Je ne crois pas aux revenants et on ne peut pas vraiment dire qu'il fasse nuit en cette saison, répondit-elle en souriant. Bien sûr que j'étais choquée. D'ailleurs, je le suis encore. Je n'ai pas vu beaucoup de cadavres dans ma vie. Et c'est affreux de trouver une jeune femme morte et abandonnée sur la voie publique. Vous avez une idée de la cause du décès ?

– Nous préférons ne divulguer aucun détail, intervint Sigurdur Oli.

– C'est un meurtre, n'est-ce pas ?

– Vous portiez cette tenue ? éluda Erlendur en regardant la chaise où elle avait posé ses vêtements. Elle avait oublié de les ranger. Vous êtes tombée ? J'ai l'impression que votre tailleur est sale.

– Oui, j'ai trébuché.

– J'espère que vous ne vous êtes pas fait mal.

– Non.

– Ces taches vertes, ce ne serait pas de l'herbe ? Vous êtes tombée sur la place d'Austurvöllur ?

– Non, c'est… bon, d'accord, soupira Bergthora. Il m'a demandé de ne pas vous donner son nom, mais après tout je m'en fiche. Il m'a laissée tomber ! Nous étions tous les deux dans le cimetière. Lui et moi sommes actionnaires avec quelques autres personnes de l'entreprise où nous travaillons. Il m'a invitée à dîner à l'hôtel Borg et, alors que nous remontions chez moi, je me suis dit que nous pouvions prendre un raccourci en traversant le cimetière. Nous nous sommes arrêtés, allongés sur l'herbe, et caressés quelques instants, puis j'ai entendu ce bruit et nous avons arrêté.

– Ça vous plaît de faire ça dans les cimetières ? demanda Erlendur.

– Et vous, ça vous plaît de poser ce genre de questions ? rétorqua Bergthora.

– Nous essayons seulement de comprendre…

– Et je suis censée vous répondre quoi ? Que j'aime baiser au milieu des morts ? Que j'aime faire des galipettes dans la nature et qu'après tout, un cimetière, c'est une oasis de verdure ? Eh bien, voilà ! C'est ça que vous avez envie d'entendre ? En tout cas, ça n'a rien à voir avec la présence des tombes et des cadavres. C'est bien compris ? Je tiens à ce que ce soit bien clair !

– Et don Juan a filé quand vous avez découvert le corps ? poursuivit Erlendur, impassible. Sa fille lui avait raconté des histoires bien plus glauques que la jolie petite aventure nocturne de ces deux informaticiens.

Donc ce type l'a tringlée dans le cimetière, pensa Sigurdur Oli, imaginant la scène, ce qui lui fit perdre un instant sa concentration. Il était célibataire et il y avait un certain temps qu'il n'avait invité personne à passer la nuit chez lui.

– En tout cas, don Juan n'a pas vu le type qui s'est enfui par la grille, reprit-elle en se levant, gênée d'avouer ce qu'elle avait fait devant ces deux hommes. Le plus âgé la dévisageait et le plus jeune semblait tout à coup complètement absent. Très séduisant, se disait-elle, mais l'air plutôt idiot en ce moment.

– Vous étiez assez loin à l'intérieur du cimetière, vous avez vu une silhouette franchir la grille puis vous avez trouvé le corps. Vous n'avez pas remarqué des détails qui pourraient nous aider ? Son âge ? Sa couleur de cheveux ? Ses vêtements ? Par ailleurs, vous n'avez pas pu le voir descendre la rue Skothusvegur contrairement à ce que vous avez affirmé tout à l'heure. Qui vous dit qu'il n'était pas en voiture ? Il y a peu de chances qu'il ait transporté le corps nu sur son dos pendant des kilomètres avant de le déposer sur cette tombe. Vous auriez donc dû voir une voiture. Quand on veut mentir, il faut réfléchir et se préparer, vous comprenez ?

– Soit, je n'ai pas vu dans quelle direction il est parti. J'ai dit qu'il avait pris la rue Skothusvegur car je n'avais pas d'autre idée. Mais je n'ai vu aucune voiture ni entendu aucun moteur. La rue Sudurgata était pratiquement déserte quand nous y sommes passés.

– Encore une chose, reprit Erlendur en souriant. Vous avez été très coopérative, tout ce que vous nous avez dit restera entre nous. Rassurez-vous. Votre vie privée ne nous intéresse pas. Mais est-ce que vous savez s'il vous a vue ?

– Qui donc ?

– Ce rat de cimetière.

– Mon Dieu, vous croyez que c'est possible ?

4

La victime n'avait toujours pas été identifiée vers midi. Les habitants des rues Skothusvegur et Sudurgata n'avaient pas remarqué d'allées et venues dans le cimetière. À cette heure de la nuit, ils dormaient sur leurs deux oreilles. La nouvelle avait été relayée par toutes les stations de radio dès le matin. L'été était la période de vaches maigres pour la presse et la découverte d'un corps sur la tombe de Jon Sigurdsson avait enflammé les rédactions. Un des bulletins d'information avait trouvé pour la jeune fille un nom du meilleur goût : le cadavre du président. D'autres journalistes parlaient simplement du meurtre de Jon, comme si Jon Sigurdsson lui-même avait été assassiné.

Aucun ami n'avait signalé à la police la disparition d'une jeune fille brune portant un tatouage sur les fesses. Aucune mère n'était venue dire qu'elle s'inquiétait pour sa fille. Aucun père. Ni frère ni sœur. Il était peut-être trop tôt pour que ses proches se manifestent. Ou peut-être que personne ne se souciait d'elle. On avait transféré le corps à la morgue de Baronstigur où le légiste l'examinait sur une table en métal. Les premières conclusions de l'autopsie seraient bientôt disponibles.

En début d'après-midi, le personnel de la Criminelle arriva de mauvaise humeur dans l'affreux bâtiment administratif lézardé qui faisait office de quartier général de la police, installé dans la zone artisanale et industrielle de Kopavogur. Erlendur répétait pendant les pause-café que le bâtiment risquait d'être réduit en poussière au moindre tremblement de terre, séisme qu'il semblait d'ailleurs attendre avec impatience.

C'était dimanche et la plupart des fonctionnaires de police avaient été rappelés à leur poste. La Scientifique continuait à examiner les abords de la sépulture, mais n'avait trouvé aucun indice permettant d'identifier la jeune victime ou de comprendre comment elle était morte. La rue Sudurgata avait été rouverte à la circulation dans la matinée, un certain nombre de curieux y avaient afflué. Les conducteurs et leurs passagers se contorsionnaient et tendaient la tête dans leurs voitures pour observer par-dessus le mur d'enceinte la Scientifique et les policiers au travail.

– D'après toi, quel message veut faire passer un homme qui dépose le corps d'une jeune femme sur la tombe de Jon Sigurdsson ? demanda Erlendur, assis, pensif, à son petit bureau, face à Sigurdur Oli. La pièce lambrissée abritait des étagères renfermant de vieux dossiers remplis de rapports d'enquêtes closes ou non élucidées que tout le monde avait oubliées. Un classeur gris en acier occupait un coin, rempli d'autres rapports rangés par ordre alphabétique. Le sol était tapissé d'une moquette qui avait jadis été verte, mais était aujourd'hui délavée et élimée. Erlendur n'avait aucun objet personnel sur son lieu de travail. Pas de photos de famille, aucun cliché de lui jouant au golf ou avec ses camarades de bridge, pas de photos de vacances en Espagne. S'il avait existé une photo intime de lui, elle l'aurait sans doute montré dans son salon, en train de lire, ou endormi devant la télévision allumée. Son existence était solitaire et monotone. Il n'avait pas pris de vacances estivales depuis des années. Il avait très peu d'amis et ne voyait que ses collègues. Il ne cherchait pas à nouer des relations. Il n'en ressentait pas le besoin.

– Et toi, qu'est-ce qui te vient à l'esprit en premier quand tu entends le nom de Jon Sigurdsson ? s'enquit Sigurdur Oli.

– Je pense au héraut de l'Indépendance, répondit Erlendur en se remémorant ce qu'il avait appris au collège. À celui qui a libéré les Islandais des Danois. Au grand homme politique. Je pourrais presque dire au saint homme. À l'homme irréprochable que personne n'a jamais réussi à salir. Ses actes étaient toujours parfaitement conformes à ses paroles. Il a aidé les Islandais en plaidant leur cause à Copenhague. Et le jour de son anniversaire est notre fête nationale. Ça m'étonnerait qu'il y ait un lien entre cette histoire et la lutte pour l'Indépendance.

– Mais peut-être avec la vie privée du grand homme ? suggéra Sigurdur Oli. Jon était originaire des fjords de l'Ouest, il est né à Hrafnseyri, dans l'Arnarfjördur.

– L'anecdote la plus connue sur sa vie intime concerne sa relation avec son épouse Ingibjörg, répondit Erlendur. Après leurs fiançailles, elle est restée en Islande où elle l'a attendu douze ans tandis qu'il s'amusait à Copenhague. Elle était dotée d'une patience que les femmes d'aujourd'hui n'ont plus. En tout cas, c'est sans doute ainsi qu'est née la réputation de coureur du grand homme.

– Si cette gamine se prostituait, il y a peut-être un lien. Jon fréquentait sans doute les filles de joie à Copenhague.

– C'est vraiment tiré par les cheveux. Je pencherais plutôt pour le motif politique. Jon était avant tout une figure politique. Celui qui a déposé le corps sur la tombe veut nous adresser un message politique. L'endroit a une signification bien précise. Le message est évident. Nous devrions peut-être prendre contact avec un historien.

– Un assassin nationaliste.

– Ce n'est peut-être pas si absurde. Un nationaliste romantique. Pourquoi pas ? Il n'apprécie peut-être pas les changements qui ont affecté l'Islande depuis une trentaine d'années et cette gamine serait selon lui le symbole de ces transformations. D'ailleurs, moi non plus, je ne suis pas satisfait de ces changements, comme un certain nombre de gens de ma génération, même si toi et les gens de ton espèce accueillez à bras ouverts tout ce qui vient des États-Unis. L'Islande s'est peu à peu transformée en une petite Amérique.

– Ne recommence pas avec ça, soupira Sigurdur Oli, parfaitement au courant des opinions de son collègue en la matière. Il avait étudié aux États-Unis et s'y était senti très heureux. Il était intarissable sur les moments qu'il avait passés à regarder des matchs de base-ball, allongé sur son canapé à Atlanta. Il disait à tous ses collègues que ces matchs de base-ball, de football et de hockey sur glace lui manquaient terriblement, de même que les mille et une chaînes de télé. Tu as peur du monde extérieur, reprit-il. Toi, tu veux t'enfermer, éteindre la lumière et te couvrir les yeux d'un masque. D'ailleurs, le masque, tu l'as déjà.

– L'hiver dernier, j'ai vu une publicité dans le journal, répondit Erlendur qui avait cessé de s'agacer des plaisanteries sur son masque occultant. Un des meilleurs restaurants de la ville vantait les mérites de son traditionnel buffet de Thorrablót*, proposant des

* Festival « Viking » du milieu de l'hiver. (*NdT.*)

testicules de mouton et des abats surets, ainsi que des têtes de mouton. Sur cette publicité, tout le personnel était aligné derrière ces spécialités islandaises. Tous les employés étaient vêtus de chemises à carreaux, ils portaient des bandanas et des chapeaux de cow-boy.

Erlendur s'avança en faisant la grimace à son collègue :

– Quel rapport entre l'Ouest américain et le Thorrablót islandais ? me suis-je demandé. Puis j'ai compris. Les plats islandais du Thorrablót n'ont aucune valeur sauf quand on les place dans un contexte américain. Pour reprendre ces mots insupportables passés dans notre langue, il n'existe rien qui soit *top* ou *in* en Islande tant que ça n'a pas été transformé en machins plus ou moins amerloques. Et personne ne se soucie de sauvegarder le mode de vie islandais qui en est à son chant du cygne.

– Je ne crois pas que l'Amérique soit spécialement fautive, disons plutôt que le monde est devenu plus petit, répondit Sigurdur Oli qui savait qu'Erlendur refusait par exemple d'aller chez McDonald's. Les Américains sont souvent pionniers dans les changements de mode de vie et le reste du monde les imite. D'ailleurs, pourquoi tu tiens à ce point à tout sauvegarder ? Les Français sont incroyablement nationalistes et conservateurs, tu vois à quel point ils sont arrogants et insupportables. Tu veux qu'on devienne comme eux ? Pour moi, l'isolement signifie la mort. Les Islandais manquent de goût. Ce truc de Thorrablót le prouve bien : des couilles et des têtes de mouton. Franchement, qui mange ce genre de saletés ? En outre, je ne suis pas sûr que les jeunes Islandais connaissent Jon Sigurdsson ou qu'ils le considèrent comme un grand homme.

– Tout le monde connaît Jon Sigurdsson. Les Islandais ne sont quand même pas devenus si incultes !

– Cinq personnes sont répertoriées comme tatoueurs dans l'annuaire téléphonique à Reykjavík, annonça Elinborg en entrant dans le bureau.

La porte était en général ouverte, sauf quand Erlendur interrogeait un suspect. Il était difficile de donner un âge précis à Elinborg, si ce n'est qu'elle avait entre quarante et cinquante ans. Bien en chair sans être obèse, elle était celle qui avait le meilleur goût vestimentaire de toutes ses collègues et avait la réputation d'être une excellente cuisinière. Ses recettes étaient convoitées. Elle n'hésitait pas à les partager même si elle se montrait parfois très abrupte dans les relations humaines. Ses plats préférés étaient à base de poulet qu'elle savait accommoder d'innombrables manières. Ses trois enfants ne s'en plaignaient pas et son mari, propriétaire d'un petit garage, l'aimait d'un amour mâtiné de reconnaissance du ventre.

– Tu devrais aller les voir avec Thorkell et leur décrire la victime, suggéra Erlendur. Nous avons sans doute pris des photos du tatouage sur sa fesse, je te conseille d'en emporter un exemplaire au cas où un de ces artistes reconnaîtrait son travail. Personne ne s'est inquiété de sa disparition ?

– Non, pas pour l'instant, répondit Elinborg en quittant le bureau. Tu crois que les tatoueurs travaillent le dimanche ?

– Je n'en ai aucune idée, dit Erlendur.

– Je préfère y aller seule. Thorkell est tellement pénible ces jours-ci…

– Pourquoi ? s'enquit Sigurdur Oli.

– Des histoires de cœur. Sigridur, sa dentiste blonde, vient de le quitter. Elle a rencontré quelqu'un dans un congrès consacré aux soins dentaires pour les personnes âgées à Londres et a immédiatement rompu avec

Thorkell. Il m'a annoncé ça hier soir. Il a complètement gâché mon poulet tandoori en se mettant à pleurer au moment où je le sortais du four. Enfin bref, c'est Thorkell. Je n'ai pas envie de l'entendre se plaindre constamment, conclut-elle avant de disparaître dans le couloir.

– Ah, quelle âme charitable, notre Elinborg ! commenta Erlendur.

– Tu penses que nous devrions surveiller le domicile de Bergthora, notre témoin ? suggéra Sigurdur Oli qui avait pensé à elle et à ce qui s'était passé au cimetière toute la matinée. Si tu veux, je peux retourner l'interroger. Tu ne crains pas qu'elle soit en danger ? Je veux dire, si l'assassin sait que nous avons un témoin qui l'a aperçu.

– Je ne comprends pas pourquoi l'assassin l'a mise là, éluda Erlendur. On a l'impression qu'il l'a véritablement mise en scène, placée dans un lieu qui a un sens bien précis pour elle ou pour lui. Il n'a pas essayé de la cacher, au contraire, il a tout fait pour qu'on la trouve. Il nous l'a servie sur un plateau.

– Il s'en est peut-être simplement débarrassé à la première occasion, répondit Sigurdur Oli.

– Mais l'assassin cherche en général à dissimuler son crime. Celui-là n'a rien à cacher. Il ne veut pas avoir quoi que ce soit à cacher. On dirait qu'il veut entrer en contact avec nous plutôt que de nous fuir. En général, quand on veut se débarrasser d'un cadavre, on s'arrange pour le faire disparaître.

– Dans ce cas, pourquoi il ne vient pas directement se livrer ?

– Je n'en sais rien. Je réfléchissais à voix haute. Tu crois peut-être que j'ai réponse à tout ? Cette gamine était nue, outrageusement maquillée et on a trouvé du sperme sur son corps. Elinborg a peut-être raison quand elle dit qu'elle se prostituait. Elle est peut-être tombée sur un mauvais client qui est allé trop loin. Ou elle avait peut-être un ami qui ne supportait pas qu'elle se vende et qui l'a tuée. Cela dit, il n'est pas impossible que son ami ait également été son souteneur. Ma fille me raconte parfois des choses dont elle est témoin dans les bas-fonds, tu connais sa situation.

Sigurdur Oli hocha la tête.

– Il n'existe pas vraiment de réseaux de prostitution organisées à Reykjavík, quant aux souteneurs il n'y en a pas non plus réellement, poursuivit Erlendur. Tout ce que nous savons, c'est que des gamines des rues ont besoin d'argent pour se payer leur drogue. Il y a parmi leurs clients des hommes simplement dégoûtants, mais aussi des types absolument immondes. Elles vivent des choses inimaginables. La victime est peut-être une de ces gamines. Nous devons toutes les interroger.

– Tu ne veux pas que je retourne voir Bergthora et que je la place discrètement sous protection policière ? Ce serait plus sûr. Inutile de mettre les collègues au courant. Je peux me charger de veiller sur elle.

– D'accord.

Le rapport préliminaire de l'autopsie fut communiqué à l'administration en fin d'après-midi. La jeune fille était morte depuis environ une heure quand la police était arrivée sur les lieux, ce qui impliquait que son corps avait été déposé dans le cimetière peu après son décès. L'assassin devait être en voiture, se dit Erlendur, plongé dans la lecture du document. Il n'avait pas pu la porter entièrement nue sur son dos pendant des kilomètres. Les chiens policiers s'étaient arrêtés sur le trottoir de la rue Sudurgata où la piste se perdait. Ce serait sans doute intéressant de procéder à une reconstitution précise. Dix mètres séparaient la grille de la tombe de Jon Sigurdsson et cette grille donnait directement sur la rue. L'assassin s'était peut-être garé juste devant, il avait sorti le corps de la voiture, couru jusqu'à la sépulture, l'avait déposé puis était reparti, tout cela en à peine une minute.

Le légiste avait trouvé une grande quantité d'héroïne dans le sang et aussi de l'alcool. La victime souffrait de dénutrition et présentait toutes les caractéristiques de l'anorexie. Elle avait été violentée. On l'avait étouffée, son corps était parsemé d'hématomes et de contusions, on l'avait frappée au visage, sans doute à coups de poing. Elle avait eu un rapport sexuel peu avant son décès. Étant donné son état, il était probable qu'il s'agissait d'un viol.

5

En quelques heures ce dimanche après-midi, Thorkell et Sigurdur Oli parvinrent à rassembler un certain nombre de jeunes filles dont les noms figuraient dans les registres, et qui étaient connues pour se prostituer à Reykjavík. Toutes avaient eu affaire à la police pour racolage, vols et cambriolages. Ils n'emmenèrent toutefois pas Eva Lind Erlendsdottir au commissariat. Erlendur alla chercher sa fille lui-même. C'était sa mère qui avait choisi ce prénom parce qu'elle le trouvait gracieux. Quant à leur fils, il s'appelait Sindri Snaer.

Eva Lind vivait depuis quelque temps avec un petit coq dénué de sens moral qui s'arrangeait pour mener une existence luxueuse en profitant du système de location-vente. En ce moment, ils habitaient dans une maison jumelle qu'il avait réussi à extorquer à un vieux couple désireux de trouver un logement plus petit. Excellent vendeur, vêtu d'un costume impeccable qu'il n'avait pas encore réglé, il s'était débrouillé pour faire partir les petits vieux et emménager chez eux sans rien leur verser. Il leur avait promis un premier paiement conséquent puis un second, deux mois plus tard, et devait ensuite leur régler le solde de la maison à un prix nettement plus élevé que celui demandé dans l'annonce de vente. Le vieux couple avait eu confiance en cet homme qui présentait bien et se disait médecin, ils avaient entreposé leurs meubles dans une remise et déménagé chez leur fille unique tandis que le prince s'était installé chez eux avec ses meubles achetés en location-vente.

Eva Lind vivait donc en ce moment dans un luxe qui n'avait rien à voir avec ses conditions de vie deux mois plus tôt, avant sa rencontre avec Monsieur Libéralisme. À ce moment-là, elle habitait avec un drogué dans un taudis de Skuggahverfi, le quartier des Ombres, une bicoque enduite de goudron et recouverte de tôle ondulée rue Veghusastigur. Confronté à la situation de sa fille, Erlendur était passé par tous les stades : déni, colère, effroi, réactions brutales, au cours des quatre ou cinq années qui l'avaient conduite à la rue. Il ne comprenait pas pourquoi elle n'arrivait pas à renoncer à la drogue et avait cessé de chercher des réponses. Il la prenait comme elle était et faisait de son mieux pour lui faciliter la vie quand il le pouvait. Jadis, il allait la récupérer au commissariat chaque fois que ses collègues l'arrêtaient dans un repaire de junkies, il la ramenait chez lui, l'aidait à décrocher et veillait sur elle, mais très vite, elle retournait à la rue et replongeait toujours plus profondément. Erlendur souffrait terriblement de cette situation.

– Il n'est pas impossible que la gamine que nous avons retrouvée assassinée dans le cimetière la nuit dernière se soit prostituée, déclara-t-il sitôt assis dans le salon spacieux. Il ne connaissait pas le nouveau compagnon de sa fille, mais il s'en méfiait, comme de tous les précédents. Il n'est pas à la maison, avait-elle précisé, il est parti acheter une télé. Mais c'est dimanche, les magasins sont fermés, s'était étonné Erlendur. Pauvre idiot, tu crois peut-être qu'il va l'acheter dans un magasin ?! s'était écriée Eva Lind, consternée, en s'affalant dans le magnifique Chersterfield. Il remarqua que les murs étaient nus. Cette maison n'abritait que des meubles hors de prix pour la plupart encore emballés dans leurs plastiques de protection.

Eva Lind était marquée par son mode de vie désastreux. Elle était décharnée et avait beau essayer de dissimuler ses profonds cernes sous du maquillage, c'était peine perdue. Dans le meilleur des cas, elle est à moitié dans son monde, se disait Erlendur, qui voyait rarement la vraie personnalité de sa fille derrière l'écran de drogue qu'elle consommait. Elle avait presque toujours le regard embrumé.

– J'ai entendu ça à la radio, répondit Eva Lind. Je savais qu'elle faisait la pute. Une fille convenable ne se retrouve pas exposée comme ça, toute nue dans un cimetière.

– Je n'ai pas dit qu'elle faisait la pute, mais seulement que nous pensions qu'elle se prostituait et il faut bien commencer l'enquête quelque part. Nous l'avons découverte auprès du président Jon Sigurdsson.

– Ah bon ? Et pas dans le cimetière ?

– Si, auprès du président Jon.

– Ça ne risque pas de faire scandale ? Ce Jon, il était couché sur elle ? Attends un peu, pourquoi tu l'appelles le président ?

Erlendur haussa les épaules en se souvenant du vers du poète : « Où donc s'est perdue la couleur de tes jours ? » Cette phrase lui revenait parfois en mémoire sans raison précise.

– Elle faisait à peu près ta taille, elle était un peu plus jeune que toi, très pâle et décharnée comme une anorexique. Très maquillée, elle avait les cheveux bruns et se piquait à l'héroïne. On ignore encore son nom et on cherche des gens qui l'auraient connue. Si elle était à la rue, il est possible que tu l'aies croisée. Tout ce que nous savons, c'est qu'elle avait un J tatoué sur les fesses.

– Moi aussi, j'ai un tatouage, mais pas à cet endroit, répondit Eva Lind en regardant son père d'un air provocant. C'est très à la mode, mais ça fait super mal. Ces tatoueurs sont de vrais sadiques. C'est pour ça que le mien, je l'ai fait sur…

– Cette description ne te dit rien ? coupa Erlendur en serrant son couvre-chef entre ses mains. Il continuait à mettre un chapeau comme autrefois et n'arrivait pas à se défaire de cette habitude même si plus personne n'en portait. Aujourd'hui, il avait opté pour un Battersby gris, un de ses préférés.

– Si elle prenait de l'héroïne, ça ne devrait pas être trop difficile de l'identifier. Il n'y a pas beaucoup de filles qui prennent cette saloperie et c'est plus compliqué à trouver que ces saletés d'ecstasy ou les amphétamines. Il faut avoir les bons contacts. Tu n'aurais pas une photo d'elle ?

– Non. Si nous ne découvrons pas son identité très rapidement, nous devrons sans doute nous résoudre à prendre des clichés de son visage pour les publier dans les journaux, mais nous ne le ferons qu'en dernier recours. Tu pourrais peut-être m'accompagner à la morgue ?

– *Please !* Pas maintenant. Laisse-moi le temps de passer quelques coups de fil. Je te rappelle, c'est promis. Mais je t'en prie, ne m'emmène pas dans cette putain de morgue.

– J'ai besoin de savoir ce qui se passe dans le petit monde de la prostitution à Reykjavík, répondit Erlendur même si ça lui déplaisait d'aborder ce sujet avec elle. Qui sont les clients ? Comment ils s'y prennent pour rencontrer les filles ? Les mêmes clients voient-ils régulièrement les mêmes filles ? Bref, comment ça se passe ?

C'était une épreuve de la questionner sur les détails de sa vie. Erlendur avait tout fait jusque-là pour y échapper. Ce qu'il savait, c'était elle qui le lui avait dit sans qu'il l'interroge. Il ne voulait pas se poser en donneur de leçons face à ses enfants même si cette attitude s'était révélée contre-productive. Il aurait pu interroger d'autres jeunes femmes, ce qui lui aurait épargné la gêne qu'il ressentait. Il savait cependant qu'il pouvait avoir confiance en sa fille qui lui avait toujours dit la vérité. Sachant qu'elle n'hésitait pas à s'exprimer de façon crue et vulgaire, il s'agrippait fermement à son Battersby.

– Quel flot de questions, Erlendur, ironisa Eva Lind qui ne l'appelait jamais papa. Tout le monde veut savoir où aller pour trouver une pute. Les mecs viennent les voir, ils leur parlent et elles repartent avec eux. Parfois, ils sont en voiture et là, c'est facile. Certains ont simplement envie d'une branlette, en tout cas ils ne se contentent pas de discuter. Ce n'est pas leur genre. Ça, on ne le voit que dans les films. La branlette est ce qui coûte le moins cher. Le plus souvent, ils veulent une pipe, ce qui est vraiment dégueu, et il y a ceux qui veulent baiser. Dans les cages d'escalier. Dans les bâtiments vides. Ce ne sont pas les endroits qui manquent en ville. Ces filles vivent dans des taudis ici et là et elles y emmènent leurs clients. Moi, je n'ai jamais fait ça, ne t'inquiète pas, assura-t-elle en le voyant pâlir.

Erlendur fit de son mieux pour s'accrocher à ce mensonge.

– Les clients, c'est quel genre d'hommes ?

– Il y a pas mal de vieux qui dépensent comme ça une partie de leur retraite. Mais aussi d'autres types de toutes sortes qui n'ont pas ce qu'ils veulent chez eux. Des marins qui font escale ici, qui n'ont pas d'endroit où aller et passent une semaine à picoler en attendant de repartir. Toutes sortes de types en quête de compagnie pas trop chère. Ces filles ne coûtent rien par rapport aux tarifs pratiqués par les putes de luxe. Les clients reviennent souvent voir les mêmes, ça évite le *bullshit* et les embrouilles. C'est mieux. C'est plus sûr. Les filles ont en général entre cinq et dix clients réguliers et elles se les disputent.

– Elles ne se mettent pas en danger ?

– Il leur arrive de tomber sur des sadiques, des petits mecs qui ont besoin de montrer qu'ils en ont dans le ventre. Qui prennent leur pied en se payant une fille et en la frappant parce qu'ils n'osent pas lever la main sur leur bonne femme. On voit parfois aussi des gars en costume-cravate, il y en a même qui envoient un chauffeur chercher une fille pour l'emmener dans un super endroit. Il y a aussi de vrais salauds, des planches pourries. Enfin, elles ne font pas tout ça pour s'amuser. Parfois, à la belle saison, une bande de copains partis à la pêche a envie de se divertir en rentrant au chalet d'été, alors ils appellent et demandent qu'on leur envoie des filles. Pour trente-cinq mille couronnes par jour, ils font tout ce qu'ils veulent avec elles.

– Tu peux me donner des noms ?

– On n'entend jamais aucun nom.

– Ces gars, ils appellent qui ?

– Bah. Les bars à strip-tease. Les macs.

– Tu n'aurais pas entendu parler d'un homme qui aimerait faire du mal à ces filles ?

– Je viens de te le dire, on entend régulièrement des histoires de ce genre, mais je vais me renseigner.

– D'accord. À part ça, comment ça va ? Qui est le gars qui habite ici avec toi ? La maison lui appartient ?

– Je vais bien. Ce mec est incroyable. Il possède la baraque et tout le reste, et ça ne lui a pas coûté une couronne.

– Tu as des nouvelles de ta mère ? demanda Erlendur, fatigué d'entendre les histoires des hommes qui entraient régulièrement dans la vie de sa fille, et qui, en général, ne s'attardaient pas plus d'un mois.

– Aucune. Je lui fiche la paix. Je suis comme toi.

– Et Sindri ?

– Il va bien. Il m'a appelée l'autre jour pour me dire qu'il avait trouvé un boulot. J'ai oublié ce que c'était. Je crois qu'il bosse pour un entrepreneur en bâtiment.

Monsieur Location-Vente apparut à la porte, vêtu d'un élégant costume-cravate et impeccablement coiffé. Il portait à bras-le-corps une énorme télé. C'était la première fois qu'il voyait Erlendur. Il était sur le point de lui dire de déguerpir, pensant qu'il était envoyé par un organisme de crédit, mais Eva Lind le calma en disant que c'était son père.

– Vous êtes le flic ? demanda-t-il en regardant à tour de rôle Erlendur et la télé qui tirait sur ses reins.

– Faites attention à ne pas la laisser tomber sur vos pieds, observa Erlendur avant de sortir respirer l'air frais.

Quand il rentra au bureau, Sigurdur Oli lui annonça que les entretiens avec les jeunes filles n'avaient rien appris aux policiers. Elinborg avait tenté sans succès de joindre plusieurs salons de tatouage, mais comme elle avait invité des amis à dîner, elle était rapidement rentrée chez elle. Cette journée n'avait pas permis à la police de découvrir le moindre indice sur l'identité de la victime. Sigurdur Oli était allé interroger l'homme qui était avec Bergthora dans le cimetière, mais le Dégonflé ne savait rien. Il avait d'abord nié puis, quand le jeune policier l'avait cuisiné, il avait avoué la vérité. Il n'avait vu personne sortir du cimetière, n'avait pas remarqué de voiture dans les parages et n'avait toujours pas compris qui était Jon Sigurdsson.

Un vol de voiture avait été signalé dans le quartier de Breidholt. Il avait sans doute eu lieu la nuit du meurtre. Le signalement du véhicule avait été communiqué à tous les commissariats du pays et, dans la soirée, la police de Keflavik avait informé qu'elle avait retrouvé la voiture, une Saab de couleur bleue, devant l'aéroport international de Leifsstöd. Erlendur avait envoyé Thorkell sur les lieux pour veiller à son rapatriement dans l'atelier de la police où elle était arrivée en début de soirée. La Scientifique se mit immédiatement à y chercher des empreintes digitales, des cheveux et des traces de fluides corporels, elle travailla toute la nuit et, le lendemain matin, elle avait la preuve que la jeune fille était montée dans la voiture. Les policiers se procurèrent la liste des passagers qui avaient quitté le pays dans la nuit du samedi au dimanche et jusqu'au moment où le véhicule avait été retrouvé. Ils interrogèrent le propriétaire qui jura ses grands dieux qu'on le lui avait volé.

Erlendur s'apprêtait à rentrer chez lui quand son téléphone sonna.

– C'est vous qui êtes chargé de l'enquête sur la jeune fille du cimetière ? demanda une voix hésitante.

– Oui, c'est bien moi, répondit-il en mettant son chapeau.

– C'était une amie, poursuivit le correspondant, si bas qu'Erlendur avait du mal à l'entendre.

– Qui êtes-vous ? demanda-t-il en s'efforçant d'adopter le ton le moins brutal possible.

– Elle était avec lui dans son chalet d'été…

Erlendur n'entendit pas la fin de la phrase.

– Avec qui ? Quel chalet d'été ?

– Avec cette espèce d'ordure, reprit la voix. Ces saloperies l'ont complètement détruite…

Sur ce, le correspondant raccrocha.

6

Le dimanche soir, convaincu qu'il agissait pour des motifs professionnels plutôt que par intérêt personnel, Sigurdur Oli se rendit rue Aflagrandi chez Bergthora, le témoin. Cette femme lui plaisait. Il avait vu quelque chose en elle. Quelque chose dans son visage qui l'emplissait de joie, quelque chose dans sa manière de bouger qui le touchait profondément, quelque chose dans le ton de sa voix qui le forçait à tendre l'oreille. Il était persuadé que cette attirance n'avait rien à voir avec l'épisode incongru et embarrassant qui avait eu lieu dans le cimetière.

Depuis son retour des États-Unis, quatre ans plus tôt, il habitait seul. Avant cela, il avait eu un certain nombre d'aventures sans lendemain. De plus en plus souvent ces derniers temps, il avait eu envie de trouver une compagne. La plupart de ses amis étaient mariés ou vivaient en concubinage, et il avait du mal à les convaincre de sortir faire la fête en ville avec lui le week-end. Il en avait assez de traîner seul dans les bars et les discothèques, même s'il y rencontrait souvent des collègues de travail ou d'anciens camarades d'université avec qui il avait étudié les sciences politiques. À la longue, il s'était lassé d'avoir encore et toujours les mêmes discussions. Il arrivait aussi que des hommes à qui il avait eu affaire dans le cadre de son travail viennent l'importuner.

Puis il y avait la manière dont il abordait les femmes. Toujours la même façon d'engager la conversation. Dis donc, tu n'étais pas en fac de droit avec moi ? C'était sa phrase fétiche. Dernièrement, il avait remplacé la fac de droit par l'informatique, ce qui avait plutôt bien fonctionné. Ensuite, il discutait avec la demoiselle pour savoir s'ils avaient des amis communs : Ah bon, cette fille était avec ton frère ? Je ne me souviens pas vraiment d'elle. Ses conquêtes avaient vieilli avec lui. Il avait atteint la trentaine sans même s'en rendre compte et un certain nombre de femmes étaient à nouveau disponibles après avoir divorcé. Il arrivait que les anciens maris viennent tambouriner à la porte de la maison où Sigurdur Oli passait la nuit en exigeant de savoir qui était dans le lit de leur ex. Parfois, quand il se réveillait le matin aux côtés d'une femme qu'il avait oublié avoir rencontrée, il aurait voulu disparaître dans un trou de souris. Puis il y avait les taxis matinaux. Il sortait discrètement d'un lit inconnu au point du jour dans un quartier excentré et voyait son reflet fixe dans le rétroviseur du chauffeur qui n'avait pas besoin qu'on lui fasse un dessin.

Hélas, il s'était mis à boire un peu trop pendant ses errances solitaires. Toujours élégant et tiré à quatre épingles, il allait à la salle de sport et faisait des UV. Grand et svelte, les traits harmonieux, doué pour la conversation, il n'avait aucun mal à rencontrer des gens et encore moins des femmes. Il tenait à être à la hauteur et se donnait à cent pour cent dans tout ce qu'il entreprenait. Ambitieux, il faisait tout pour gravir les échelons au sein de la Criminelle même s'il était parfois arrogant au point que beaucoup de ses collègues le trouvaient trop sûr de lui. Ces derniers temps, constatant qu'il était de plus en plus rapidement ivre le samedi soir et que, le lendemain, il avait oublié ce qu'il avait fait, il avait pris peur et avait diminué sa consommation. Sa pire expérience avait eu lieu six mois plus tôt. Il s'était réveillé chez lui, Dieu merci, mais dans le dernier souvenir qu'il avait conservé de la veille, il se voyait titubant, complètement soûl, rue Laugavegur. Il avait été incapable de se lever le lendemain matin. Il avait mal partout, mais surtout au coccyx et à la jambe droite qu'il ne pouvait pas bouger sans ressentir une violente douleur dans le dos. Il ignorait comment il avait réussi à rentrer chez lui. Il était allongé sur son lit qui n'avait pas été défait et avait trouvé sur sa table de chevet un message qui disait : « Putain, on a eu du mal à te ramener chez toi ! – Deux filles "super américaines". » Il avait failli fondre en larmes.

Bergthora ouvrit la porte et l'invita à entrer. Il l'avait appelée pour annoncer sa visite. Elle l'attendait à neuf heures et il fut ponctuel.

– Je reviens seulement pour éclaircir quelques détails, précisa-t-il en s'asseyant dans le fauteuil qu'il avait occupé lors de sa première visite avec Erlendur. Le soleil du soir filtrait à travers les stores vénitiens et nimbait l'appartement de ses rayons dorés. Bergthora s'installa face à lui.

– Je n'ai pas arrêté de réfléchir à cet homme que j'ai aperçu dans le cimetière et de penser à cette jeune fille, mais je crains de ne rien pouvoir vous dire de plus.

– Il a dû arriver en voiture, nous avons retrouvé un véhicule volé que nos services sont en train d'examiner. L'assassin s'en est peut-être servi. Il est possible qu'il soit passé devant la grille en repartant et que vous ayez aperçu cette voiture.

– Non, je n’ai rien vu de tel.

– Nous vous avons demandé ce matin si vous pensiez qu’il vous avait vue et vous avez répondu que vous l’ignoriez.

– Tout ça me fait un peu peur. J’ai regardé les informations ce soir à la télé. Ils ont dit que la police avait un témoin, une femme vivant dans le quartier ouest, qui a découvert le corps et vu un homme quitter le cimetière précipitamment. Si l’assassin est un malade sexuel qui s’en prend aux femmes, vous ne croyez pas que je risque de l’avoir à mes trousses ?

– Rien n’indique que nous ayons affaire à un maniaque sexuel, rassura Sigurdur Oli, satisfait de voir la discussion s’orienter dans cette direction. Heureusement, la faune des assassins islandais n’est pas très variée, ce sont surtout de pauvres types. Si vous le souhaitez, je peux demander à ce qu’on veille sur vous. Plusieurs solutions sont envisageables. Nous pouvons vous équiper d’un bip que vous garderez sur vous et que vous déclencherez en cas de besoin. Nous pouvons également demander à nos collègues de venir patrouiller dans le quartier. Et je peux aussi passer vous voir.

– Je n’aime pas trop me sentir surveillée, répondit-elle. Ces appareils et ces voitures de police, bof. Je ne pourrais pas plutôt vous appeler ?

– Absolument, répondit Sigurdur Oli en s’efforçant de dissimuler sa joie sans vraiment y parvenir. Il était fasciné par cette femme. Elle l’avait compris.

– N’allez pas croire que ce qui s’est passé dans le cimetière est habituel, reprit-elle en le regardant avec défi. Je ne suis pas cinglée. C’était juste un moment de folie, je ne sais pas ce qui m’a pris.

Sigurdur Oli souriait dans le soleil du soir.

7

Il faisait sombre à l'intérieur, l'odeur âcre du tabac mêlée à celle de l'alcool et de la sueur le prenait à la gorge tandis qu'il avançait vers le comptoir. L'établissement s'appelait le Boulevard, en anglais pour faire plus chic, mais tout le monde parlait de Bullan, le Bouge. C'était une des rares boîtes de strip-tease en activité à Reykjavík. Les filles étaient originaires du Canada, des Pays nordiques et des Pays baltes. Titulaires d'un permis de séjour d'un mois, elles s'employaient à mettre à profit chaque minute de leur présence en Islande.

Au moment où Erlendur était entré, une femme d'une quarantaine d'années ondulait au rythme de la musique en se frottant contre la barre chromée au centre de la piste de danse surélevée. Une boule à facettes tournait au plafond et diffusait des éclats de lumière partout dans la salle. La danseuse avait ôté son soutien-gorge et n'allait pas tarder à se débarrasser de son string. Il était évident que cette femme avait passé l'âge de faire des strip-teases. Trois hommes étaient assis au plus près du spectacle. Les deux premiers buvaient la dame du regard, le troisième avait posé sa tête sur le bord de la piste et semblait profondément endormi. D'autres hommes étaient assis çà et là dans la salle. Un sexagénaire goûtait la compagnie de deux filles presque totalement nues. Un autre client avait acheté une bouteille de champagne, il enlaçait une fille par les épaules et fumait un cigare d'un air important.

La musique s'arrêta. La strip-teaseuse ramassa ses vêtements, passa entièrement nue devant Erlendur sans lui accorder un regard puis quitta la salle.

– *Do you like girls ?* demanda la jeune fille blonde d'une vingtaine d'années qui, brusquement sortie de l'ombre, s'était postée tout près d'Erlendur au comptoir. Vêtue d'un soutien-gorge et d'un minuscule cache-sexe, elle portait un châle presque transparent sur les épaules. Il ne savait pas vraiment comment répondre à sa question. S'il lui disait que oui, il risquait d'avoir tout le mal du monde à se débarrasser de cette gamine. S'il lui disait que non, elle risquait de mal le comprendre. De plus, il parlait très mal l'anglais.

– *I am police*, répondit-il.

Elle écarquilla les yeux, recula et disparut aussi vite qu'elle était arrivée.

– Qu'est-ce que je vous sers ? demanda le barman qui revenait de la salle en s'inclinant pour passer derrière son comptoir. Ses cheveux roux commençaient à se clairsemer, il en restait toutefois suffisamment pour qu'il puisse se faire une queue de cheval maigrelette. Il portait une chemise hawaïenne ridicule, une grosse chaîne en or autour du cou et hochait constamment la tête.

– Vous êtes le propriétaire ?

– Non. Pourquoi, il y a un problème ?

– Où est le patron ?

– Il est parti en vacances dans l'Ouest.

– À Isafjördur ?

– Non, un peu plus loin que ça, aux États-Unis. Qu'est-ce qui se passe ?

– Je cherche une jeune fille.

– Il y en a plein ici. Vous n'avez qu'à vous servir. Vous voulez du champagne ? Nous en avons de l'excellent.

– Le jeune fille dont je parle est décédée.

– Ah, merde !

– Comme vous dites, merde. Elle est peut-être venue ici. Elle y a peut-être même dansé, je ne sais pas. Elle était extrêmement maigre, elle avait la peau très claire, des cheveux bruns mi-longs très épais. Elle avait les yeux bruns, le front haut et une petite bouche.

– Hé, attendez un peu, vous êtes qui ? Pourquoi vous me racontez tout ça ?

– Je suis policier.

– Ho, ho, ho ! s'exclama le serveur comme le ferait le père Noël. Il recula de son comptoir en hochant frénétiquement la tête. Pourquoi vous me posez des questions sur une fille qui est morte ? Je n'ai rien fait. Vous croyez que c'est moi qui l'ai tuée ?

La musique redémarra et la jeune blonde qui s'était adressée à Erlendur en anglais commença à se frotter contre la barre d'acier chromée. Le policier l'observa un instant puis se tourna à nouveau vers Hohoho.

– Je cherche seulement à savoir si vous la connaissez. C'est tout. Ce signalement ne vous dit rien ?

– Elle était islandaise ?

– Probablement.

– Nous n'employons ici que des étrangères. Les Islandaises posent trop de problème. Attendez, vous parlez de la gamine qu'on a trouvée dans le parc animalier ?

– Le parc animalier ?

– Oui, celui de Reykjavík.

– Non, on l'a trouvée dans un cimetière.

– Oh, on m'avait pourtant dit qu'on l'avait trouvée dans le parc.

– J'ai une photo, précisa Erlendur en sortant le cliché pris à la morgue dans la soirée, montrant le visage de la jeune fille. On l'avait débarrassée de son fard à paupières, de son fond de teint et de son rouge à lèvres. Sa peau était d'un blanc bleuté. Sa bouche formait une ligne fine et élégante, ses sourcils semblaient dessinés au pinceau.

– Je ne la connais pas, répondit le serveur. Je ne l'ai jamais vue ici. Je m'en souviendrais. Elle faisait la pute ?

– Peut-être. Il n'y a pas de prostituées ici ? Je veux dire, ça ne fait pas partie de votre business ?

– Elles risqueraient de piquer les clients des danseuses.

– Ah, je vois. Votre établissement n'est pas un bordel. Loin de là, mais c'est quand même un endroit un peu louche.

La jeune strip-teaseuse semblait avoir du mal à ôter son soutien-gorge. L'homme qui s'était endormi, la tête posée sur le bord de la piste, se réveilla et tenta de se relever, mais ses jambes se dérobèrent et il tomba par terre en entraînant le tabouret sur lequel il était assis sans que ses deux copains le remarquent.

– Et vous assurez un service de livraison ? demanda Erlendur en regardant le client se mettre debout pendant que la gamine enlevait son soutien-gorge.

– Un service de livraison ?

– Imaginons que j'aie besoin d'une fille, je vous appelle et vous m'en envoyez une.

Le serveur ne répondit pas.

– Je me fiche de ce que vous faites ici, reprit Erlendur. Vous pouvez vendre des prostituées autant que vous le voulez, ça ne me regarde pas.

– Je ne vois pas où vous voulez en venir avec cette histoire de service de livraison.

– Par exemple, je suis seul chez moi. Dans mon chalet d'été. Ou parti pêcher avec quelques copains. Vous pouvez m'envoyer des filles ?

– Je suppose que tout est possible, enfin, théoriquement.

– Vous avez des adresses de chalets d'été dans vos fichiers ?

– Ho, ho, ho ! s'exclama à nouveau le serveur avec un mouvement de recul. Je ne sais rien de ces chalets d'été dont vous parlez, vous pouvez bien m'arrêter et me mettre sur la chaise électrique.

– La chaise électrique ? s'étonna Erlendur.

– Oui, enfin, quoi que vous me fassiez, je ne sais rien. Notre établissement n'a pas mis sur pied un réseau de prostitution. Nos filles sont des danseuses, des artistes, et, parfois, elles plaisent tellement à certains clients qu'ils ont envie de passer un moment avec elles, il n'y a là rien d'immoral ni d'illégal. Ce que les filles font en dehors du travail ne me regarde pas. Mes activités sont parfaitement légales et je déteste les ondes négatives, qu'elles viennent de vous ou de qui que ce soit.

Erlendur passa voir deux autres boîtes de strip-tease. En rentrant chez lui, il avait l'impression d'en savoir un peu plus sur les « services de livraison » qu'assuraient parfois ces boîtes. Il eut autant de mal à s'endormir que d'habitude. Un détail le dérangeait plus encore que le soleil de minuit.

Il finit par trouver le sommeil quand il comprit ce qui le troublait.

Do you like girls ?

8

Elinborg sortit de son sac à main la photo que la Scientifique avait prise en gros plan du tatouage sur la fesse de la jeune fille et la montra à son interlocuteur. Le J occupait tout l'espace du cliché. Dès les premières heures ce lundi matin, Thorkell et elle avaient commencé leur tournée des tatoueurs. Celui-là travaillait dans le garage de ses parents, il vivait dans le quartier de Haaleiti et avait à peine vingt ans. Elinborg et Thorkell s'étaient simplement laissé guider par le bruit. Les murs du garage étaient tapissés de posters de groupes de hard rock, les haut-parleurs gigantesques crachaient du heavy metal à plein volume, deux ou trois tenues en cuir, pantalons et blousons de motard, traînaient ici et là. Le sol était jonché de canettes de bière et de bouteilles d'alcool fort. Devant l'antre du jeune homme était garée une grosse moto dont les deux policiers étaient incapables de dire s'il s'agissait d'une super bécane ou d'une minable guimbarde. Pauvres parents, ils ont été forcés de se débarrasser de leur rejeton en l'exilant dans leur garage, je ne les en blâme pas, pensa Elinborg. Elle avait un fils du même âge qui ne vivait pas dans le garage, mais dormait dans la chambre voisine de celle de ses parents et écoutait Roger Whittaker.

– Ça ne me dit rien, répondit le tatoueur dès qu'ils eurent réussi à attirer son attention. C'était un jeune homme râblé, ses épais cheveux noirs lui tombaient jusqu'aux reins et ce qu'on apercevait de sa peau était recouvert de drôles de dessins. Non, ce truc ne me dit rien, répéta-t-il. En tout cas, ce n'est pas bon. Il n'y a aucune finition, le trait est grossier, banal et affreux. Le gars qui a fait ça n'a aucun sens artistique, il est nul. Franchement, qu'est-ce que c'est que ça ? C'est informe. Le type est vraiment mauvais. C'est le travail d'un débile.

– C'est la lettre J… commença Thorkell, aussitôt interrompu par le jeune homme.

– Oh, je sais lire ! Ce n'est pas parce que je roule en moto que je suis un crétin. Ras-le-bol des préjugés des gars en bagnole !

– Calmez-vous, répondit Elinborg. Ce coup de crayon ne vous dit rien ?

– Il y a plein de types qui font ce genre de trucs. Des amateurs qui n'ont pas le matériel qu'il faut, expliqua-t-il en montrant les appareils et les boîtes de couleur alentour auxquels Elinborg et Thorkell ne connaissaient rien.

– Donc, ce n'est pas l'œuvre d'un professionnel comme vous ? s'enquit Thorkell en essayant de se mettre le gamin dans la poche.

– Il y a plein d'amateurs incompétents dans la profession, répondit-il sèchement.

Les deux policiers se remirent en route pour rendre visite au tatoueur suivant. Ils craignaient que leur journée soit longue et pénible.

– Cet homme cherche à établir un contact avec nous, dit Erlendur. Assis dans son bureau avec Sigurdur Oli, ils buvaient leur café en discutant de l'appel qu'il avait reçu la veille au soir.

– À ton avis, c'est quoi, cette histoire de chalet d'été ? demanda Sigurdur Oli.

– Elle était avec lui dans son chalet d'été, avec cette espèce d'ordure. Ces saloperies l'ont complètement détruite. C'est ce qu'il a dit. Qu'est-ce qu'il voulait dire ?

– Il avait une voix particulière ? Un accent ?

– Non. Il semblait assez jeune. C'est peut-être l'ami de cette jeune fille. Il sait manifestement des choses, mais n'arrive pas à les exprimer. Je me demande ce qu'il attend.

– Il rappellera sans doute.

– On verra, répondit Erlendur qui, après cet appel anonyme, avait demandé qu'on équipe son téléphone d'un dispositif enregistrant toutes les conversations et gardant en mémoire les numéros des correspondants. Je me suis livré à une enquête tout à fait informelle hier soir et j'ai découvert qu'il n'est pas rare que des boîtes à strip-tease de Reykjavík envoient des filles chez leurs clients, parfois même loin de la ville, dans des chalets d'été ou des cabanes de pêcheurs, ajouta-t-il.

– Les employés de ces bouges connaissaient la victime ? demanda Sigurdur Oli.

– Non, aucun d'entre eux.

Le lundi midi, personne ne s'était manifesté pour signaler la disparition de la jeune fille. Erlendur n'était pas spécialement surpris. Cela venait corroborer son hypothèse : cette gamine errait dans Reykjavík depuis un moment, elle ne vivait plus chez ses parents et traînait plus ou moins dans la rue. Les établissements de désintoxication pour jeunes, les refuges et les familles d'accueil n'avaient signalé aucune fugue parmi leurs pensionnaires. Personne ne recherchait une jeune fille avec un J tatoué sur la fesse. La police n'avait pas encore eu le temps d'éplucher la liste des voyageurs qui avaient quitté l'Islande par avion entre le moment où la Saab bleue avait été volée et celui où on l'avait retrouvée devant l'aéroport. Cette liste comptait environ trois cents hommes, femmes et enfants et, étant donné les effectifs de la Criminelle, il leur faudrait un certain temps pour arriver au bout.

– Les effectifs de la police nationale, corrigea Erlendur. Sigurdur Oli, je te conseille de t'habituer à cette appellation. Tu travailles désormais à la Criminelle de la police nationale. Et ton entrevue avec notre témoin ?

– Elle ne m'a rien appris de nouveau, mais elle a promis de me contacter si quelque chose lui revenait.

– Vous vous entendez bien. J'ai remarqué que tu avais la tête ailleurs quand on était chez elle hier matin. Cette romance au cimetière semblait te laisser rêveur.

Erlendur se souciait parfois de la vie privée de son jeune collègue. Il n'hésitait pas à lui en faire part en formulant des remarques invariablement négatives, ce qui l'agaçait. Bien qu'ayant lui-même été malheureux en couple des dizaines d'années plus tôt, il était consterné de voir que Sigurdur Oli n'avait pas encore fondé de famille, ce qui était pour le moins paradoxal. Erlendur en avait certes été tout aussi incapable, mais il savait également ce que signifiait vivre seul.

– La tête ailleurs ?! N'importe quoi !

– Tu l'as trouvée attirante ? Les filles qui emmènent leur homme au cimetière pour se rafraîchir ont sans doute un charme mystérieux. Tu ne crois pas ?

– Se rafraîchir ?! C'est comme ça que vous dites dans les fjords de l'Est ? rétorqua Sigurdur Oli d'un ton méprisant. Né dans le village d'Eskifjördur, Erlendur avait passé la majeure partie de son existence à Reykjavík. Le nom d'Eskifjördur était rarement mentionné dans les conversations sauf pour se moquer de lui, le plus souvent en son absence. Se rafraîchir, répéta Sigurdur Oli. Viens là, ma chérie, j'ai envie de me rafraîchir. C'est samedi, si on allait se rafraîchir ? Tu lui as promis de ne plus jamais parler de cette histoire. Tu lui as dit que c'était oublié.

– Je vois que je mets la pagaille.

– Autre chose. Les journaux télévisés et les radios parlent beaucoup de notre témoin. Or, je croyais que nous devions sélectionner au maximum les informations communiquées à la presse. Elle a peur d'attirer l'attention et quel que soit l'assass…

Le téléphone sonna. Erlendur décrocha. Son visage s'empourpra instantanément. Comme hypnotisé, il fit signe à son collègue de le laisser seul. Sigurdur Oli se demandait ce qui se passait, mais il s'exécuta et referma doucement la porte.

L'ex-femme d'Erlendur était à l'autre bout du fil. Il ne l'avait pas revue et n'avait pas entendu le son de sa voix depuis presque vingt ans, depuis qu'il l'avait quittée en la laissant seule avec leurs deux enfants. Plus tard, quand il repensa à cet appel, il ne s'étonna pas de s'être souvenu de cette voix comme s'il l'avait entendue la veille. Il savait qu'elle le détestait cordialement. Des souvenirs enfouis de longue date lui revenaient en mémoire.

– Excuse-moi de venir t'importuner, dit-elle en détachant soigneusement ses mots pour qu'il perçoive bien le mépris qu'elle éprouvait pour lui, mais ton fils, qui peut t'être reconnaissant d'être devenu le pauvre type qu'il est aujourd'hui, est allongé dans mon salon, il a vomi partout et mis mes meubles en miettes. Je rentre du travail pour découvrir qu'il s'est introduit dans mon appartement par effraction. Il a bu tout l'alcool disponible, il s'est pissé dessus et, pour une raison ou une autre, il a fait une crise et mis mon intérieur sens dessus dessous. J'en ai ma claque ! Je me suis occupée de ces pauvres gamins toute ma vie et là, ça suffit !

Elle avait graduellement haussé le ton et hurlait maintenant à l'autre bout de la ligne.

– Emmène-le, emmène ce sale petit con avant que je le tue, espèce d'ordure ! Tu as détruit nos enfants et bousillé ma vie. Espèce de saloperie, ordure ! hurla-t-elle à en perdre la voix.

Puis elle raccrocha.

Erlendur resta un long moment le combiné collé à l'oreille. Les vingt ans écoulés n'avaient nullement entamé la haine qu'elle nourrissait à son égard, elle lui reprocherait à jamais ce qui était arrivé à ses enfants : ils le lui avaient dit. Il laissait la tonalité du téléphone résonner dans sa tête comme s'il espérait qu'elle allait effacer tout ce qu'il venait d'entendre. Il reposa le combiné, se leva lentement, enfila son imperméable et mit son chapeau. Alors qu'il passait la porte de son bureau, il se souvint qu'il ne connaissait pas son adresse exacte. Il ouvrit l'annuaire téléphonique et y chercha le nom de Halldora Gudmundsdottir. Il ressortit dans le couloir, entra à nouveau dans son bureau pour appeler le directeur du centre d'addictologie de Vogur qu'il connaissait bien pour l'avoir rencontré plusieurs fois dans le cadre de son travail. Erlendur pouvait lui amener son fils quand il le voulait.

Il prit le chemin le plus court entre Kopavogur et le quartier des Hlidar. Halldora vivait dans un petit appartement. Elle n'était pas chez elle. Elle avait rompu un silence interminable, mais n'avait pas l'intention de le revoir de manière plus cordiale.

Autrefois, ils s'entendaient bien pourtant. Ils s'étaient rencontrés à la discothèque Glaumbaer, avaient dansé plusieurs fois ensemble et s'étaient plu. Erlendur débutait dans la police, Halldora était séduite par l'idée de partager la vie d'un flic. Ils avaient pris l'habitude de se voir en dehors des heures d'ouverture de Glaumbaer, elle l'avait invité chez ses parents, puis, tout à coup, voilà qu'ils formaient un couple et qu'elle attendait un enfant. Ils avaient tous deux changé dès qu'ils avaient commencé à vivre ensemble et qu'ils s'étaient installés dans la routine. Elle désirait un engagement plus profond qu'il ne le lui avait jamais offert. Il s'était renfermé sur lui-même, était devenu maussade et irritable. Eva Lind avait deux ans et Sindri Snaer allait naître quand il avait compris qu'il ne pourrait pas vivre avec elle ni, d'ailleurs, avec une autre femme. Il s'était trompé. Il regrettait d'avoir laissé cette histoire aller aussi loin. Il était persuadé qu'il ne serait pas un bon père de famille. Il avait essayé de l'expliquer à Halldora, mais elle avait chaque fois fondu en larmes. Sa famille parfaite n'avait manifestement connu ni divorce ni séparation depuis que l'Islande avait été colonisée. Qu'allait-elle devenir ? Que diraient ses parents ? Tous les couples étaient confrontés à des difficultés qu'ils réussissaient à régler. Donnons-nous un peu de temps et nous verrons bien, lui avait-elle demandé à chaque fois.

Mais il avait été inflexible et, pendant une dispute très violente qui les avait opposés peu après le baptême de leur fils, Erlendur était parti pour ne plus jamais revenir. Il lui avait versé une pension alimentaire tous les mois, elle avait très mal pris cette séparation et lui vouait désormais une haine sans borne. Elle avait élevé leurs enfants en leur disant que leur père était un sale type qui l'avait abandonnée seule avec eux alors qu'ils étaient tout petits, ce qui était la stricte vérité. Erlendur avait préféré mettre fin à cette relation qu'il savait condamnée, quelles qu'en soient les conséquences.

Elle ne lui avait jamais pardonné son départ. Elle lui avait refusé tout droit de visite et il n'avait pas vu ses enfants tout le temps qu'ils avaient vécu avec elle. Il aurait pu la traîner en justice et exiger qu'elle lui accorde ce droit, mais avait cédé face à la dureté de Halldora. Ses enfants ne l'avaient connu que vers seize ans, quand ils l'avaient retrouvé, surtout poussés par la curiosité. Ni lui ni Halldora ne s'étaient remariés.

Il s'était souvent demandé pourquoi son fils et sa fille avaient si mal tourné et pensait en être largement responsable. S'il n'avait pas été aussi égoïste, il aurait bien sûr pu sauver son couple, il aurait accepté son sort et se serait occupé de sa famille. Puisqu'il voulait se séparer de Halldora, il aurait pu le faire bien plus tard, quand les enfants étaient grands, mais il avait refusé de se sacrifier de cette manière. Il ne voyait pas ce que cela lui aurait apporté. À son avis, Halldora avait été dépassée, elle avait eu du mal à mener de front ses activités professionnelles et l'éducation des enfants, sa vie avait été difficile et elle avait fini par leur transmettre la haine qu'elle nourrissait, d'abord à l'encontre d'Erlendur, puis du monde entier. Ils avaient été livrés à eux-mêmes et n'avaient eu personne pour les soutenir pendant la période délicate de l'adolescence. L'addiction était peut-être dans leurs gènes. Il y avait un bel échantillon d'alcooliques dans les deux branches de la famille. C'était peut-être… peut-être… peut-être…

Le sas d'entrée de l'immeuble était ouvert. Il monta au premier étage et vit par la porte de l'appartement de

Halldora que tout était sens dessus dessous à l'intérieur. Il supposait qu'elle était partie chez un voisin pendant qu'il emmenait son fils ivre mort. Halldora n'avait pas exagéré, Sindri Snaer avait tout cassé. Il était allongé sur le ventre dans le salon où il avait renversé la table et mis par terre un magnifique vaisselier équipé de portes en verre. Des objets cassés, d'autres intacts jonchaient le sol. Une odeur âcre de vomi provenait de Sindri Snaer.

Erlendur essaya de le réveiller mais, voyant que c'était impossible, il le souleva du sol, le chargea sur son épaule, quitta l'appartement et l'installa à l'arrière de sa voiture. Il était solidement charpenté et son fils maigre comme un clou lui semblait aussi léger qu'une plume. Quand il se redressa pour refermer la portière, il vit le visage de Halldora apparaître brièvement à la fenêtre de l'appartement au-dessus du sien. Il ne l'avait pas vue depuis si longtemps qu'il lui fallut un moment pour comprendre que ce visage était bien le même que celui qui lui avait été si familier vingt ans plus tôt. Il se faisait peut-être des idées, mais il y avait de grandes chances que non : elle lui décrochait un regard froid et hostile derrière la vitre.

Erlendur confia Sindri Snaer à l'équipe d'addictologie de Vogur qui le connaissait de longue date. Apparemment, il était en coma éthylique. Les médecins promirent de bien s'occuper de lui. Si Erlendur le souhaitait, il pouvait revenir le voir d'ici quelques jours. Il y avait peu de chances qu'on décide de lui proposer une cure en province. Il en avait déjà fait deux sans grand résultat. Voyez-vous, c'est un traitement qui coûte cher et ce jeune homme n'a pas vraiment jusque-là manifesté la volonté de s'en sortir.

Le cinquième tatoueur auquel Elinborg et Thorkell rendirent visite se souvenait de la jeune fille. La journée touchait à sa fin. Ils étaient tous deux fatigués de rencontrer des types détestables et forts en gueule qui n'avaient aucun désir d'aider la police dans une enquête pour meurtre. Mais ils n'avaient pas renoncé. Les tatoueurs étaient de plus en plus nombreux à Reykjavík. Elinborg en avait assez d'entendre Thorkell se plaindre et se lamenter, ils avaient du travail.

Le cinquième officiait dans une zone artisanale à proximité de la colline d'Artunsbrekka. Le lieu où il travaillait ressemblait à un garage, noir de cambouis et de crasse. Elinborg remarqua surtout les posters de filles dénudées qui tapissaient les murs. Elle avait dû pincer Thorkell, le jugeant un peu trop fasciné par les images.

– C'est la fille qu'était clamsée ? demanda le tatoueur. Ce trentenaire corpulent était bras nus sous sa veste en jean et vêtu d'un pantalon en cuir. Les cheveux blonds noués en queue de cheval, il portait un long bouc qui pendouillait mollement sous son menton. Il avait un dentier manifestement bien trop grand, ses molaires claquaient chaque fois qu'il ouvrait la bouche. Toutes les zones visibles de sa peau portaient des tatouages. Le cliché du motard en chair et en os, pensa Elinborg. Pourquoi ces types-là ont-ils le droit d'être d'éternels enfants ? Et c'est quoi cette façon de s'exprimer : « C'est la fille qu'était clamsée ? » Qui donc parle comme ça ?

– C'est vous qui avez fait ce tatouage ? demanda-t-elle en sortant la photo.

Le Hell's Angels reconnut immédiatement son style et essaya de se rappeler à qui il avait tatoué un J. Puis il se souvint des jolies petites fesses de la fille.

– C'était *piece of cake* de faire cette lettre, répondit-il en faisant claquer son dentier. Elle est venue ici il y a un an en me disant qu'elle voulait que je lui fais ça. Il y a un problème ?

– Que je lui fasse, corrigea Elinborg.

– Elle ne vient pas de Reygjavig mais de province. Elle était complètement à l'ouest.

– Reygjavig ? Vous avez vécu au Danemark ou quoi ? s'enquit Elinborg.

– Non, j'y ai jamais mis les pieds.

– Vous avez une idée de ce que représente ce J ? demanda Thorkell.

– Aucune, elle était assise là et m'a demandé que je lui fais ce J.

– Que je lui fasse ! corrigea à nouveau Elinborg, incapable de se retenir.

– Vous connaissez son nom ? reprit Thorkell.

– Elle me l'a pas dit. Et je la connaissais pas. D'ailleurs, je l'ai jamais revue. Je lui ai dit que si j'étais chez moi, elle pouvait venir me voir quand elle veut. J'ai dit ça pour rigoler. Je l'ai jamais revue. Elle était droguée.

– Comment ça, droguée ?

– Ben… droguée. Ça se voit tout de suite.

– Elle était accompagnée ? demanda Elinborg.

– Non, mais je m'en rappelle, elle en avait après un gars. Elle disait pas grand-chose. Elle répétait toujours les mêmes trucs, on raconte n'importe quoi quand on est stone.

– Qu'est-ce qu'elle disait ? s'enquit Elinborg, renonçant à corriger la grammaire du tatoueur.

– Bah, des conneries. Elle était complètement barrée. C'est que ça fait longtemps, je me rappelle pas bien. Y a des fois où je me rappelle même pas comment je m'appelle.

– Ça ne m'étonne pas, ironisa Elinborg.

– Est-ce que vous vous souvenez du nom de ce garçon ? demanda Thorkell.

– Nope, répondit le tatoueur.

– Et vous ne l'avez jamais revue ? Vous savez où elle habitait ?

– Nope.

9

L'historien grattait la petite verrue qu'il avait au menton. Erlendur et Sigurdur Oli étaient dans son bureau aux murs entièrement recouverts de livres, de dossiers et de documents de toutes sortes. L'air était irrespirable. L'homme, du nom d'Ingjaldur, tirait constamment sur sa pipe. Il en avait une collection impressionnante dont on voyait un aperçu parmi les paquets de tabac et les boîtes d'allumettes. Hélas, je ne peux pas aérer, la fenêtre est condamnée, regretta-t-il. Erlendur s'en moquait, il alluma une cigarette. Non fumeur, Sigurdur Oli ne supportait pas l'odeur du tabac et les maudissait en silence. L'historien était svelte, il ne soignait pas beaucoup son apparence, il portait un chandail en laine malgré la chaleur et tripotait sa verrue chaque fois qu'il se mettait à réfléchir.

– Ce n'est pas souvent que vous êtes confrontés à des meurtres, ça doit vous changer, je suppose que c'est distrayant, dit-il en rejetant un épais nuage de fumée.

– Un meurtre n'est pas un sujet de distraction, rétorqua Sigurdur Oli.

– Ah bon, j'ai bien l'impression du contraire. Aujourd'hui, il n'y a pratiquement aucun livre et aucun film qui ne mette pas en scène des assassinats et des tortures.

– Nous appartenons au réel, répondit Sigurdur Oli, pas à la littérature.

– Et vous êtes partenaires ?

– Nous ne passons pas nos week-ends en amoureux à l'hôtel Örk si c'est ce que vous pensez, s'amusa Erlendur.

– Je voulais dire, vous travaillez en équipe ?

– Ça nous arrive.

– Vous ne vous êtes jamais demandé pourquoi il n'existe pas de romans policiers en Islande ? Nous écrivons pourtant toutes sortes de choses. En réalité, je crois que vous en êtes responsables. Vous êtes enquêteurs à la Criminelle, Erlendur et vous, au fait, rappelez-moi votre nom.

– Sigurdur Oli.

– Et voilà. Rien que vos noms semblent ridicules dans ce contexte. Vous n'êtes pas d'accord ? Quant à la faune locale des malfrats, elle n'a aucun intérêt.

Les deux flics échangèrent un regard. Sigurdur Oli allait protester, mais Erlendur lui coupa l'herbe sous le pied.

– C'est vrai, il n'y a heureusement que très peu de meurtres prémédités en Islande. Les assassinats ne sont pas notre spécialité. Nous n'avons pas dans ce domaine l'expérience des grandes nations, mais je ne m'en plains pas.

– Nous nous interrogeons sur le message qu'a voulu faire passer l'assassin en déposant le corps sur la tombe de Jon Sigurdsson, reprit Sigurdur Oli. Y a-t-il dans la vie privée du grand homme des éléments qui permettraient de l'expliquer ? Ou bien s'agit-il plutôt d'un acte politique ? Si celui qui a déposé le corps à cet endroit l'a fait pour une raison bien précise, est-il possible qu'il s'agisse d'un lettré ? Qu'il connaisse sur Jon Sigurdsson des détails que nous ignorons ? En clair, est-ce que l'homme que nous recherchons est un intellectuel ?

– Un historien ? Peut-être, répondit Ingjaldur en vidant sa pipe dans le cendrier déjà trop plein.

Erlendur esquissa un sourire narquois, Sigurdur Oli fronçait de plus en plus les sourcils.

– Jon est avant tout le symbole de notre lutte pour l'Indépendance, c'est un symbole rassembleur, répondit Ingjaldur, entrant brusquement dans le vif du sujet. Sa personne se confond avec l'émancipation de notre nation. Il a tenu tête aux Danois. C'était un romantique nationaliste. Selon lui, l'État libre islandais qui a existé au Moyen Âge était notre âge d'or, c'était une source d'inspiration politique comme pour Jonas Hallgrimsson en littérature. Voilà l'image que la nation conserve de Jon. En grattant un peu, on se rend compte que cet homme était aussi un lobbyiste hors pair qui passait son temps à marteler les mêmes reproches aux Danois. Pas mal de gens le trouvaient pénible et fatigant. On le décrivait comme un… attendez… voilà, ça me revient, comme un bourreau de travail froidement rationnel. On disait qu'il était né vieux et qu'il manquait cruellement d'humour.

– Et sa vie privée ? On y trouve des choses qui pourraient faire écho au meurtre d'une jeune femme qui, probablement, se prostituait ? demanda Sigurdur Oli.

– Je dois vous avouer que je n'en ai aucune idée. Certains prétendent que Jon avait contracté une maladie vénérienne, la syphilis, ce qui impliquerait qu'il fréquentait les filles de joie. Mais personne n'a jamais réussi à le prouver. Jon le démentait formellement dans une de ses lettres. La rumeur est née parce qu'il a été malade et alité une grande partie de l'année 1840 si je me souviens bien.

Ingjaldur ralluma sa pipe et en inspira une grosse bouffée avant de poursuivre.

– On ne sait pas grand-chose de ses relations avec son épouse Ingibjörg, il n'existe aucune trace de leur correspondance, ce qui est très surprenant. Jon prenait grand soin des courriers qu'il recevait et les classait méticuleusement. Pourtant, on n'a retrouvé aucune lettre d'Ingibjörg dans ses archives. Cela indique peut-être qu'il hésitait à l'épouser. Il faut dire qu'elle l'a attendu douze ans.

Ingjaldur s'interrompit à nouveau et se mit à gratter sa verrue.

– Puis il y a cette femme en noir, reprit-il.

– Quelle femme en noir ? s'étonna Erlendur.

– C'est une histoire très mystérieuse, répondit Ingjaldur. Il posa sa pipe dans le cendrier et se leva. Cette femme est venue à son enterrement à Copenhague. Elle portait un voile noir qui dissimulait son visage. Ah, où est-ce que j'ai mis ça ? Sigurdur Nordal, le grand professeur de littérature, en parle dans le recueil publié à l'occasion de l'anniversaire de Jon Helgason. Je suis sûr que c'est quelque part.

Ingjaldur effectua un tour d'horizon de sa bibliothèque en se grattant la tête. Il poussa un petit cri en apercevant le livre puis alla se rasseoir et le feuilleta.

– Voilà. L'enterrement a eu lieu à l'église de Garnisonskirke le 13 décembre 1879 et... voyons, voyons... « Une grande femme à la démarche majestueuse, en tenue de grand deuil, qui portait un voile noir empêchant de distinguer les traits de son visage. » C'est ainsi que Sigurdur Nordal la décrit. Elle s'est assise au premier rang et s'est mise à sangloter, inconsolable. Personne ne connaît son identité. Certains disent que c'était sa maîtresse.

Le portable d'Erlendur sonna. Il répondit, hocha la tête et rangea l'appareil dans sa poche.

– Ils ont une photo de lui, en tout cas, c'est ce qu'ils pensent, annonça-t-il.

– De lui ? Qui ça ? demandèrent en chœur l'historien et Sigurdur Oli.

Le cliché était très flou. On l'avait immédiatement communiqué à la Criminelle en découvrant qu'on y voyait la Saab bleue volée. Il avait été pris par un radar installé au carrefour des boulevards Miklabraut et Kringlumyrarbraut. La Scientifique essayait d'améliorer sa qualité et sa définition, mais cela prenait du temps. Le conducteur du véhicule portait une veste noire, sans doute en cuir, il avait le front large et une épaisse chevelure, on voyait plus nettement ses sourcils que ses yeux, son nez et sa bouche formaient à peine deux ombres sur son visage hâve. Les deux mains cramponnées au volant, il était penché en avant.

– Ça ne nous apporte pas grand-chose, observa Erlendur. J'espère qu'ils réussiront à le rendre plus net pour que nous sachions exactement ce que nous cherchons.

– On dirait plutôt : qui nous cherchons, corrigea Elinborg qui, assise dans le bureau d'Erlendur avec Thorkell, défendait plus que jamais la grammaire après sa conversation avec le tatoueur.

– Au fait, vous en êtes où avec ce tatouage ? s'enquit Sigurdur Oli.

– Un des gars que nous sommes allés voir se souvient avoir fait ce J sur la fesse d'une jeune fille de province. Elle est venue le voir complètement droguée. Cela remonte à un certain temps, mais il est sûr de lui. Par contre, je ne vois pas en quoi ça nous aide. Ce gars ne sait rien de plus que nous.

10

Erlendur était déjà rentré chez lui le lundi soir quand Eva Lind l'appela, comme promis. Elle semblait bouleversée.

L'enquête piétinait. Erlendur avait reçu dans l'après-midi un rapport d'autopsie plus complet. Les marques sur le cou de la jeune fille indiquaient qu'on avait tenté de l'étrangler peu avant sa mort. Le décès était survenu par étouffement. On avait trouvé dans les voies nasales, dans le larynx et sous les ongles des traces de fibres vestimentaires qu'il fallait analyser. Son corps présentait de multiples contusions. Le rapport précisait qu'on attendait les résultats définitifs des analyses de sang.

– Je connais une fille qui connaît ta gamine, annonça Eva Lind.

Elle l'appelait sur un portable qui captait mal et grésillait abondamment.

– Tu es sûre de toi ?

– Je crois… Je… ce moment avec elle… dépêche-toi.

Erlendur nota l'adresse, appela Sigurdur Oli et descendit avec lui dans le centre-ville. Il était presque minuit. Le soleil se reposait un instant sur le sommet du glacier de Snaefellsjökull avant de reprendre sa course. Les gens se promenaient, profitaient de la douceur et du jour éternel de l'été. Les deux policiers ne dirent pas grand-chose sur le trajet. Ils se garèrent sur le parking derrière le Parlement, allèrent à pied jusqu'à la cathédrale et continuèrent sur la rue Kirkjustraeti puis entrèrent dans une petite maison délabrée couverte de tôle ondulée rouge. La porte était ouverte. Une forte odeur de brûlé les prit à la gorge. Dehors, il faisait clair comme en plein jour, mais l'intérieur était dans la pénombre. Des couvertures occultaient les fenêtres.

On accédait directement à la petite cuisine où s'accumulaient des emballages de plats préparés. Ils comprirent immédiatement d'où provenait l'odeur. Erlendur ôta le blouson en cuir posé sur la cuisinière électrique dont une plaque était restée allumée à feu doux. La chaleur avait fait un grand trou dans le dos du vêtement. La cuisine ouvrait sur une pièce censée être un salon, mais qui ne contenait qu'un matelas posé à même le sol et recouvert d'un tissu en velours brun. On voyait çà et là le vieux parquet affleurer sous la moquette usée jusqu'à la corde. Du salon, on accédait à une petite chambre. C'est là qu'ils trouvèrent Eva Lind, assise sur le bord d'un lit avec une gamine d'environ dix-sept ou dix-huit ans.

– Tu as ramené toute ta troupe ? s'agaça Eva Lind en toisant Sigurdur Oli. Les murs blancs étaient couverts de crasse, de graffitis et de taches de café. « Tête affable est souvent raisonnable, raisonnable est souvent celui qui s'affale », y lut Erlendur. Allitérations, jeux de mots et contrepèteries, pensa-t-il. Dans un coin de la pièce trônait une figure cartonnée d'acteur hollywoodien grandeur nature, sans doute volée dans un cinéma. Erlendur ne le connaissait pas. La gamine assise à côté d'Eva Lind était blonde, elle avait le visage émacié et le regard vague. Sa petite bouche était couverte d'une épaisse couche de rouge à lèvres carmin.

– C'est Sigurdur Oli, répondit Erlendur. Il n'y a que lui et moi. Tu sais bien que nous travaillons ensemble.

– Ils vont m'emmener ? s'inquiéta la gamine en se blottissant dans les bras d'Eva Lind. Sa voix pourtant jeune était éraillée, on l'entendait à peine.

– Personne ne va t'emmener, la rassura Eva Lind. Ils viennent seulement te poser des questions sur ta copine. Celle qui se piquait. Mais tu n'es pas obligée de leur répondre si tu n'en as pas envie et, si tu préfères qu'ils s'en aillent, je leur demanderai de partir.

– Quel est votre nom ? demanda Erlendur. Sigurdur Oli se rendit dans la cuisine et sortit son portable.

– Dora, Dora la pute qui se met à quatre pattes, chantonna-t-elle. Puis il y eut un silence.

– Vous savez quelque chose sur la jeune fille qu'on a retrouvée morte dans le cimetière ? demanda Erlendur d'une voix douce.

– Elle détestait ce mec, répondit la gamine en levant les yeux vers lui. Ce type la battait et lui demandait de faire des trucs dégoûtants. Quelle ordure !

– Ce type, c'est qui ?

– C'était ma copine, je vais le buter.

– Vous habitez ici ?

– Oui.

– Elle vivait avec vous ?

– Oui.

– Comment elle s'appelle ?

– Birta.

– Et son nom de famille ?

– Je ne sais pas.

– Vous la connaissez depuis longtemps ?

– Depuis des années.

– Et vous ne savez pas comment elle s'appelle ?

– Birta ! Je viens de vous le dire ! Elle s'appelle Birta.

– Qu'est-ce qui vous fait croire que Birta est morte ?

– Je devais la voir dimanche matin et elle n'est pas venue. Puis j'ai entendu dire qu'on avait trouvé un corps au cimetière et on m'a dit que c'était elle. Je le sais. Je sais que c'est elle.

– Qui vous a dit ça ?

– Quelqu'un.

– Vous connaissez l'homme qui la terrorisait ?

– Oui, c'est lui qui l'a tuée.

– Vous connaissez son nom ?

– Elle n'a pas voulu me le dire.

– Vous l'avez déjà vu ?

– Non.

Eva Lind observait son père.

– Vous pouvez m'en dire plus sur Birta ? poursuivit Erlendur.

– Elle était géniale.

– Vous connaissiez un garçon qui aurait pu être avec elle ?

– Elle connaissait plein de garçons.

– Cet homme…

– Il a un tas de maisons, interrompit Dora. Il veut que tout le monde y emménage. C'est Birta qui me l'a dit. Il s'en vantait. Il lui a dit qu'on devait tous emménager dans ses maisons.

– Ces maisons, elles sont où ?

– Il les possède toutes. Il possède toutes les maisons du monde.

– Toutes les maisons du monde ?

– Je me sens mal, murmura Dora en levant les yeux vers Eva Lind. Je veux qu'on arrête.

Eva Lind fit signe à son père qui se tut aussitôt. Sigurdur Oli apparut dans l'embrasure et rangea son téléphone dans sa poche. Erlendur le rejoignit.

– Nous avons contacté le propriétaire de ce taudis, annonça le jeune policier en quittant la chambre. C'est une vieille connaissance. Il loue cette bicoque et vit dans une villa luxueuse à Breidholt. Les Stups pensent qu'il fournit ces gamins en drogue. Son nom est dans le fichier des trafiquants potentiels. Il nous attend. Tu le connais. C'est Herbert. Il se présente parfois sous son nom de famille : Rothstein.

– C'est Herbert ? s'étonna Erlendur.

Eva Lind les rejoignit dans la cuisine.

– Tu ne connaîtrais pas un certain Herbert Rothstein ? demanda Erlendur.

– Hebbi ?

Eva Lind hésita.

– Il est incroyablement stupide. Il vénère tout ce qui vient d'Amérique et s'habille comme un cow-boy. C'est pour ça que tout le monde le croit complètement crétin. Il veut qu'on l'appelle Herb. Mais les gens ont aussi peur de lui. C'est lui qui tient le marché de la drogue et il ne cède rien. Il a un garage, un club porno et je ne sais quoi encore. Il est propriétaire de ce taudis ?

– Oui, en tout cas, sur le papier. Un club porno ? Lequel ?

– Bah, ce truc qui s'appelle le Boulevard.

– Il possède le Boulevard ?

– C'est ce qu'on m'a toujours dit.

– Et Birta ? Tu la connaissais ? demanda Erlendur.

– Pas du tout. C'est une copine qui m'a raconté que Dora disait à tout le monde que Birta avait été tuée et qu'elle voulait buter son assassin.

– Il faut qu'on réussisse à la convaincre de procéder à l'identification du corps. Tu crois qu'elle est en état de le faire ?

– Elle est en pleine descente. Un médecin pourrait sans doute la remettre sur pied. Mais pas de traitement sauf si elle le demande expressément, c'est clair ?

– Elle t'a dit autre chose ? demanda Erlendur.

– Elle pense que Birta était originaire des fjords de l'Ouest. Elle avait un copain qui passait beaucoup de temps avec elle et qui venait aussi de là-bas.

11

Erlendur et Sigurdur Oli montèrent directement à Breidholt. La plupart des villas du quartier se ressemblaient : lignes épurées, grandes baies vitrées, doubles garages, colonnades. Le style nouveau riche manquait d'originalité. Deux véhicules de police étaient garés devant chez Herbert. On voyait par la fenêtre du salon quelques flics en uniforme. La maison à un étage faisait environ 500 mètres carrés si on excluait le garage où stationnaient deux voitures de luxe.

Certes, le maître des lieux était propriétaire d'une concession automobile et du club de strip-tease le Boulevard, mais il était évident que les revenus générés par ces deux activités ne suffisaient pas à lui assurer un train de vie aussi luxueux. Il était incapable de justifier sa richesse autrement qu'en arguant de sa chance aux jeux. Il affirmait avoir beaucoup gagné dans les casinos en Islande, mais surtout à Las Vegas. Il se rendait régulièrement aux États-Unis et avait vécu à Reno, la capitale du jeu, dans le désert du Nevada. Il se prétendait mi-Américain, se présentait sous le nom de Rothstein, surtout aux États-Unis, mais aussi parfois en Islande. Herbert Rothstein. Une simple vérification avait permis de découvrir qu'il s'appelait en réalité Herbert Baldursson et qu'il était cent pour cent islandais.

Herbert les accueillit, chaussé d'une paire de bottes de cow-boy en peau de serpent et cuir de taureau, vêtu d'un jean bleu sombre et d'une chemise à carreaux rouges, un bandana bleu noué autour du cou. Erlendur regarda Sigurdur Oli d'un air dubitatif. Les murs étaient ornés d'affiches de film plutôt que de tableaux, principalement tirées de la série *Le Parrain*. Les meubles semblaient avoir été achetés à une discothèque des années 70, il y avait là des canapés rouges en cuir plissé, de petits tabourets et une affreuse table basse en plastique noir. C'étaient la télé et la chaîne hi-fi qui prenaient le plus de place, installées sur une immense étagère qui occupait la moitié du salon. Le sol était tapissé d'une moquette lilas bouclée, aussi épaisse que les herbes folles d'un champ en friche. Herbert avait baptisé sa maison Dallas, chaque pièce portait le nom d'un personnage de la série.

– Qu'est-ce que ça veut dire de réveiller les gens en pleine nuit ? s'écria-t-il en entrant dans le salon baptisé Pamela. Erlendur connaissait un peu Herbert. Son parcours de délinquant n'avait rien d'original. Après avoir débuté par des cambriolages et des agressions à l'adolescence, il avait régulièrement séjourné en prison, avait très probablement participé à de la contrebande d'alcool à grande échelle au début des années 80 et était aujourd'hui soupçonné d'être le plus gros importateur de drogues dures en Islande. La police n'avait toutefois jamais réussi à rassembler des preuves suffisantes. Certaines pièces à conviction avaient d'ailleurs disparu comme par enchantement. Erlendur avait parfois du mal à comprendre les méthodes de travail de la brigade des Stups. La cinquantaine, petit et maigre, le visage long et de grosses lèvres, Herbert était comme monté sur ressorts. Célibataire et sans enfant, il vivait seul dans sa grande maison. Il avait la réputation d'être violent.

Plusieurs personnes avaient porté plainte contre lui pour agression, mais toutes s'étaient rétractées. Erlendur se souvenait qu'il avait été placé en détention provisoire vers 1980 dans le cadre d'une disparition qui n'avait jamais été élucidée.

– Bonjour, Hebbi ! dit-il.

– Quelle idée d'amener toute votre troupe de flics ! Je viens à peine de faire connaissance avec mes voisins. Qu'est-ce qui se passe ? Vous vous prenez pour les Stups ou quoi ? Vous êtes vraiment une bande de cons !

– Surveillez votre langage, mon petit Herbert, répondit Erlendur en observant les affiches sur les murs. Nous avons quelques questions à vous poser sur vos locataires de la rue Kirkjustraeti. Deux jeunes filles, Dora et Birta. Ça vous dit quelque chose ?

– Mon petit Herbert ? C'est quoi, ces conneries ? Allez, dehors, je n'ai rien à vous dire.

Erlendur et Sigurdur Oli le rejoignirent dans le salon et lui firent signe de s'asseoir. Herbert refusant d'obtempérer, tous trois restèrent debout.

– Quand avez-vous vu Birta pour la dernière fois ? demanda Sigurdur Oli.

– Je ne connais pas cette Birta, *believe me !*

– Quand l'avez-vous vue pour la dernière fois ? insista Sigurdur Oli.

– *Hey, fuckhead !* Je connais pas de Birta, OK ?

Sigurdur Oli baissa les yeux sur la moquette ridicule. Erlendur alla rejoindre les autres policiers pour leur demander s'ils étaient arrivés discrètement. Ils lui répondirent que oui. Bien sûr, vous pensez, en pleine nuit dans ce beau quartier ! Il les pria de sortir allumer leurs sirènes, puis retourna voir Herbert. Quelques instants plus tard, les sirènes retentirent.

– C'est quoi, ce bordel ? s'écria Herbert en bondissant vers la baie vitrée. Vous voulez réveiller tout le quartier ?! *Jesus !*

– Nous avons tout notre temps, répondit Erlendur. Allez, répondez à la question de mon collègue Sigurdur Oli.

Herbert les dévisagea tour à tour.

– Vous promettez d'éteindre ça ? OK, Birta et d'autres filles louent ma maison *downtown*. Je l'ai vue il y a quelques mois. Allez, éteignez ces putains de sirènes !

Erlendur s'avança vers la baie vitrée. Le vacarme cessa immédiatement.

– Vous leur avez fourni un logement, reprit Sigurdur Oli. Vous leur fournissiez aussi des clients et de la drogue ?

– Comment ça, *man ?*

– Vos trafics ne m'intéressent pas, je veux juste savoir si vous connaissez les types qu'elles voient.

– Vous me prenez pour un *pimp ?* s'offusqua Herbert.

Erlendur regarda Sigurdur Oli d'un air interrogateur.

– Hmm, en islandais, ça s'appelle un mac, traduisit son jeune collègue.

– Alors, Herb, vous êtes le maquereau de ces gamines ? demanda Erlendur.

– Vous me prenez pour qui ? rétorqua Herbert, méprisant.

– *Believe me*, s'amusa Erlendur en regardant Sigurdur Oli, fier de lui. Vous n'avez pas envie d'entendre ce que je pense de vous. Vous connaissez leurs clients réguliers ?

– Pourquoi vous me posez toutes ces questions sur ces *babes ?* Elles ne valent rien et même moins que ça. Le pus qui sort du cul d'un chien a plus d'intérêt que ces grognasses.

– Si seulement vous saviez à quel point vous êtes risible, Herb, observa Sigurdur Oli.

– Vous aussi, vous êtes ridicules. Si vous ne supportez pas mon *lifestyle*, je ne vous retiens pas, espèce de péquenauds !

– Quelles étaient vos relations avec Birta ? demanda Sigurdur Oli, fatigué de tourner autour du pot.

– Elle me loue un appartement avec une autre petite pute de son genre, OK ? À part ça, je ne les connais pas.

– Depuis longtemps ?

– Un certain temps.

– Il s'est passé quelque chose il y a quelques mois, non ?

– Elle a mis fin au contrat de location.

– Vous lui fournissez de la drogue ?

– Oh, *man*, je ne suis pas un dealer, OK ?

– Et vous ne lui envoyez pas non plus de clients ?

– *Jesus !*

– On a retrouvé Birta, assassinée, dans le cimetière de Sudurgata ce week-end, annonça Erlendur avec une grimace.

Herbert sembla déconcerté. Les traits de son visage se relâchèrent et ses épaules s'affaissèrent l'espace de quelques instants. Ses airs de dur à cuire reprirent bientôt le dessus.

– En quoi ça me regarde ? lança-t-il. Vous pensez que c'est moi l'assassin ? Vous n'avez aucune preuve. Je suis rentré des States ce week-end. J'y ai passé quinze jours et je ne suis pas au courant de ce meurtre. Vous n'avez qu'à vérifier, *man*.

Il avait perdu de son arrogance. La nouvelle l'avait manifestement décontenancé, il avait l'air ailleurs, comme si mille pensées et autant d'hypothèses se bousculaient dans sa tête sans qu'il puisse les analyser.

– En tout cas, vous comprenez pourquoi nous avons besoin de connaître ses fréquentations, reprit Erlendur. Vous connaissez son patronyme ?

– Non, répondit Herbert, réticent. Tout le monde l'appelait simplement Birta. Elle est morte ? Assassinée ? Vous me faites une mauvaise plaisanterie ou quoi ?

– On a trouvé son corps auprès de Jon Sigurdsson. Ça ne vous évoque rien ? demanda Sigurdur Oli.

– C'est qui ? Un *pimp ?*

– Non, pas précisément un *pimp*, s'amusa Erlendur. Ne vous inquiétez pas pour lui. Est-ce qu'elle connaissait un homme dont le prénom commencerait par un J ? Il est possible qu'il l'ait fréquentée et que vous l'ayez vue avec lui.

– *Hey, man*, je ne connaissais pas cette petite pute, elle me louait un appart, point barre, répondit Herbert, remis de sa surprise. Il n'avait pas envie de coopérer avec ces putains de flics.

– Pourquoi Birta a mis fin au contrat de location ?

– Elle est partie ailleurs. Qu'est-ce que j'en sais ? Je suis censé avoir la réponse ? Vous croyez que je sais tout ?

– Encore une chose, vous êtes le propriétaire du Boulevard, cet élégant lieu de distraction dans le quartier de Skeifan, n'est-ce pas ?

– Pourquoi cette question ?

– Est-ce que Birta y traînait ?

– Je ne sais rien de cette putain de gamine, OK ?

– Imaginons que des gars qui veulent pimenter un peu leur quotidien ou bien un type qui s'ennuie dans son chalet d'été vous appellent en vous demandant de leur envoyer des filles. Il se passe quoi ?

– Je ne comprends pas de quoi vous parlez, *man*, s'agaça Herbert.

– Je me demande seulement si vous avez envoyé Birta quelque part dans les environs de la ville. Dans un chalet d'été où quelqu'un l'aurait violée puis assassinée avant de se débarrasser de son corps comme d'un détritus. Vous trouvez ça improbable à ce point, Herb ?

– Vous êtes cinglé, répondit Herbert. Complètement cintré. Si vous continuez comme ça, je vais appeler mon *lawyer*.

– Votre *lauyeur ?*

– *Fuck you !*

– Je pense qu'il parle de son avocat, précisa Sigurdur Oli.

– Allons, vous n'avez pas besoin d'avocat, reprit Erlendur. Je me trompe ?

– Je ne comprends pas ce que vous me voulez. Je ne vois pas de quoi vous parlez. Foutez-moi la paix !

Erlendur remit son chapeau.

– Restez joignable, Herb !

Ils quittèrent la villa et décidèrent de faire surveiller Herbert. Sa réaction quand ils lui avaient annoncé la mort de Birta indiquait qu'il savait des choses qu'il ne consentirait jamais à leur dire sauf s'ils lui présentaient des preuves formelles qui le forceraient à coopérer.

– Birta était originaire des fjords de l'Ouest. Jon Sigurdsson aussi. Certains y verraient un indice engageant à chercher la réponse là-bas, déclara Erlendur.

– Peut-être, convint Sigurdur Oli.

– Tu devrais nous réserver une voiture de location pour demain. Nous irons y faire un tour. C'est idiot d'aller dans les fjords de l'Ouest autrement qu'en voiture.

– On ne ferait pas mieux de prendre l'avion ? On y sera en un rien de temps.

– Je préfère la voiture.
– Reconnais plutôt que tu as peur.
– De cet engin de malheur ?
– On place le téléphone d'Herb sur écoute ?
– Oui, mais on le fait nous-mêmes, sans prévenir les Stups.

Herbert tournait comme un lion en cage dans son grand salon. Il alla à la fenêtre et regarda ces deux idiots de flics monter en voiture. Pas de téléphone, marmonnait-il. Les véhicules de police disparurent les uns après les autres et les voisins éteignirent leur lumière après avoir observé tout leur soûl l'intervention dans la villa du nouveau venu dans le quartier. Pas de téléphone, se répétait Herbert.

Il attendit un long moment. *Fuck it !* s'exclama-t-il, n'y tenant plus. Il descendit au pas de course jusqu'au garage et s'installa au volant de sa rutilante jeep Cherokee rouge. La porte s'ouvrit lentement. Il était tellement nerveux qu'il raya le toit de sa voiture en reculant à toute vitesse.

Il descendit en ville et s'arrêta devant le bâtiment des télécoms où se trouvait une des rares cabines téléphoniques de Reykjavík. Herbert savait que les Stups le plaçaient régulièrement sous surveillance. Le marché de la drogue en Islande était de taille restreinte et les flics connaissaient la plupart des trafiquants. Il composa un numéro et attendit un long moment. Un moment interminable. Il tripotait le fil du téléphone et tapotait doucement la porte vitrée de la cabine du bout de sa santiag. Il était presque deux heures du matin. Enfin, son correspondant décrocha.

– Oui ! répondit une voix masculine.
– Tu savais que Birta était morte ?
– Tu appelles d'où ?

– D'une cabine. Je ne suis pas un crétin, *man !*

– Si, Herbert.

Le correspondant raccrocha.

Erlendur et Sigurdur Oli avaient suivi Herbert en ville et s'étaient arrêtés à distance.

– Espérons que les Télécoms pourront nous communiquer le numéro qu'il a appelé, dit Erlendur. Sigurdur Oli hocha la tête. Herbert sortit de la cabine, remonta dans sa jeep et démarra en trombe.

– Si vous ne supportez pas mon *lifestyle*, grimaça Sigurdur Oli, imitant le suspect. Franchement, il vient d'où ce type ?

– Oh, pas de ça avec moi ou j'appelle mon *lauyeur* !

Les deux policiers éclatèrent de rire.

12

Après avoir mis quelques vêtements dans sa petite valise, Erlendur appela le centre de Vogur pour demander des nouvelles de son fils puis passa un coup de fil à Elinborg, chargée de veiller sur la progression de l'enquête à Reykjavík pendant son absence.

Sigurdur Oli alla voir Bergthora, débordée de travail, pour la prévenir qu'il partait avec Erlendur dans les fjords de l'Ouest. La victime était originaire de cette région, ils prévoyaient d'aller passer quelques jours là-bas pour interroger ses proches et mieux cerner sa personnalité. Il ne serait absent que deux ou trois jours. Elle pouvait l'appeler sur son portable, mais en cas d'urgence il était préférable qu'elle contacte le commissariat. Hmm, voilà tout. Alors qu'il allait franchir la porte du bureau de Bergthora, il lui fit la proposition qu'il hésitait à formuler : nous devrions peut-être nous voir pour faire quelque chose de sympa ensemble à mon retour. Le téléphone de la jeune femme sonna, elle lui fit au revoir d'un signe de la main et hocha la tête.

Une vingtaine de jeunes filles de l'âge de la victime portaient le prénom de Birta dans le Registre de la population. Une rapide vérification avait révélé que toutes étaient en vie et qu'aucune n'avait été signalée comme ayant disparu ou fugué.

– Est-ce qu'on sait qui Hebbi a contacté la nuit dernière ? demanda Erlendur alors qu'ils roulaient sur le boulevard Vesturlandsvegur à bord de la voiture de location. Sigurdur Oli conduisait et Erlendur était affalé sur le siège passager. Il avait dans sa poche de chemise une photo du visage de la gamine assassinée qu'il montrerait aux gens des fjords de l'Ouest en cas de besoin. Le cliché avait déjà été transmis à tous les commissariats de la région, mais ça n'avait rien donné. La police de là-bas ne connaissait pas Birta et, pour l'heure, personne n'avait encore signalé sa disparition.

– Pourquoi tu ne veux pas faire le voyage en avion ? demanda Sigurdur Oli, agacé de devoir supporter l'interminable trajet jusque dans les fjords de l'Ouest.

– Nous en avons déjà parlé, répondit Erlendur. Nous devons nous familiariser avec cette région qui, à mon avis, joue un rôle important dans cette affaire. Tout comme Jon Sigurdsson. Il y a là des choses qui nous échappent et nous les trouverons là-bas. À part ça, quelles nouvelles de la pute à Amerloques ?

– Tu parles de qui ?

– De Hebbi.

– Ils n'ont pas encore trouvé le numéro qu'il a contacté. Les Télécoms traînent les pieds. Mais son téléphone est sur écoute. Les Stups nous transmettent tout ce qu'ils ont sur lui.

– Le pauvre Hebbi a complètement paniqué, observa Erlendur. Puis ils se turent. Ils longèrent le cap de Kjalarnes, obliquèrent vers l'ouest à Borgarnes, franchirent le col de Brattabrekka, traversèrent le village de Budardalur, s'enfoncèrent dans la vallée du même nom, continuèrent jusqu'au fjord de Gilsfjördur, franchirent le nouveau pont et longèrent les routes difficiles des fjords de la province de Bardaströnd. Erlendur avait préféré cet itinéraire à celui qui passait par le nord, pourtant plus praticable. Il voulait voir les immensités, l'isolement et les fermes abandonnées.

– Pourquoi est-ce qu'on parle aujourd'hui de franchissement du fjord de Gilsfjördur ? demanda-t-il alors qu'ils traversaient le pont. Pourquoi est-ce qu'on ne dit plus simplement construire un pont ? Franchissement, quel drôle de mot !

– Je n'en sais rien, répondit Sigurdur Oli, qui ne s'intéressait pas à la langue islandaise.

– Est-ce qu'on pourrait dire que c'est notre *enquêtement* qui nous a conduits ici ?

Et que le *tringlement* de Bergthora est un rêve lointain, pensa Sigurdur Oli.

Il y eut un silence.

– Pourquoi on ne trouve pas Birta dans le Registre de la population ? reprit Erlendur.

– C'est étrange, on dirait que cette gamine n'existait pas.

Le soleil effleurait l'horizon quand ils s'étaient engagés sur la route cahoteuse qui menait vers l'intérieur des fjords de la province de Bardaströnd. Il se hissait de plus en plus haut sur les pentes noires des montagnes. Certains de ces fjords avaient été habités à une époque où les gens se contentaient de peu, mais aujourd'hui ils étaient abandonnés. Le voyage était plus long et plus difficile que prévu. Quel enfer pour les voitures, soupirait Sigurdur Oli chaque fois qu'il devait faire une embardée pour éviter un gros bloc de pierre ou un nid-de-poule. Erlendur suggéra qu'ils passent la nuit à l'hôtel de Flokalundi, mais l'établissement était complet. Un groupe de touristes allemands l'avaient colonisé. Radins, ils mangeaient des morceaux de sucre emballés en se plaignant de la mauvaise qualité du service. Erlendur et Sigurdur Oli dînèrent à l'hôtel puis trouvèrent à se loger dans une ferme-auberge voisine.

Quand ils se furent installés dans la chambre qu'ils devaient partager puisque l'établissement était également complet, Erlendur sortit une petite flasque de whisky et en offrit à son collègue. Ils ôtèrent leurs chaussures et, en fonctionnaires polis, allèrent dans le petit salon où un quinquagénaire regardait la télé. L'homme leur adressa un signe de la tête et leur souhaita bonsoir. Il portait un T-shirt à manches courtes dont le tissu était tendu par son ventre. Les avant-bras poilus, il avait une barbe d'une semaine. Lorsqu'il souriait, ce qu'il fit souvent après qu'Erlendur lui avait offert de son whisky, on voyait qu'il lui manquait des dents.

Il expliqua qu'il était en voyage avec sa famille, ils étaient les seuls Islandais dans la maison, je crois qu'il y a cinq chambres, tous les autres sont anglais ou allemands, ils sont tous là avec leurs sacs à dos. Il ne les comprenait pas, ne parlait pas anglais et encore moins allemand, ils passaient le plus clair de leur temps à l'extérieur, pour sa part il avait manqué le ferry…

Il continua ainsi sans qu'on le sollicite et sans qu'on puisse l'interrompre, ne serait-ce que pour placer un « pardon », un « oui » ou un « non ». Erlendur tendit l'oreille quand il expliqua qu'il allait en vacances sur les lieux de sa jeunesse, il prendrait le ferry de Brjanslaekur le lendemain puisqu'il avait manqué celui d'aujourd'hui. Il n'avait pas envie de rouler dans les fjords du sud de la péninsule, les routes étaient complètement défoncées, c'était une honte de les laisser dans un tel état, ces routes-là on s'y aventure une fois et pas deux…

– Donc, vous venez d'ici ? glissa Erlendur dans cette logorrhée.

– Je suis parti il y a trois ans. Impossible de survivre dans ces conditions. J'étais encore au village quand ceux qui détenaient le quota de pêche l'ont vendu à des riches de Reykjavík. Par conséquent, il n'y avait plus de travail. C'est qu'aujourd'hui, les propriétaires du quota sont des commerçants qui vendent des fringues à Reykjavík. Le poisson est vendu et revendu avant même d'avoir été pêché, ces quotas sont concentrés entre les mains de moins en moins nombreuses de gars qui proposent la meilleure offre en laissant les autres crever. Ici, la survie dépend du poisson et il n'y en a plus beaucoup à pêcher puisque des gens d'ailleurs achètent ces quotas.

– La loi du marché, commenta Sigurdur Oli en quittant des yeux la télé même si la conversation ne l'intéressait pas. Puisque les habitants du village n'ont pas eu les moyens d'acheter ce quota, d'autres qu'eux s'en sont chargés. C'est aussi simple que ça.

– Peut-être, mais on offre à ces gens des millions et des millions pour vendre leurs parts et ils ont le droit d'en faire ce que bon leur semble. Le système des quotas est excellent pour préserver les ressources de pêche, mais il n'implique aucun devoir. Ceux qui en possèdent un ont le droit de jouer avec le pain quotidien de leurs semblables dans chaque village, ils le vendent, le louent, le donnent, spéculent avec comme si c'était n'importe quelle marchandise. Tout à coup, certains ont fait fortune tandis que d'autres ont crevé de faim. Beaucoup d'armateurs de chez nous ont vendu leur quota ou l'ont loué à des gens d'autres régions en se fichant de savoir si le poisson profiterait à ceux de Reykjavík ou à ceux des fjords de l'Ouest, tant qu'ils avaient entre les mains une bonne liasse de billets, pour eux tout allait bien. Ces individus n'avaient aucun sens des responsabilités. Ils se fichaient de savoir qu'ils privaient des villages entiers de travail. Tout ce qui les intéresse, c'est de gagner du fric en spéculant sur leur maudit quota et de profiter de leur richesse. Des régions entières ont perdu leur droit de pêche et le travail s'est envolé. Ça, je peux vous le dire.

– Mais depuis, ça s'est arrangé, n'est-ce pas ?

– Arrangé ? J'étais contremaître dans une pêcherie ici. Vous savez ce que je fais aujourd'hui ? Je travaille aux entrepôts des supermarchés Hagkaup. Je distribue les produits des capitalistes du petit commerce qui m'exploitent pour un salaire de misère. Voilà le résultat du système des quotas. J'avais une maison dans mon village, je l'ai vendue pour une somme dérisoire, le gars qui l'a achetée s'en sert un mois par an comme d'une maison de campagne, le produit de la vente m'a permis d'acheter un deux-pièces dans le quartier de Breidholt. C'est ça, le système des quotas. Puis les richards de Reykjavík arrivent et achètent nos maisons comme au Monopoly.

– Vous ne pouvez pas mettre tout ça sur le dos des quotas, protesta Erlendur. Sa flasque de whisky était vide. Les pêcheries sont en difficulté depuis longtemps. La population quitte la province pour s'installer à Reykjavík depuis la fin de la guerre. Les jeunes ont envie de connaître autre chose que l'odeur du poisson. Ils attendent plus de la vie, ils veulent aller au cinéma, au théâtre et au centre commercial de Kringlan…

– Il s'est endormi.

– Hein ?

– Votre ami.

Sigurdur Oli ronflait doucement, assis sur son fauteuil.

– C'est la télévision nationale, répondit Erlendur. Elle aurait le pouvoir d'assommer un troll.

13

Le lendemain matin, ils gravirent des landes abruptes dans un brouillard laiteux et s'arrêtèrent dans l'Arnarfjördur, à Hrafnseyri, le lieu où Jon Sigurdsson avait vu le jour. Sur la droite, en surplomb de la route, se trouvaient quelques maisons typiquement islandaises : murs rouges, fenêtres blanches et toit en tourbe. Le berceau de l'Indépendance, pensa Erlendur, curieux d'en savoir plus sur l'histoire du lieu. Sigurdur Oli s'arrêta sur le parking devant la plus vieille ferme. Erlendur descendit de voiture et admira le paysage. Il n'y avait pas un souffle de vent. Les nuages bas cachaient les montagnes tout autour, mais l'eau du fjord était lisse comme un miroir.

– Tu viens ? demanda-t-il à son collègue qui, assis au volant, ne semblait pas décidé à descendre. Tu n'as pas envie de voir l'endroit où est né Jon Sigurdsson ? ajouta-t-il, surpris.

– Non, je préfère t'attendre dans la voiture, répondit Sigurdur Oli.

– Tu es incroyable, rétorqua Erlendur en claquant sa portière. Il n'y avait personne à la ferme-musée en cette fin de matinée. La porte était fermée. Il se contenta de regarder à l'intérieur en plaquant son visage aux fenêtres. Il prit tout son temps pour faire le tour du site en caressant les murs en tourbe et en pensant à la jeune génération qui préférait rester en voiture, ne s'intéressait pas à l'Histoire ni à l'héritage de la nation, et n'avait qu'une envie : rouler à toute vitesse vers la prochaine étape, incapable de ralentir, d'observer et de méditer.

Debout sur le parking face à ces maisons en tourbe, il se sentait ému. C'était la première fois qu'il venait ici. Il essayait de rassembler ses quelques connaissances sur Jon Sigurdsson.

Il fut arraché à sa méditation par les coups de klaxon de Sigurdur Oli qui s'impatientait. C'est moi qu'il klaxonne, ce petit con, pensa-t-il en allant rejoindre son collègue qui lui adressait de grands gestes.

– Pourquoi tu n'as pas voulu voir la ferme de Jon ? demanda-t-il, curieux, dès qu'ils se furent remis en route.

– Ça me suffit de voir ce truc par la vitre.

– Ce truc ? Tu crois que c'est un endroit qu'on regarde comme une émission à la télé ? Tu sais que ce *truc* est un lieu bien réel. Ce n'est ni un décor, ni une pub, ni un clip.

– Qu'est-ce que tu racontes ? Ce n'est pas parce que je n'ai pas eu envie de voir quelques murs en tourbe que je suis un pauvre type abruti de télé qui bave sur son canapé.

Ils continuèrent à rouler, chacun plongé dans ses pensées.

– En fait, je crois que cette histoire n'a aucun rapport avec Jon Sigurdsson, déclara Sigurdur Oli, désireux de lui exposer son point de vue. Les meurtres en Islande ne sont pas prémédités. Les assassins ne placent pas le corps de leurs victimes dans des lieux symboliques. Ici, les meurtres sont commis sur un coup de folie. Le plus souvent à cause de l'alcool. Ils ne sont jamais mis en scène. Inutile d'y chercher un sens profond. Ou encore la vérité. Ils sont sales, moches et imprévisibles. Par conséquent, cette affaire n'a rien à voir avec Jon Sigurdsson.

– Mais qu'est-ce que tu as contre lui ?

– Je refuse de prendre part à cette vénération de l'Histoire, de la poésie, des grands hommes et de la nation, cette adulation permanente de l'Islande, de son peuple et de son passé. Ces trucs-là ne sont plus d'actualité. Ce ne sont pas les individus qui influent sur le cours de l'Histoire, même si certains sont de grands hommes. Toute cette vénération du passé nous empêche d'aller de l'avant, c'est un frein au progrès qui ne fait qu'affaiblir les gens. Regarde-toi. Tu n'en as que pour les contes populaires, l'amour de l'Histoire de ton pays et des grands hommes disparus, Jon et Hannes Hafsteinn, mon Dieu, comme il était beau, et je ne sais quoi encore, comme disent les bonnes femmes. Et toi, tu t'accroches à ces trucs-là, tu passes ton temps à explorer le passé, à vivre dans un passé qui jamais ne reviendra et jamais ne changera.

Erlendur le regardait, abasourdi.

– Le pire, reprit Sigurdur Oli, c'est que ça te coupe les ailes. Ça contamine jusqu'à ta vie privée. Tu es coincé dans ton passé dont tu ne veux ni ne peux te détacher. Et c'est ça qui te prive de ton énergie. Tu ne crois pas que tu serais monté en grade depuis longtemps si tu t'étais un peu secoué ? Mais tu n'en as pas envie. Tu préfères vivre dans le passé et regretter des choses qui n'ont jamais réellement existé. Rester immobile et ruminer ta nostalgie plutôt qu'entreprendre quoi que ce soit. C'est ça qui t'étouffe. Ces choses-là sont impossibles à changer, personne ne peut plus y remédier et il vaudrait mieux…

– Non mais, qu'est-ce que… ? souffla Erlendur. Ni Sigurdur Oli ni personne ne lui avait jamais dit ainsi ses quatre vérités. En quoi est-ce que ma vie privée te concerne ? Tu imagines que tu peux me cerner avec ta psychologie de salon importée des États-Unis et tes machins new age ? Qui t'a permis de… ?

– Je pensais que tu voulais savoir pourquoi je n'avais pas envie d'aller pisser sur la ferme de Jon Sigurdsson.

Erlendur resta coi quelques instants. Il n'eut pas le temps de reprendre ses esprits et de laisser libre cours à sa colère. Son portable sonna dans la poche de sa veste. Bouillonnant de fureur, il s'en rendit compte quand Sigurdur Oli le lui signala. Il l'attrapa et décrocha. C'était Elinborg.

– Herbert a disparu !

– Comment ça, disparu ? grommela Erlendur.

– Il s'est évaporé, précisa Elinborg.

Confortablement assise dans son bureau à Reykjavík, elle se régalait d'un sandwich au poulet assaisonné d'une sauce tandoori qu'elle avait préparé la veille au soir.

– Comment ça, disparu ? répéta Erlendur.

– Disparu. Introuvable.

– Qu'est-ce que tu veux dire ?

– Rien d'autre que ça.

– Tout le monde a donc perdu la tête dans ce pays ? Est-ce que tu vas cracher le morceau ?

– Hein ? Tu parles de mon sandwich au poulet ?

Avec pour témoin muet le mont Kaldbakur, la voiture s'arrêta brusquement sur la lande. Le quinquagénaire grisonnant, râblé et musclé, en sortit et balança de toutes ses forces le téléphone portable qu'il avait à la main sur les landes verdoyantes.

14

Herbert avait quitté son domicile le matin après la nuit où Erlendur et Sigurdur Oli l'avaient vu descendre à toute vitesse en ville pour passer un coup de fil. Einar, sexagénaire obèse, et Thorkell les avaient relayés. Herbert avait repris sa Cherokee pour l'emmener à l'atelier où il avait rendez-vous pour faire réparer le toit de sa jeep. Puis il était allé à Holtid où il avait déjeuné, il était ensuite passé à son garage, avait acheté des vêtements au centre commercial de Kringlan, était allé au Boulevard et avait rendu visite à sa vieille mère qui habitait dans un immeuble rue Alfheimar. Ensuite, il était rentré chez lui et avait à nouveau quitté son domicile à l'heure du dîner pour aller manger un steak en ville. Einar et Thorkell avaient dit à leurs collègues venus les relayer devant le restaurant que Herbert n'avait pas remarqué qu'il était suivi. Rien de ce qu'ils avaient vu dans la journée n'indiquait que cet homme soit impliqué dans autre chose que sa gentille petite vie tranquille, avaient-ils ajouté.

La dernière fois qu'on l'avait vu, il rentrait à sa villa de Breidholt, peu avant minuit. Les collègues en planque avaient été relayés à huit heures du matin, Herbert ne s'était pas manifesté. Environ deux heures plus tard, alors qu'Erlendur et Sigurdur Oli quittaient Hrafnseyri, une femme d'origine asiatique était venue à la villa. Elle avait cherché ses clefs un bon moment dans son sac à main puis avait sonné et, pour finir, tambouriné à la porte. Voyant que personne ne venait lui ouvrir, elle avait rebroussé chemin. Les deux policiers l'avaient interpellée en l'interrogeant sur le motif de sa visite. Elle venait faire le ménage chez Herbert deux fois par semaine. Il lui était déjà arrivé d'oublier ses clefs, mais chaque fois il était venu lui ouvrir, enfin, quand il était là. Sinon, elle passait par la porte de service qui n'était en général pas fermée à clef.

Ils firent avec elle le tour de la maison. La porte était grande ouverte. Une porte de service ! s'exclamèrent-ils. Ils n'y avaient pas pensé. Pourquoi personne ne les avait prévenus ? La maison était vide. Herbert était sans doute parti pendant la nuit. À moins que quelqu'un ne soit venu l'emmener de force : des traces de lutte étaient visibles dans la cuisine. Une casserole était tombée par terre et des morceaux de viande peu ragoûtants avaient éclaboussé les murs.

À ce moment, le commissariat les avait appelés. Une voisine de Herbert avait vu quelqu'un porter un homme manifestement inconscient dans une Dodge rouge qui avait ensuite quitté le quartier en trombe. Les policiers échangèrent un regard. Herbert avait été enlevé pendant qu'ils somnolaient dans leur voiture.

Des recherches furent immédiatement entreprises, on diffusa son signalement à la radio et sa photo dans les journaux télévisés du soir. La presse écrite publia le même cliché le lendemain matin en précisant que toute personne ayant des informations sur cet homme était priée de contacter immédiatement le commissariat. La police avait dans ses archives une vieille photo de Herbert, mais elle n'était plus très ressemblante.

On avait donc pris celle, nettement plus récente, de sa table de chevet. C'était la seule qu'on avait trouvée dans sa maison. Il portait une chemise blanche avec un col pelle à tarte et des boutons nacrés. Si elle avait été publiée en entier, on l'aurait vu posant devant Graceland, à Memphis, Tennessee.

Au-dessus de sa table de chevet, il avait placardé une vieille affiche du western spaghetti *Le bon, la brute et le truand*. Si les policiers avaient été attentifs au moindre détail, ils auraient remarqué que parmi les producteurs figurait un certain Harvey Rothstein.

15

Après le déménagement des abattoirs du Sudurland dans la bourgade de Hvolsvöllur, les anciens locaux de la rue Skulagata étaient restés inoccupés plusieurs années avant d'être détruits. Ces bâtiments blancs à deux ou trois étages surmontés de toits rouges comme dans les publicités de la compagnie formaient un cercle irrégulier autour d'une vaste cour où entraient les camions de livraison. Le périmètre s'étendait de Skulagata à Lindargata et abritait la majeure partie de l'activité de l'entreprise. Des grues avaient travaillé jour et nuit en frappant avec de grosses boules de métal les murs épais de ces solides constructions en béton pour les démolir. Puis on avait évacué les décombres, arasé le périmètre et semé du gazon, effaçant presque toutes les traces de l'entreprise installée ici pendant plus de soixante-dix ans.

L'ancien fumoir à viande n'avait toutefois pas encore été démoli. La peinture blanche s'était presque entièrement écaillée sous l'effet du noroît glacial qui soufflait de la mer, les murs étaient d'un affreux jaune moutarde pisseux. À gauche du bâtiment, le vieux portail d'acier s'entêtait à rester debout. C'était par là que les camions accédaient à l'usine avant que l'entrée ne soit transférée rue Lindargata, à l'âge d'or de l'entreprise. Orienté vers le nord, le fumoir donnait sur Skulagata et ne comportait qu'une petite fenêtre condamnée par des planches. Les vitres étaient cassées depuis longtemps. On y accédait par une lourde porte en acier fermée par un cadenas.

Il faisait noir à l'intérieur. Quelques grilles en aluminium ayant autrefois servi à fumer la viande de mouton jonchaient le sol comme si les employés avaient quitté les lieux précipitamment. L'une d'elles était accrochée à l'une des trois glissières fixées au plafond qui entraient dans les fours. Un grand plan de travail recouvert d'acier longeait l'un des murs. La porte d'un four était ouverte à côté des cabines qui avaient servi au fumage du saumon.

Le noir complet régnait dans ces espaces gigantesques. Une épaisse couche de graisse animale s'était déposée sur les parois au fil des ans. Le sol était recouvert de grilles sous lesquelles se trouvaient de grands tiroirs destinés à recueillir les graisses, posés sur des roulettes elles-mêmes calées sur de petits rails qui permettaient de les sortir dans une pièce située à l'arrière. Un petit couloir longeant les parois des fours permettait d'accéder à celle-ci, qui était l'endroit le plus sombre du bâtiment. On voyait encore là des cubes de bois, une bassine remplie de charbon de bois, du crottin de mouton et des sacs moisis en toile de jute. Le sol cimenté était couvert de poussière et de crasse. C'est là que se trouvait l'unique fenêtre.

L'homme que le témoin de Breidholt avait vu emmener Herbert était accroupi dans cette pièce. Il écoutait les hurlements qui résonnaient dans un des fours. Ces cris lui parvenaient à demi étouffés à travers le tiroir. Ils faiblissaient et s'espaçaient. Bientôt, ils se turent complètement.

16

À vendre : maison de 250 m^2. 5,5 millions.
Construction récente, bon état général. Libre de suite.
Les clefs sont à la Caisse d'Épargne.

L'annonce rédigée au stylo-bille sur une feuille arrachée dans un registre de comptes était épinglée sur le tableau d'affichage de la station Esso d'un village de quelques centaines d'âmes, blotti sur la rive d'un fjord magnifique. On ne faisait pas plus simple. Elle voisinait avec d'autres annonces semblables destinées à attirer l'attention de ceux qui passaient par là. Erlendur et Sigurdur Oli remarquèrent en traversant le village qu'un certain nombre de maisons étaient inoccupées.

Ils avaient fait le plein chez Esso en redescendant de la lande où ils avaient passé un moment à chercher le portable d'Erlendur qu'ils avaient finalement retrouvé à moitié enseveli dans un épais tapis de mousses. Sigurdur Oli n'avait jamais vu son supérieur piquer une telle colère. Pendant un instant, il avait craint qu'Erlendur ne s'en prenne à lui, il était descendu de voiture et s'était tenu à distance. Erlendur avait déversé sa colère en un flot d'imprécations et de jurons dont Sigurdur Oli ne connaissait même pas l'existence.

Erlendur avait fini par se calmer, mais il avait prévenu son collègue que s'il s'avisait encore une fois de le juger comme il venait de le faire, il refuserait de travailler avec lui et s'arrangerait pour réduire à néant ses espoirs de promotion dans la police. Sigurdur Oli s'était excusé en lui disant qu'entre véritables amis, on devait aussi se dire ce qui n'allait pas. Erlendur lui avait répondu qu'il pouvait se mettre cette idée là où il pensait.

Ils roulaient vers Isafjördur où ils prévoyaient d'installer leur quartier général, Erlendur tenait à s'arrêter dans les villages sur le trajet pour discuter avec les habitants, désireux de continuer à explorer les liens entre le meurtre et Jon Sigurdsson. Quand ils eurent fait le plein, ils se rendirent au commissariat pour rencontrer les autorités locales, en la personne d'un fonctionnaire d'une trentaine d'années, installé dans un petit bureau à l'arrière de la mairie. Il avait reçu la photo de Birta et avait essayé de se renseigner, mais cela n'avait rien donné pour l'instant, expliqua-t-il. Erlendur lui demanda si Kjartan, l'ancien maire, vivait toujours au village. Le jeune homme lui communiqua son adresse.

– Alors, vous vous promenez avec les morts en poche, demanda Kjartan à Erlendur et Sigurdur Oli, assis dans sa cuisine. Veuf, âgé de soixante-quinze ans, il était alerte et avait une autorité naturelle. Il avait mis sa casquette de maire quand il avait vu arriver ses visiteurs, sachant ce qui les amenait. Erlendur le connaissait depuis longtemps.

– Jolie gamine, ajouta-t-il en leur rendant la photo. Vous allez la montrer à tout le village ? Vous ne manquez pas d'air.

– Nous n'avons aucune idée de son identité, plaida Sigurdur Oli.

– Vous pensez qu'elle vient de la région parce qu'on l'a trouvée sur la tombe de Jon Sigurdsson, mais l'assassin l'a peut-être bien mise là par hasard, fit remarquer Kjartan. Je crois connaître la raison pour laquelle on l'a trouvée à cet endroit.

Kjartan n'était pas le seul. Beaucoup de gens avaient réfléchi à la question et formulaient toutes sortes d'hypothèses. Depuis la découverte du corps, le nom de Jon Sigurdsson était sur toutes les lèvres et, chaque jour, un monde fou venait sur sa tombe pour se recueillir ou par curiosité.

– Eh bien, continua Kjartan d'un ton docte, Jon venait des fjords de l'Ouest, son combat pour l'Indépendance l'a rendu célèbre. Cette gamine est également originaire de notre région, sinon vous ne seriez pas là. Et je crois que son assassin vient lui aussi de chez nous. Ça ne vous a pas effleuré ?

– Nous ne sommes même pas sûrs que l'homme qui l'a déposée sur la tombe soit l'assassin, répondit Sigurdur Oli.

– Dans ce cas, disons que celui qui l'a placée là vient d'ici. Seul un gars des fjords de l'Ouest ferait ce genre de chose. S'il venait du Skagafjördur, il aurait déposé le corps sur le monument en mémoire de Stephan G. Stephansson. Un gars de Reykjavík l'aurait mis sur la tombe d'Oli Thors ou du gouverneur Skuli Magnusson, un gars du Borgarfjördur aurait opté pour le village de Borg a Myrum, et un gars d'Akureyri pour le bâtiment de l'ancienne usine de Sambandid.

– Oui, et un communiste des fjords de l'Est l'aurait mise dans le mausolée de Lénine, s'amusa Erlendur.

– Parfaitement, convint Kjartan avec un grand sourire.

– Sa copine nous a dit qu'elle venait des fjords de l'Ouest, répondit Sigurdur Oli. C'est peut-être un détail important. Il est probable qu'elle se prostituait. Et elle se droguait à l'héroïne. Nous avons pensé que…

– Vous savez combien de gens ont quitté la région ces dernières années ? interrompit Kjartan. Si elle est partie depuis longtemps, vous cherchez une aiguille dans une botte de foin.

– Cet exode, c'est à cause des quotas ? demanda Erlendur.

– C'est un désastre. Je ne suis pas marin, mais j'ai vu les conséquences sur les villages de pêcheurs, c'est affreux. Ce maudit système a détruit tant de choses. Je n'ai pas de mots assez forts pour le critiquer. Certains se sont enrichis sans avoir à lever le petit doigt. On leur a offert d'incroyables privilèges en laissant les autres crever de faim.

Kjartan sortit son paquet de Camel et en offrit une à Sigurdur Oli qui la refusa. Erlendur prit une cigarette qu'ils fumèrent en buvant leur café.

– Si votre gamine vient d'ici, elle a sans doute vécu tout ça car c'est ainsi que les choses évoluent depuis une quinzaine d'années, depuis qu'on a mis en place ce système, reprit Kjartan. Elle a vu la colère, connu le sentiment d'insécurité et le désespoir engendrés par cette aberration.

– Et aussi l'exode, ajouta Erlendur.

– Tout le monde veut aller à Reykjavík. Elle a sans doute fait partie de ces gens. Et oui, le système des quotas est largement responsable de cet exode. Mais ce qui fait le plus mal, c'est l'injustice. L'instauration des quotas a fabriqué quelques millionnaires alors que le poisson est censé appartenir au pays entier. Comment comprendre ça ?

– Ce n'est peut-être pas un mal que les gens déménagent à Reykjavík, modéra Sigurdur Oli, c'est la ville où tout est possible.

– Où tout est possible ! Certes, on peut y étudier et se former, mais vous croyez vraiment qu'on y vit mieux ? Je ne pense pas.

– Vous croyez que la gamine est originaire de votre village ? demanda Erlendur.

– Je ne sais pas. Vous devriez aller voir l'ancien contremaître de l'usine de congélation. Toutes les femmes d'ici ont travaillé sous ses ordres. Il la reconnaîtra peut-être. C'est vrai que personne ne s'est inquiété de ce qu'elle devient ?

– Oui, c'est à croire qu'elle était seule au monde, répondit Erlendur. Ses parents sont peut-être décédés, elle n'avait peut-être ni frères ni sœurs et avait coupé les ponts avec le reste de sa famille. C'est terrible de voir qu'il n'y a personne pour s'inquiéter d'une si jeune fille.

Erlendur et Sigurdur Oli se rendirent chez l'ancien contremaître après avoir déjeuné dans la petite pension du village où ils étaient les seuls clients. Coiffé d'un chapeau tyrolien, le patron leur avait expliqué qu'il s'efforçait d'innover en proposant des plats exotiques. Il avait organisé une soirée allemande arrosée de bière et avait gardé ce chapeau depuis le week-end. Pas mal de gens étaient venus. Erlendur et Sigurdur Oli avaient échangé un regard dubitatif.

Hjalmar, le contremaître, était chez lui. Il s'était allongé pour se reposer après le déjeuner. Il allait sur ses soixante-dix ans et avait travaillé en mer à l'époque où il possédait une part sur le bateau de son frère. Il regrettait encore d'avoir arrêté. C'était un homme svelte, mais musclé pour son âge. Le geste vif, il ne manquait pas de conversation.

– J'ai travaillé comme contremaître dans l'ancienne usine de congélation pendant vingt-cinq ans, dit-il en regardant la photo, mais je n'ai jamais vu cette petite.

Hélas. Elle n'est pas d'ici. Tout le monde se connaît, le village n'est pas grand.

– Bon, nous voilà fixés, répondit Erlendur.

– On l'a vraiment déposée sur la tombe de Jon Sigurdsson, la pauvre petite ? C'est lui qui vous amène ici ? demanda Hjalmar, réticent à laisser partir ses hôtes de Reykjavík sans faire plus amplement connaissance ou leur apprendre quelque chose.

– On nous a dit qu'elle venait des fjords de l'Ouest, répondit Sigurdur Oli.

– C'est tout de même étrange que cette célébrité soit mêlée à cette histoire. Voilà qui a dû piquer votre curiosité.

– C'est le moins qu'on puisse dire, convint Erlendur. Mais, au fait, qui sont les gens qui ont acheté les quotas de pêche des villages de la région ?

– Principalement des gars de Reykjavík et du nord du pays.

– Vous connaissez leurs noms ?

– Pas vraiment. Mon frère, qui possédait le bateau sur lequel j'ai travaillé autrefois, a vendu son quota il y a quatre ans. Aujourd'hui, ce crétin se la coule douce en Floride.

– Il l'a vendu à qui ?

– Je ne sais pas, mais ce gars-là doit nager dans le fric puisqu'il a acheté ou loué tous les quotas des fjords voisins. Mon frère m'a dit que c'était le plus gros acheteur. Et le plus offrant. Il est plein aux as.

– Ça n'a aucun rapport avec notre enquête, mais est-ce que vous étiez propriétaire du bateau avec votre frère ? demanda Erlendur.

Hjalmar les regarda tour à tous, manifestement sur le point de leur confier un secret dont il avait pensé ne jamais parler à personne. Il haussa les épaules comme pour leur dire : qu'importe, ce qui est fait est fait.

– Le bateau avait un quota de cabillaud, répondit-il, hésitant. Je ne me suis jamais très bien entendu avec mon frère. Mais nous possédions cette coquille de noix sans valeur, en dehors du quota qui lui était attaché. Mon frère s'occupait de la pêche. Je travaillais à terre. Un jour, il m'a proposé de racheter ma part. Nous nous sommes entendu sur le prix. J'étais tout à fait d'accord pour vendre. L'activité battait de l'aile. Ça m'a rapporté quelques millions que j'ai dépensés en grande partie pour faire des travaux dans cette maison. Quelque temps plus tard, le cours du cabillaud a augmenté et la valeur du quota a monté en flèche. Ce rafiot était devenu une mine d'or. Mon frère l'a vendu au meilleur moment pour cent quarante millions. Il a arrêté de travailler en mer et vit aujourd'hui comme un roi. Je ne suis jamais allé le voir pour réclamer ma part du gâteau et il n'a jamais fait un geste. Nous n'avons aucun contact. Certains deviennent rois, d'autres pas.

Ils discutèrent encore un long moment puis Erlendur et Sigurdur Oli se levèrent : ils devaient reprendre la route. Hjalmar hocha la tête et les raccompagna jusqu'à la rue en traversant le joli jardin qui entourait sa maison. Ils avaient l'impression que leur hôte avait encore des choses à leur dire. Il regarda la rue déserte et soupira.

– Nous sommes comme le cabillaud. En dessous d'un certain nombre d'individus, les bancs se dispersent puis disparaissent. Je crains que ça ne s'applique également à l'espèce humaine. Quand les gens quittent les villages comme le nôtre, la vie ralentit. D'ici peu, elle se sera complètement éteinte, conclut-il avant de rentrer chez lui.

17

La porte du four s'ouvrit sans bruit, huilée par la graisse animale qui s'y était déposée depuis qu'on l'avait installée. Herbert avait cessé d'appeler à l'aide. Allongé dans le grand tiroir, le corps bloqué par la grille, il pouvait à peine bouger. Il se raidit en voyant quelqu'un entrer. La silhouette s'avança et s'arrêta juste au-dessus de sa tête. Les yeux du captif scrutaient l'obscurité, distinguant tout juste des formes sombres. Les deux hommes se regardèrent un long moment. L'individu tenait à la main un objet que Herbert n'arrivait pas à identifier. Il le posa et s'accroupit sans dire un mot. Ils continuaient à se regarder.

– Vous êtes qui ? demanda Herbert, débarrassé de ses ridicules tics de langage.

Il était calme et son islandais était excellent. Au lieu de lui répondre, l'homme le fixa plus intensément encore.

– Qu'est-ce que vous allez me faire ? reprit le captif. Pourquoi vous m'avez enlevé ? Qu'est-ce que je vous ai fait ? Vous êtes qui ? Répondez-moi !

L'homme restait muet. Il prenait plaisir à sentir la peur de son prisonnier confronté à l'incertitude du sort qu'il lui réservait. En même temps, il était terrifié à l'idée de ce qu'il était susceptible de faire. Il savait qu'il n'était pas un salaud. Il se pensait incapable de violence mais, poussé par la haine, il voulait se venger. Il était sûr que Herbert détenait des informations et il voulait absolument les lui extorquer, ce qu'il ne pourrait faire que par la violence. Il savait également que l'homme emprisonné sous la grille n'était pas un enfant de chœur, ce qui lui facilitait la tâche. Birta lui avait parlé de Herbert et lui avait dit des choses atroces. C'était un gros dealer qui s'employait à défendre ses intérêts et veillait à ce que la police ne puisse établir aucun lien entre lui et ceux qui, comme Birta, travaillaient pour lui.

Elle était souvent allée à l'étranger et en était rentrée le ventre chargé de drogue en jouant les petites filles innocentes devant les douaniers. Birta n'avait pas de casier judiciaire, son nom ne figurait pas non plus dans les dossiers des organismes sociaux, des foyers d'accueil ou des centres d'addictologie. En fait, elle n'avait aucune existence dans le système, ce qui en faisait la personne idéale pour le type de déplacements qu'organisait Herbert. L'agence de voyages Herbert, c'est comme ça qu'elle l'appelait. Elle allait en Europe, passait deux ou trois jours dans une grande ville et prenait contact avec les gens qu'il lui indiquait. Elle réceptionnait la marchandise en veillant soigneusement à ne pas se servir : un jour, elle avait consommé une partie de la livraison. Herbert avait alors mis sa casquette de base-ball et lui avait cassé l'épaule en la frappant avec une batte. Puis il lui avait malaxé le bras en lui demandant si elle souffrait.

– Tu vois, ça me fait aussi mal que ça quand on essaie de me voler, avait-il expliqué.

Mais cela n'était rien par rapport à ce qu'elle avait entendu dire de lui. Herbert avait eu beaucoup de mal à mettre de l'ordre dans le marché de la drogue en Islande. Avant lui, l'importation, la distribution et l'encaissement des profits étaient complètement anarchiques. Une foule de gens étaient impliqués dans ces transactions et s'opposaient les uns aux autres. Parfois, la pénurie faisait exploser les prix, puis arrivait une période de profusion sur ce marché très instable, et les prix s'effondraient. Les dealers se dénonçaient mutuellement à la police pour augmenter leur marge de manœuvre. Herbert avait mis de l'ordre dans tout ça. Aujourd'hui, deux gros dealers se partageaient le marché, l'offre et le niveau des prix étaient stables, et on travaillait constamment à augmenter la demande.

Tous n'étaient pas satisfaits des interventions de Herbert. Certains avaient refusé de se plier à ses exigences et avaient eu besoin qu'on leur donne des petites leçons. Même après cette remise en ordre, il se trouvait toujours des gens pour refuser de travailler avec lui. Une rumeur persistante affirmait qu'il était responsable de la disparition d'un homme qui avait tenté de se tailler une place sur le marché. Ce dernier s'était acquitté pour Herbert du même genre de missions que Birta. Il avait passé de la drogue, l'avait distribuée et avait récupéré l'argent auprès des dealers. Collaborateur loyal et ambitieux, il trouvait Herbert paresseux et pensait qu'en mettant au point une meilleure organisation, une distribution plus ciblée et en important des produits de meilleure qualité, il pourrait considérablement augmenter ses profits. Il avait compris que si Herbert achetait des matières premières moins coûteuses et qu'il les transformait en Islande, cela lui permettrait de multiplier ses gains par dix. Il avait essayé de lui en parler, mais Herbert avait refusé de l'écouter et lui avait dit de ne pas s'occuper de la manière dont il gérait ses affaires.

Cet homme avait graduellement cessé de collaborer avec lui, il avait importé des produits pour son propre compte, les avait transformés et distribués. Puis un jour il avait disparu, comme envolé. La dernière fois qu'on l'avait aperçu, il vendait des pilules dans le Bar du port.

Une rumeur disait que Herbert était allé chez lui et l'avait battu à mort à coups de batte de base-ball. Il l'avait achevé d'un coup à la tête alors qu'il gisait dans son sang. Il avait ensuite mis son cadavre dans un grand sac en plastique et nettoyé le sol puis était parti en barque sur le golfe de Faxafloi où il l'avait balancé par-dessus bord. Quatre mois plus tard, la mer avait rejeté le corps méconnaissable dans la baie de Straumsvik.

L'homme qui avait enlevé Herbert était un jour allé le voir avec Birta. Elle rentrait d'Amsterdam, le ventre rempli de cochonneries qu'elle avait évacuées à son domicile, et elle lui avait demandé de l'accompagner pour les remettre à Herbert. Il avait senti la peur que cet homme suscitait chez elle. Elle avait mis la drogue dans son sac à dos et ils étaient allés dans le palais de Herbert. En général, Birta contactait un intermédiaire : Herbert s'employait à ne pas être impliqué de façon trop directe dans les transactions, mais aucun intermédiaire n'était disponible ce jour-là et il avait hâte de recevoir sa livraison. Son ami, une montagne de chair qui lui servait de garde du corps, était avec lui. Il mangeait des gâteaux au chocolat et buvait du lait directement au goulot du Tetra Brik.

– C'est qui, cette face de singe ? s'était agacé Herbert.

– Mon copain, avait répondu Birta.

– Et ça ne te gêne pas de te pointer chez moi en ramenant je ne sais quel *fuckhead, man ?*

– Tu étais pressé, avait répondu Birta.

Herbert lui avait donné un coup de poing dans la figure. Le copain de Birta n'avait pas compris pourquoi et, quand il avait voulu la défendre en se jetant sur Herbert, la montagne de viande s'était interposée.

– Que ça te serve de leçon, petite *piece of shit*, ça t'apprendra qui je suis, avait-il rétorqué en pointant sur elle son gros index.

– Donne-moi ce qui me revient et nous partirons, avait répondu Birta en se frottant le visage.

Herbert s'était calmé. Birta était trop importante pour qu'il puisse se permettre de la perdre en l'humiliant. Il y avait des limites. Il lui avait donné ses doses, avait proféré des menaces presque incompréhensibles contre son ami et leur avait dit de *get out*.

Le copain de Birta n'avait eu aucun mal à capturer Herbert. Il avait volé une voiture devant la piscine de Laugardalur. Il y avait toujours des gens qui oubliaient de fermer leurs véhicules et laissaient les clefs sur le contact. Il était directement monté à Breidholt et s'était garé dans la rue, un peu en surplomb de la maison. Il connaissait l'existence de cette porte de service qui était toujours ouverte. Birta lui avait expliqué qu'elle passait par là les rares fois où elle venait le voir. Il était entré à pas de loup dans ce qui ressemblait à une remise ou une buanderie, mais où il n'y avait ni corde à linge ni machine à laver. Il n'imaginait pas vraiment Herbert étendant sa lessive. Il était allé dans le couloir des chambres, toutes étaient désertes, il s'était doucement avancé vers le salon, également désert. Puis il avait entendu quelqu'un éternuer dans la cuisine et s'était approché. Herbert lui tournait le dos. Assis, penché sur la table, il reniflait. L'ami de Birta avait pris une clef à tube dans le coffre de sa voiture. En approchant, il avait vu que Herbert sniffait de la poudre blanche. Alors qu'il sniffait sa dernière ligne, il lui avait asséné un violent coup sur la nuque.

Herbert s'était affaissé sur la table. Debout derrière lui, l'ami de Birta ne savait pas quoi faire. Herbert avait relevé la tête, repoussé la table avec un grommellement et s'était tourné vers lui en le regardant. Il ne l'avait pas reconnu, il ne s'était pas souvenu de ce jeune homme qu'il n'avait vu qu'une seule fois avec Birta.

– Put… avait murmuré Herbert, plus vexé que furieux, en le dévisageant avant de lui asséner un coup de poing dans la figure qui l'avait fait reculer vers la porte de la cuisine.

L'ami de Birta avait laissé tomber la clef à tube par terre avec fracas. Sa lèvre inférieure saignait.

– Qu'est-ce que ça… putain, avait répété Herbert, envahi par une vague de douleur en se frottant la nuque.

Puis il avait regardé sa main, maculée du sang qui coulait de son crâne.

– *Jesus*, avait-il soupiré en s'avançant à nouveau vers son assaillant, chancelant.

L'ami de Birta avait continué à reculer jusqu'à la cuisinière au moment où Herbert s'était précipité sur lui. Une casserole contenant un ragoût de viande froid et peu engageant était posée sur les plaques. Il s'était réveillé d'un coup, avait attrapé la queue de la casserole et l'avait abattue de toutes ses forces sur la tempe de Herbert. Le contenu brunâtre avait éclaboussé les portes des placards. Au début, il avait craint de lui avoir fracassé le crâne. Herbert était tombé de tout son long sur le sol de la cuisine. Il ne bougeait plus.

Il n'était pas très lourd. L'ami de Birta l'avait pris sur son épaule, il avait quitté la maison, traversé le jardin et remonté la rue, concentré sur sa tâche. Puis il l'avait jeté dans le coffre de la voiture et était reparti, incapable de dire si quelqu'un l'avait vu. À ce moment-là, il s'en fichait. Quand il était sorti par la porte de service, il avait entendu la sonnette. Devant la maison, deux policiers en civil se réveillaient après un petit somme.

Herbert était encore à moitié assommé quand il l'avait sorti du coffre. Il l'avait traîné jusqu'à la pièce à l'arrière du four et l'avait enfermé dans le tiroir. Il ne semblait pas gravement blessé, sa respiration était régulière et ses yeux bougeaient sous ses paupières. Il lui avait attaché les pieds et les mains avant de le glisser sous la grille. Herbert était large d'épaules, il tenait à peine dans ce tiroir, son torse et son ventre touchaient la grille, ce qui lui interdisait le moindre mouvement.

Il était entièrement à la merci de son ravisseur accroupi au-dessus de lui.

– Tu n'as jamais pensé aux conséquences de tes actes ? demanda l'ami de Birta en le regardant. Tu n'as jamais réfléchi à la nature exacte de ce que tu fais ?

Sa voix était hésitante, Herbert le sentait. Jamais ce jeune homme n'avait imaginé qu'il retiendrait une personne prisonnière. La colère et la haine envers les responsables de la mort de Birta le poussaient à agir. Parfois, la haine explosait en lui avec une puissance telle qu'il craignait de perdre la raison. Il avait compris que cette fureur lui donnait la force dont il avait besoin pour accomplir ce qu'il considérait comme son devoir.

Herbert leva les yeux vers lui. Il ne savait pas quoi répondre. Ce n'était pas la première fois qu'il entendait cette rengaine. Il aurait voulu pouvoir bondir sur ce salaud et le tuer, mais c'était impossible pour l'instant. Il faut que je réussisse à me le mettre dans la poche et que j'arrive à sortir d'ici, ensuite je le buterai, se disait-il. Il faut que je me le mette dans la poche, pensait-il, reprenant ses esprits au fur et à mesure que Rothstein reprenait du poil de la bête.

– Je suis où ? C'est quoi cet endroit ? C'est une tombe ? Tu veux m'enterrer vivant ? Et toi, tu es qui ?

Le ravisseur ne répondait pas.

– Et cette odeur ? Cette porte ? C'est quoi ?

Le jeune homme le fixait.

– Si tu me libères maintenant, j'oublierai tout ça, *understand ?* Je disparaîtrai, d'accord ? On fera comme si rien n'était arrivé, hein ? Et pourquoi tu me poses ces questions ridicules ? Putain ! Pourquoi je devrais avoir mauvaise conscience ? Les gens achètent de la drogue parce qu'ils le veulent bien. Je leur vends des produits de premier choix.

– J'étais l'ami de Birta. Je m'appelle Janus.

Herbert se tut quelques instants.

– Tu es dans un four à fumer la viande, reprit Janus. On sent encore l'odeur du mouton. J'ai travaillé ici autrefois. Tu peux hurler autant que tu voudras, personne ne t'entendra. Je veux seulement savoir si tu as une conscience.

– Je n'ai pas tué Birta, répondit Herbert. Je te le jure. Je n'ai rien à voir avec sa mort.

– Bien sûr que si. Tu ne penses donc jamais à ce que tu fais aux gens, à ce que tu fais à ces gamins en leur vendant de la drogue et en t'arrangeant pour les rendre dépendants ? Moi, j'y pense. Je connaissais Birta avant son arrivée à Reykjavík. On était amis. Je l'ai revue des années plus tard et ce n'était plus la même personne. Je sais bien qu'elle était en partie responsable de ce qu'elle vivait, mais Reykjavík et les gens qu'elle fréquentait l'étaient également, et toi aussi, bien sûr. D'ailleurs, tu as le premier rôle. Tu as profité de sa faiblesse. Tu as abusé d'elle. Tu en as profité au maximum. Tu l'as forcée à faire des choses qu'elle n'aurait jamais faites si tu ne l'avais pas tenue en lui procurant sa dope. Tu l'as forcée à passer de la drogue en Islande et à la revendre. Tu l'as forcée à faire commerce de son corps pour pouvoir te payer. Tu l'as envoyée chez ces types. Tu l'as privée de son humanité. Elle n'avait plus de vie. Elle n'avait que toi. Tu imagines ce que c'est de n'avoir rien d'autre dans la vie qu'une ordure de ton espèce ?

– Et toi, tu as fait quoi, hein ? s'écria Herbert qui se rappelait vaguement avoir rencontré Janus. Pauvre type ! Tu étais pendu à ses basques et tu lui suçais tout son fric ! Tu crois que je ne suis pas au courant ? Elle ne te supportait pas. Elle ne supportait pas le monstre ! Le pauvre type ! Le phénomène !

Herbert se mit à appeler à l'aide. Ses hurlements résonnaient dans les fours. Janus était toujours accroupi sur la grille et le regardait qui tentait en vain de se tortiller dans le tiroir. Le prisonnier se tut au bout de quelques instants.

– Et toi, tu as fait quoi, alors que tu étais le seul à pouvoir l'aider ? reprit Janus sans se laisser impressionner. Ce n'est pas parce que nous étions souvent ensemble que j'avais de l'ascendant sur elle. J'aurais bien voulu avoir autant d'importance que toi dans sa vie. J'aurais bien aimé qu'elle en fasse autant pour moi qu'elle en faisait pour toi. Ç'aurait pourtant été tellement plus facile pour elle de faire ce que je lui demandais. Je n'aurais jamais pu la rendre dépendante de moi, même si je l'avais voulu. Je lui demandais seulement d'arrêter de se droguer. Je lui demandais de faire une cure. Je lui demandais d'avoir confiance en moi. Mais elle n'en avait que pour toi. Et qu'est-ce que tu as fait quand tu as compris qu'elle ne te servait plus et qu'il ne lui restait plus rien à attendre que les deux ou trois heures d'apaisement que lui procurerait son prochain shoot ? Tu l'as envoyée chez un copain à toi qui a abusé d'elle !

– Ouais, ouais, ouais, ouais, ouais, continue à pleurnicher. Je ne l'ai pas tuée et je me fiche de l'histoire à dormir debout que tu me racontes. *Understand ? Don't give a fuck.* OK ?

– En tout cas, toi aussi, tu l'as tuée.

– Je ne vois pas de quoi tu parles, pauvre idiot.

Janus s'était mis debout.

– Vous êtes des assassins. Toi et ton copain, deux assassins.

– Ouais, ouais, ouais, ouais, nous sommes des assassins. Si seulement tu pouvais savoir à quel point tu n'es qu'un pauvre type sans intérêt, un minable petit estropié. Si j'étais libre de mes mouvements, je m'amuserais à t'écraser à coups de batte. Je te battrais comme je battais cette petite pute, cette petite connasse de Birta. Je te battrais lentement et tranquillement, je te briserais les os, puis je te frapperais la tête et je danserais dans ton sang, espèce de sale petit suceur de bite, pauvre crétin.

Janus aspergea Herbert de liquide tiède à travers la grille. Le prisonnier suffoqua. Quelques gouttes lui entrèrent dans la bouche et le firent tousser, mais la majeure partie du liquide tomba sur sa poitrine et son ventre. Il lui fallut un moment pour comprendre que c'était de l'urine. Il hurla, fou de rage. Janus prit tout son temps pour vider sa vessie puis sortit du four.

– La prochaine fois, je t'aspergerai d'autre chose que de pisse, sale ordure, menaça-t-il avant de l'abandonner, trempé, au fond du tiroir. La prochaine fois, ce sera le liquide que j'ai apporté dans ce bidon.

Herbert regarda à travers la grille. Ses yeux le brûlaient. Il fixa le bidon et lut les lettres bien nettes qui y figuraient : Inflammable.

La porte se referma en un claquement sourd qui étouffa ses cris.

18

Elinborg alluma le magnétophone en regardant Dora, la jeune fille qui avait vécu avec Birta. On l'avait amenée dans les locaux de la police pour prendre sa déposition. Dora avait appelé Eva Lind qui l'avait accompagnée. Cette dernière attendait devant la porte. Le petit magnétophone chuintait. Dora ne dirait rien de plus à la police que ce qu'elle souhaitait lui dévoiler et elle n'hésiterait pas à mentir en cas de besoin. C'est ce qu'elle avait dit à Eva Lind.

– Quelles sont vos relations avec Herbert ? demanda Elinborg. Dora allait nettement mieux qu'au moment où Eva Lind était venue chez elle avec son père. Propre et bien coiffée, elle se montrait plus coopérative. Plus tôt dans la journée, elle avait accepté d'aller identifier le corps et avait fondu en larmes en reconnaissant son amie sous le drap blanc de la morgue.

– Herbert est propriétaire de la maison où j'habitais avec Birta. Nous lui payions un loyer. Je ne le connais pas plus que ça, mentit-elle.

– Vous ignorez où il est ?

– Oui, répondit-elle, honnête. La disparition de Herbert avait suscité beaucoup d'intérêt parmi ses fréquentations. Ils avaient échafaudé diverses hypothèses. Celle qui remportait le plus grand succès était qu'Elvis était venu le chercher. Grand admirateur du King, Herbert était persuadé qu'il continuait à vivre quelque part en Amérique du Sud. Certains disaient que les deux amis chantaient maintenant *Love me tender* dans la forêt amazonienne.

– La première fois que nous vous avons interrogée, vous avez parlé d'un homme que vous soupçonniez d'avoir assassiné votre amie. Comment s'appelle-t-il ?

– Je ne l'ai jamais vu et je ne suis pas vraiment sûre qu'il ait tué Birta. Je ne me rappelle pas ce que je vous ai dit l'autre soir, répondit Dora. Il lui arrivait de me parler d'un homme chez qui elle allait, je crois qu'elle l'a rencontré par le biais de Herbert. Ce type était assez bizarre. Il lui filait un tas de fric pour faire des trucs pervers. Birta refusait de me donner des détails. Parfois, elle revenait de chez lui le corps couvert de bleus.

– Vous pensez qu'il la frappait ?

– Oui, et bien pire que ça.

– S'il lui faisait du mal, pourquoi elle retournait le voir ?

– Birta faisait n'importe quoi pour de l'argent. Elle allait bien plus loin que moi. Moi, je ne me pique pas.

– Vous l'avez rencontrée quand ?

– La première fois que je l'ai vue, c'était il y a environ trois ans. Elle traînait avec la bande de Goggi le Mauvais. Il est mort. Goggi et un tas d'autres jeunes squattaient une maison rue Tryggvagata. Il avait trois chiens.

– Ce Goggi est dans nos dossiers, répondit Elinborg. Il a été poignardé devant ce bar minable, rue Adalstraeti. Ce pauvre garçon était une vraie vermine.

– Birta était en couple avec lui, il frappait tous ceux qui lui adressaient la parole. Elle ne supportait pas ça.

– Elle ne vous a jamais parlé de sa famille ?

– Non. Elle n'en parlait jamais. Je crois qu'elle ne voyait plus ses parents depuis qu'elle était partie de chez eux. Nous sommes devenues copines. Quand Goggi a été poignardé et que la bande s'est séparée, nous avons continué à traîner ensemble.

– Vous nous avez dit qu'elle venait des fjords de l'Ouest, vous pouvez être plus précise ?

– Non.

– Si Birta était son vrai nom, pourquoi on ne trouve aucune trace d'elle dans le Registre de la population ?

– Aucune idée.

– Vous voyez un lien entre elle et Jon Sigurdsson ?

– Je ne connais personne qui porte ce nom.

– Vous avez dit à Erlendur que cet homme que Birta connaissait possédait beaucoup de maisons. Qu'est-ce que vous entendiez par là ?

– Birta disait qu'il était blindé et qu'il avait plein de maisons. Parfois, elle se demandait qui pouvait y emménager, d'où venaient tous ces gens qui y vivaient ou je ne sais quoi. Ça l'obsédait.

– Qu'est-ce qu'elle voulait dire ?

– Je n'en sais rien. Je n'ai jamais compris ce que ça pouvait signifier.

– Est-ce qu'elle a trouvé un autre petit ami après ce Goggi ? Il n'y avait pas un jeune homme qui lui tournait autour ?

Dora s'accorda un instant de réflexion. Devait-elle mentir ou dire la vérité ?

– Elle avait un très bon ami qui venait lui aussi des fjords de l'Ouest. Je ne sais pas exactement d'où.

– Vous connaissez son nom ?

– Il s'appelle Janus. Il habite à Breidholt dans un appartement en sous-sol. Birta passait beaucoup de temps avec lui et elle a fini par emménager chez lui.

Il l'autorisait à se servir de son appartement pour… enfin… je…

Dora ne voulait pas dire que Birta faisait commerce de son corps, mais le rythme rapide de l'interrogatoire lui embrouillait les idées. D'ailleurs, n'avait-elle pas avoué que son amie se prostituait avec cet homme dont elle avait toujours refusé de lui dévoiler l'identité ? Elle ne s'en souvenait même plus.

– Nous sommes presque sûrs qu'elle se prostituait, reprit Elinborg, mais vous n'êtes pas obligée de nous dire exactement ce qu'elle faisait si vous ne le voulez pas. Vous connaissez l'adresse de Janus à Breidholt ?

– Non, mais je sais qu'il n'habite pas très loin du grand immeuble. Ce doit être l'immeuble le plus grand du monde, non ?

– Vous voulez dire Yrsufell ? demanda Elinborg en se levant.

19

Elinborg appela Erlendur dans la soirée pour lui résumer l'interrogatoire de Dora et lui faire part des nouveaux éléments. Elle mentionna les propos incompréhensibles de Birta concernant les gens censés emménager dans les nombreuses maisons du mystérieux individu. La police recherchait activement Herbert et ne tarderait plus à trouver Janus. Trois hommes portant ce prénom habitaient à Breidholt, tout près des grands immeubles d'Yrsufell.

Dès qu'on avait compris que Herbert avait disparu, la Scientifique avait passé son domicile au peigne fin. Elle n'avait rien trouvé d'autre que du sang séché sur le sol de la cuisine et des projections de viande en sauce sur les murs. Selon les témoignages recueillis auprès des voisins, quelqu'un avait emmené Herbert dans une voiture avant de démarrer. Le signalement du véhicule correspondait à celui qui avait été volé devant la piscine de Laugardalur et qu'on recherchait activement. La police pensait que Janus était le ravisseur et que Herbert était impliqué dans le meurtre de Birta.

Erlendur et Sigurdur Oli avaient passé la journée à aller d'un village à l'autre et s'étaient arrêtés dans un petit port de pêche où ils se promenaient dans le calme de la fin d'après-midi. Les rues étaient pratiquement désertes. Ils regardaient les maisons et les quelques boutiques encore en activité. Sigurdur Oli se rendit à la poste pour passer un coup de fil personnel à Reykjavík. Il était réticent à se servir du téléphone de la police même si Erlendur disait que ce n'était pas gênant puisque tous leurs collègues le faisaient. Sigurdur Oli voulait appeler Bergthora et préférait que son équipier ne soit pas au courant.

Erlendur continua à marcher et entra dans une petite librairie. Les murs étaient entièrement recouverts de livres et, à côté du petit comptoir vitré, on vendait de la papeterie, des stylos, des cartes et des enveloppes. Il observa les étagères un long moment. Un grand nombre de romans policiers étrangers en traduction islandaise et des ouvrages du Club de lecture familial voisinaient avec quelques titres intéressants, mais Blanda, sa collection préférée, n'y était pas.

L'adolescent qui s'occupait de la boutique attendait que l'homme au chapeau se décide. Il y avait un moment qu'il regardait les étagères, il allait bien finir par choisir un livre. Le jeune homme était sur le point de demander à Erlendur s'il pouvait l'aider quand un gamin de dix ans fit irruption en courant dans le magasin.

– Je voudrais un feutre noir, demanda-t-il.

– Comme celui-ci ? proposa l'adolescent.

– Non, plus épais, répondit le gamin, essoufflé après sa course. Maman m'a dit qu'elle en voulait un bien épais pour marquer les cartons. Nous déménageons.

Erlendur regarda le petit. C'est donc ainsi que les gens désertaient les fjords de l'Ouest. Ils envoyaient leurs enfants acheter de gros feutres noirs pour marquer les cartons. Janus en avait peut-être acheté un, Birta aussi, sans doute. Puis ils écrivaient : fragile, cuisine, assiettes, verres, livres, salle de bain, et ils emmenaient le tout à Reykjavík pour commencer une nouvelle vie. Le gamin repartit, son feutre à la main.

– Vous en vendez beaucoup, de ces feutres ? s'enquit Erlendur.

– Pas mal, répondit l'adolescent.

Erlendur et Sigurdur Oli dînèrent dans un petit restaurant qui faisait également hôtel. Ils n'avaient rien appris de plus sur Birta et sa famille. Ils avaient prévu de passer la nuit à Isafjördur, mais n'ayant pas le courage de faire le trajet, ils décidèrent de dormir dans le restaurant qui disposait de quelques chambres. Cette fois, à leur grand soulagement, ils eurent chacun la leur. Au début du repas, ils étaient seuls dans la salle et se régalaient avec du cabillaud pané et des pommes de terre, mais le restaurant ne tarda pas à se remplir. Ces deux hommes venus d'ailleurs et habillés en costume piquaient la curiosité. Quelques clients leur adressèrent la parole, mais la conversation se tarit dès qu'ils mentionnèrent qu'ils étaient policiers à Reykjavík et qu'ils enquêtaient sur le meurtre d'une jeune fille originaire des fjords de l'Ouest.

– Vous ne trouvez pas ça bizarre de vous promener en montrant la photo d'une morte à tous les passants ? demanda une femme vêtue d'un chandail XXL en scrutant le cliché avec attention.

– Ce n'est pas dans les habitudes de la police, répondit Erlendur en allumant une cigarette. Mais on a presque l'impression que cette jeune fille n'a jamais existé. Personne ne s'inquiète pour elle, elle ne figure pas dans les fichiers des services sociaux et n'est pas non plus dans les nôtres. Nous en sommes donc réduits à cette extrémité. Tout ce que nous savons, c'est qu'elle est originaire de la région, et même ça, c'est plutôt vague.

La femme s'installa à leur table et commanda trois grandes bières. Sigurdur Oli pensa qu'elle allait toutes les boire, mais comprit bientôt qu'elle leur offrait un verre. La cinquantaine, des cheveux blonds frisés, des joues pleines, une grande bouche, une dentition impeccable, elle avait une poitrine dans laquelle on pouvait se noyer. Elle regardait Erlendur avec bienveillance sans vraiment prêter attention à Sigurdur Oli.

– Elle connaissait sans doute un jeune homme également originaire d'ici, reprit Erlendur. Elle l'a rencontré à Reykjavík, mais nous ne savons pas comment. Nous ignorons tout de lui à part qu'il s'appelle Janus.

– Janus ? répéta la femme en essuyant la mousse déposée sur ses lèvres.

– Ça vous dit quelque chose ? s'enquit Sigurdur Oli.

– Non, mais… enfin, je me souviens vaguement d'articles que j'ai lus dans les journaux. Vous devriez aller interroger le médecin de district.

Elle se tourna sur sa chaise.

– Svanur, est-ce que ton frère est à la maison ? cria-t-elle au patron.

– Oui, je crois.

– Tu ne pourrais pas l'appeler de ma part et lui demander s'il veut bien recevoir ces messieurs ?

Elle se retourna vers les policiers.

– Vous n'avez pas besoin d'y aller à deux, précisa-t-elle en regardant Erlendur.

– Dans ce cas, j'y vais, répondit Sigurdur Oli en se levant.

– Dis-lui qu'un jeune policier va passer le voir d'ici peu, lança-t-elle au patron.

Sur ce, elle se tourna à nouveau vers Erlendur.

– Et votre femme, elle fait quoi ? lui demanda-t-elle en avalant une grande gorgée de bière.

Sigurdur Oli nota l'adresse et laissa Erlendur seul avec Madame XXL. Il descendit la rue principale puis obliqua à gauche vers la mer et atteignit bientôt une maison nichée dans une jolie petite crique. Sexagénaire, les cheveux blancs, en chemise et en jean, chaussé de Crocs, la poignée de main ferme, Trausti, le médecin, vint l'accueillir à la porte en se réjouissant du beau temps. Il était seul à la maison, les enfants avaient quitté le nid et sa femme était en voyage à Dublin pour dépenser de l'argent avec ses copines du club de couture. Un café ? Je vous en prie, asseyez-vous, j'en ai pour deux minutes. Le médecin alla fourrager dans la cuisine et revint s'asseoir avec Sigurdur Oli. Il ne connaissait pas la gamine de la photo.

– Nous recherchons un jeune homme et une jeune fille originaires de votre région. Le garçon s'appelle Janus et la fille Birta.

– Oui, je crois bien qu'ils s'appelaient comme ça, répondit le médecin, pensif.

– Qui donc ?

– Eh bien, ça doit remonter à huit, dix ans. À l'époque, je travaillais à l'hôpital d'Isafjördur. Je ne crois pas qu'ils venaient de là-bas, mais plutôt d'un des petits ports de pêche de la région. Le garçon était adorable, la petite aussi d'ailleurs.

– Qu'est-ce que vous pouvez me dire d'eux ?

– Tout ça se trouve dans les registres de l'hôpital.

– Les registres de l'hôpital ?

– Je crois me souvenir que c'étaient leurs noms, répéta le médecin. Il alla chercher deux tasses et un petit bol de gâteaux secs au chocolat.

Bon, est-ce qu'il va en venir au fait ? pensa Sigurdur Oli.

– Vous enquêtez sur le meurtre de la fille qu'on a trouvée sur la tombe de Jon Sigurdsson ? demanda le médecin. C'est étrange qu'on l'ait déposée à cet endroit. J'ai entendu aux informations qu'elle n'avait pas été assassinée dans le cimetière, mais qu'on l'y avait emmenée dans un but précis. J'ai ma petite idée sur la question.

– J'imagine que vous pourriez en parler des heures avec mon collègue, soupira Sigurdur Oli.

– À mon avis, elle a été sacrifiée sur l'autel des Amerloques qui se sont emparés de notre île et des autres pays du monde, reprit Trausti. Toute cette violence. Toutes ces bêtises et ces choses ignobles qu'on voit à la télé et dans les films deviennent un exemple pour les jeunes qui s'habillent même comme les noirs des ghettos américains et se déplacent en skate-board. Ils sombrent dans la criminalité et dans la drogue. Ils font n'importe quoi. Cette pauvre gamine en a fait les frais.

– Vous devriez dire ça à mon collègue, il adore ce genre de théories abracadabrantes.

– Il pense peut-être aussi que les Islandais sont en train de perdre leur indépendance, je veux dire leur indépendance d'esprit. J'ai l'impression que notre identité est en train de disparaître et se dissoudre dans le modèle américain, dans les *OK*, les *bye bye*, les *party*, les *fuck you* et les *tu te rends compte*…

– Je ne crois pas que *tu te rends compte* soit spécialement améri…

– Et la jeunesse court à sa perte, victime de ces influences.

– Hmm, est-ce qu'on pourrait en venir au fait ?

– Oui, excusez-moi. Je me souviens de ce Janus parce qu'il était mort.

– Ah bon, il est mort ?

– Non, mais il l'était quand on l'a hissé sur la jetée. Je crois qu'il est encore vivant. Voilà pourquoi je me souviens si bien de lui. Il était mort depuis une ou deux minutes quand on l'a sorti de la cale.

– Comment ça, de la cale ?

– Il a eu un grave accident et c'est sa camarade de classe qui l'a sauvé. Il me semble qu'elle s'appelait Birta. Les journaux en ont beaucoup parlé à l'époque. Des élèves de son école lui avaient joué un mauvais tour. Je ne me souviens plus de quoi il s'agissait, mais je crois qu'ils l'avaient fait tomber dans la cale d'un bateau. Il en a réchappé de peu.

Au moment où Sigurdur Oli prenait congé du médecin, la police de Reykjavík avait trouvé l'adresse de Janus à Breidholt. Un important dispositif avait été mis en place pour forcer l'entrée de l'appartement. On ignorait si Janus était chez lui et on avait fait appel aux forces spéciales de l'escadron Viking. Elinborg, qui dirigeait l'enquête en l'absence d'Erlendur, s'en était agacée en disant que tout cela était parfaitement inutile et qu'il suffisait de frapper à la porte de ce garçon pour savoir s'il était chez lui et disposé à les suivre plutôt que de mettre en branle une opération guerrière.

– Vous risquez de détruire des preuves, avait-elle protesté.

– La sécurité est notre priorité, avait répondu le chef de l'escadron. Et ils en étaient restés là.

L'escadron Viking avait fait irruption dans le petit vestibule après avoir défoncé la porte d'entrée. Les hommes avaient sécurisé le salon, la cuisine, la petite chambre, les toilettes et la buanderie attenante. En quelques instants, ils avaient compris que l'appartement était vide. Aucune résistance. Aucun coup de feu. Aucun couteau. Rien.

La porte n'était même pas fermée à clef. Elinborg avait vérifié.

Voyant qu'ils n'avaient plus rien à faire sur les lieux, les Vikings ramassèrent leur attirail et décampèrent. Elinborg et Thorkell entreprirent d'explorer les lieux. La Scientifique se mit elle aussi au travail. Très petit, l'appartement faisait à peine cinquante mètres carrés. Un vieux canapé et un fauteuil usé occupaient le salon également meublé d'une grande table. Dans la cuisine : quelques assiettes, verres, couverts, deux casseroles et une poêle. Les placards étaient vieux, sans doute d'origine, se dit Elinborg. La même moquette tapissait toutes les pièces. La chambre était meublée d'un grand lit double et la buanderie équipée d'un lave-linge neuf.

On ne décelait aucune trace de lutte dans cet appartement propret où chaque chose était à sa place. La décoration était pour ainsi dire absente mais le lieu était malgré tout chaleureux, à sa manière.

Il y avait quelques livres dans la chambre. En les feuilletant, Thorkell trouva deux articles du *Morgunbladid*. Il appela Elinborg et les lui tendit. Il y était question d'un sauvetage dans un petit port des fjords de l'Ouest. Une jeune fille avait fait preuve d'une grande présence d'esprit et d'un grand courage en sauvant son camarade de classe de la noyade. Le premier article relatait les faits dans les grandes lignes et le second était illustré d'une photo des gamins. La fille était debout à côté du garçon allongé dans un lit. Tous deux portaient un pyjama de l'hôpital. Ils devaient avoir douze ou treize ans. La légende de la photo se résumait à leurs prénoms : Birta et Janus.

Un côté du petit placard à vêtements de la chambre abritait des vêtements d'homme. L'autre ne contenait que des tenues féminines. Il n'y avait là-dedans rien qui soit élégant ni ce qu'Elinborg appelait de beaux vêtements. Elle passa en revue les corsages, les T-shirts et les pulls en se disant que la gamine n'avait pas grand-chose à se mettre sur le dos. Elle quitta la chambre et alla dans les toilettes. Elle vit immédiatement la seringue dans le lavabo, la cuillère à café et le briquet sur le sol. Elle examina l'aiguille, la renifla et la reposa. La petite armoire à pharmacie contenait des produits de beauté, du rouge à lèvres et du maquillage.

Le domaine de Birta, pensa-t-elle en la refermant.

20

Les cris de Herbert avaient cessé. Assis sur un tas de bois dans la pièce à l'arrière du four, Janus pensait à Birta. La chanson qu'il avait entendue le jour où il l'avait retrouvée et qui lui rappelait ce vieil homme dans la cage d'escalier passait régulièrement à la radio, il la fredonnait souvent et ne pouvait l'oublier.

Il y avait environ deux ans. Deux ans : une éternité. Elle était sa seule amie au village. À l'école, les autres élèves l'embêtaient constamment et le tenaient à l'écart. Ces taquineries étaient parfois cruelles, mais c'était l'isolement qui le blessait le plus. Il n'avait pas d'amis. On ne l'invitait jamais aux anniversaires et, quand il fêtait le sien, sa mère se démenait pour rassembler les membres de leur famille sans toutefois parvenir à combler le vide. Il ne comprenait pas pourquoi on l'excluait ainsi, il y réfléchissait souvent sans jamais trouver la raison. Il était le fils unique d'une mère célibataire qui travaillait à l'usine de poisson, ce qui était le cas de beaucoup de femmes dans ce petit port de pêche. Certes, ils n'étaient pas originaires du village, mais ils s'y étaient installés alors qu'il était encore tout petit. Beaucoup d'habitants venaient d'ailleurs, il y avait même des étrangers qu'on avait fait venir en Islande pour travailler dans le poisson.

Il ne se rappelait pas à quel moment les brimades avaient commencé. Peut-être dès son arrivée.

Birta venait le consoler en lui murmurant des mots apaisants quand les autres gamins lui enlevaient son pantalon et le cachaient, ou quand ils lui plongeaient la tête dans les toilettes. Elle était tellement mature. Tellement adulte. Tellement compréhensive.

Elle avait emménagé dans une maison jumelée juste à côté de l'immeuble où il habitait. Ils étaient dans la même classe. Ils étaient si proches qu'ils jouaient parfois des journées entières sans que personne vienne les déranger. Quand les tempêtes de l'hiver se déchaînaient, ils se retrouvaient chez elle ou chez lui. Dans son souvenir, toute son enfance était illuminée par la présence de cette amie qui le soutenait quand il était malheureux.

Plus tard, il avait quitté le village avec sa mère et ne l'avait plus vue. Elle lui manquait terriblement. La mère de Janus avait rencontré un marin de Reykjavík, elle avait donc déménagé avec son fils vers l'opulence de la capitale, comme on disait chez eux. C'était au milieu des années 80, avant que les fjords de l'Ouest se vident.

Le marin avait trouvé un emploi à terre. Ils avaient emménagé dans un petit appartement du quartier de Haaleiti. La mère de Janus travaillait également, le laissant plus ou moins livré à lui-même. C'était la première fois qu'il venait en ville et, la première nuit, incapable de trouver le sommeil, il était allé dans le salon plongé dans la pénombre, s'était assis devant la grande baie vitrée pour contempler le boulevard de Miklabraut illuminé et le flux incessant de voitures. Son beau-père ne manifestait que de l'indifférence. Au début, ses camarades d'école s'étaient intéressés à lui. Il était heureux d'être accepté, mais n'avait pas vraiment réussi à s'intégrer au groupe. Même s'il ne subissait plus aucune brimade, il ne se sentait pas réellement à sa place et ne s'était pas fait d'amis.

Il avait arrêté ses études à la fin du collège et trouvé un emploi aux abattoirs du Sudurland. Il s'occupait des fours et était devenu spécialiste en fumage de viande d'agneau, de porc et de saumon. Rapidement, on lui avait confié la responsabilité de ce secteur. Ses collègues ne l'enviaient pas, tous considéraient cette tâche comme particulièrement ingrate. Les parois de ces fours étaient tapissées de suie et de graisse. Une odeur d'acide azotique, de graisse brûlée et de bois consumé collait constamment à la peau de Janus. La viande était d'abord salée puis suspendue à des crochets fixés à une structure d'acier qu'on faisait entrer par une glissière installée au plafond de ces fours hauts de trois mètres et longs de quatre. On plaçait le combustible dans les tiroirs : du bois, de la sciure, du crottin de mouton, puis on allumait et on les glissait sous la viande en veillant à ce qu'il n'y ait pas de flammes, mais seulement de la fumée.

Cela dégageait tant de suie et de poussière qu'il ressortait de la pièce de derrière le visage noir, crachant et toussant. Ses yeux le piquaient affreusement. Il devait souvent se précipiter à l'extérieur et se réfugier dans un recoin de la cour de l'usine en retenant son souffle, les joues baignées de larmes. Mais ce n'était pas si grave. Il aimait travailler seul et n'avait de comptes à rendre à personne en dehors du contremaître qui l'appréciait beaucoup. Ce travail physique l'avait musclé et lui rapportait assez d'argent. Il avait pu quitter le foyer familial et louer un petit appartement en sous-sol à Breidholt. Il avait passé son permis de conduire dès qu'il avait eu dix-sept ans. Il avait très envie d'avoir une voiture. Il était seul la plupart du temps.

Jusqu'au moment où il avait retrouvé Birta, il y avait un peu plus de deux ans.

Après son arrivée à Reykjavík, chaque fois qu'il se promenait en ville, il la cherchait du regard, espérant qu'elle était, elle aussi, venue s'installer à la capitale. Il ne l'avait jamais trouvée et avait cessé d'espérer la revoir. Elle était devenue pour lui un lointain souvenir qu'il convoquait dans ses pensées quand il était malheureux. Il avait eu un choc en revoyant brusquement son visage alors qu'il rentrait chez lui après sa journée de travail.

C'était une belle journée d'été. Il attendait sous un abribus rue Hverfisgata avec d'autres passagers quand elle était passée devant lui, marchant aux côtés d'un vieil homme dépenaillé qui remontait vers Hlemmur avec elle. Il ne l'avait pas reconnue immédiatement. Il avait vu son visage quand elle s'était approchée de l'abribus, il avait vu sa silhouette de dos quand elle s'était éloignée et, pendant tout ce temps, il avait réfléchi. Quand il avait enfin compris, il avait sursauté, avait été sur le point de la rattraper en courant puis s'était arrêté. Il avait voulu l'appeler, mais s'était contenté de la suivre.

Il savait que c'était elle. Évidemment, elle avait changé, grandi et maigri, elle avait de la poitrine, elle était devenue une femme, mais il avait reconnu son visage même s'il avait lui aussi changé. Il était plus pâle, elle se maquillait les yeux et mettait du rouge à lèvres, mais son expression était la même. C'était bien son amie qui venait de passer devant lui. C'était incroyable ! Depuis combien d'années je ne l'ai pas revue ? Dieu tout-puissant, dire qu'elle est là, tout près. Il suivit la jeune fille et le vieil homme vêtu d'une doudoune sale, les cheveux collés par la crasse et les jambes arquées. Elle portait des chaussures à talons compensés et des collants, une jupe en cuir rouge vif qui lui couvrait à peine les fesses et un blouson noir, un pull vert troué et un foulard brunâtre. Ses beaux cheveux noirs étaient sales et, même s'il faisait chaud, elle portait des cache-oreilles ornés d'une tête de nounours qui avait souri à Janus quand elle était passée devant lui.

Elle et le vieil homme étaient entrés dans un immeuble de trois étages qui donnait sur Hverfisgata. Janus les avait suivis quelques instants plus tard. Un petit tableau noir indiquait les noms des entreprises siégeant dans le bâtiment. Il avait gravi quelques marches quand il avait entendu comme un froissement au rez-de-chaussée. Il était redescendu, avait contourné l'escalier et s'était arrêté en entendant comme des halètements étouffés. Puis, il s'était avancé d'un pas et avait découvert son amie agenouillée dans la pénombre devant le vieil homme à qui elle faisait avec sa bouche des choses qu'il avait vues dans les revues porno de son beau-père.

Dans la cage d'escalier, on entendait des bribes de la chanson de Viljhalmur Vilhjalmsson.

Attends, papa, attends-moi, attends parce que j'arrive chez toi...

Le petit nounours allait et venait, montait et descendait.

Il avait attendu devant l'immeuble que le vieil homme ressorte, bientôt suivi par la jeune fille. Il s'était approché et lui avait demandé si elle se souvenait de lui. Janus des fjords de l'Ouest. Elle était complètement ailleurs. Il l'avait accompagnée jusqu'à un taudis rue Njalsgata, meublé de trois matelas posés à même le sol. Elle s'était allongée sur l'un d'eux et s'était endormie. Il s'était couché à ses côtés et avait également fini par trouver le sommeil.

Elle s'était réveillée la première et l'avait immédiatement reconnu. Elle n'y comprenait rien. Elle ne se souvenait pas qu'il l'avait suivie et se demandait comment il avait atterri là. On eût dit qu'il était tombé du ciel. Mais le plus étrange, c'est qu'il était aujourd'hui un homme.

Il avait de longs cheveux blonds et une barbe de trois jours, le nez robuste et des lèvres pleines. Solidement bâti, musclé et vigoureux, ses mains étaient grandes et puissantes. Il portait un jean, des baskets, un blouson vert et un T-shirt blanc.

Elle l'avait secoué jusqu'à ce qu'il se réveille. Il avait eu besoin d'un peu de temps avant de comprendre où il était. Il avait scruté la pièce et, peu à peu, s'était rappelé la journée de la veille.

– Tu te souviens de moi ? avait-il demandé.

– Tu es Janus.

– Je t'ai aperçue hier en ville, mais tu ne m'as pas reconnu et je t'ai suivie jusqu'ici. Il y a longtemps que tu vis à Reykjavík ?

– Ça fait un moment. Tu as quelque chose ?

– Quelque chose ?

– De la drogue ? Du matos ?

– Je ne touche pas à ça, désolé.

Il avait ajouté ce « désolé » machinalement. Jamais il n'avait pris de drogue.

– Tu as de l'argent ?

– Un peu. Mais pas sur moi. Je peux aller en chercher.

– D'accord, vas-y.

Ce n'est que bien plus tard qu'il avait osé lui demander comment elle en était arrivée là. Ils venaient de se faire tatouer. Il avait fait graver l'initiale du prénom de la jeune fille sur son avant-bras et elle, un J sur sa fesse. Comment était-elle devenue cette junkie qui traînait dans les rues de Reykjavík, fréquentait des types habillés de cuir et de chaînes qui ne se souciaient que de leur prochaine dose ? Quand il avait quitté les fjords de l'Ouest, elle était au collège. Certains élèves s'étaient mis à fumer et à boire, mais pas elle. Elle avait beaucoup d'amis. On ne la mettait pas à l'écart. Alors, pourquoi cette vie-là ? Pourquoi cette détresse ?

Il avait compris qu'elle n'avait pas envie d'en parler. Elle semblait ne pas vraiment savoir comment elle en était arrivée à ce point et s'en fichait plus ou moins. Sa courte vie n'était qu'affabulations et illusions, tout en contradictions et en dérobades dans lesquelles elle s'enfonçait de plus en plus profondément. Il n'avait pas réussi à la convaincre de décrocher. Au contraire, sa consommation ne faisait qu'augmenter. Elle prenait tout ce qu'elle trouvait. Elle lui avait montré ce qu'on pouvait faire avec une perceuse, un cube de bois et une boîte de peinture. Elle fixait le cube de bois sur la mèche, le faisait tourner dans le liquide jusqu'à en séparer les solvants et les buvait. Elle passait son temps à voler des boîtes de laque. Et aussi de la colle. Elle avalait des pilules de toutes les tailles, de toutes les formes et de toutes les couleurs. Elle entrait dans les hôpitaux et forçait les armoires à pharmacie. Elle prenait des bombes de peinture, vaporisait leur contenu dans des sacs en papier puis inhalait les gaz jusqu'à bleuir. Elle sniffait de la colle et buvait n'importe quoi, sauf de l'essence. Quand elle avait assez d'argent, elle achetait des amphétamines, de la cocaïne, du LSD, de l'ecstasy et du crack. Et, depuis quelque temps, elle se piquait à l'héroïne.

Quand elle avait besoin de renouveler sa garde-robe, elle se consacrait à ce qu'elle appelait la journée des cordes à linge. Elle s'introduisait dans les jardins où les gens avaient étendu leur lessive et faisait ses emplettes. Elle volait également dans les boutiques de vêtements.

C'était un miracle qu'elle n'ait presque jamais eu affaire à la police sauf pour des broutilles et de menus larcins qui n'étaient pas inscrits au casier judiciaire. Elle avait toujours fui les cliniques de désintoxication comme la peste. Jamais elle n'avait sollicité ni accepté l'aide de qui que ce soit.

Janus ne connaissait pas tous les mots bizarres qu'elle employait concernant la drogue. Comme tout le monde, il avait entendu parler du crack, du hasch et des amphétamines, mais il y avait une chose qu'elle appelait *cheval*, une autre *postier*, une autre encore *casserole*, et elle disait aussi *prendre une paille*. Il avait compris que les mots *merde* et *crotte* renvoyaient également à ces poisons. Ces termes lui semblaient adéquats. Pour lui, tout ça n'était que de la merde.

– Dis-moi ce qui ne va pas, lui demandait-il parfois. Elle lui répondait alors en vociférant qu'elle voulait qu'il lui fiche la paix. Elle avait fini par lui faire promettre de ne plus lui poser de questions sur son mode de vie. La seule chose qu'elle lui demandait, c'était qu'il la laisse tranquille. Le plus difficile pour lui était d'être témoin de la manière dont elle se procurait de l'argent pour acheter sa drogue. Désespéré, il lui avait offert tous les objets de valeur qu'il possédait, c'est-à-dire pas grand-chose, mais quand il avait compris qu'il ne lui rendait pas service, il avait arrêté de lui donner de l'argent. Cela ne faisait que la pousser à augmenter sa consommation et à acheter des drogues plus coûteuses. À la place, il avait décidé de payer son loyer, puis elle avait emménagé chez lui à Breidholt et il l'avait nourrie même si elle ne mangeait presque rien. Il lui avait formellement interdit d'amener des clients dans son appartement, mais là aussi il avait fini par céder. Il veillait simplement à être ailleurs quand cela se produisait.

Mais, parfois, il apercevait les hommes qui venaient avec elle. Souvent, c'étaient des vieux crasseux comme celui avec lequel il l'avait vue rue Hverfisgata. Il y avait aussi des quinquagénaires en imperméable. De jeunes garçons, parfois deux ou trois en même temps. Et, de temps à autre, des femmes.

Cette activité lui rapportait la majeure partie de ses revenus, le reste elle le gagnait en dealant. Il arrivait qu'elle ait de l'argent et de la drogue à profusion. Par exemple, quand elle allait à Copenhague, à Amsterdam ou à Paris. Elle servait alors de mule, activité qu'elle avait élevée au rang d'art en se maquillant, en se teignant les cheveux, en se faisant des nattes, en adoptant toutes sortes de tenues vestimentaires susceptibles de la faire passer pour une adolescente modèle plutôt que pour une junkie d'une vingtaine d'années qui faisait la pute. Avec un peu de dextérité, elle réussissait à faire croire aux douaniers qu'elle accompagnait ses parents ou ses grands-parents. Il lui suffisait de discuter avec d'autres passagers en faisant semblant d'être avec eux. Elle s'arrangeait le plus souvent pour ne pas passer les contrôles toute seule. La plupart du temps, elle se débrouillait pour faire semblant de revenir de voyage avec sa famille, sa petite valise de gamine à la main.

Elle avait donc une valeur inestimable pour les hommes comme Herbert. Elle travaillait pour eux et ils la rétribuaient en nature. Puis elle vivait dans l'opulence pendant quelques mois. La jolie petite fille modèle passait la douane sans encombre, l'estomac, le rectum et le vagin remplis de stupéfiants.

21

Sigurdur Oli rentra assez tard au petit hôtel après sa visite chez le médecin. Il aurait voulu se rendre immédiatement à l'hôpital d'Isafjördur pour y chercher le dossier de Janus et Birta, mais Erlendur avait disparu, tout comme la femme qui s'était assise à leur table. Il monta frapper à la porte de sa chambre, mais n'obtint aucune réponse. Il lui sembla seulement entendre comme des froissements derrière la porte. La plupart des clients étaient rentrés chez eux. Il commanda une bière, alla s'asseoir et demanda au patron, debout derrière son comptoir, s'il avait vu son collègue.

– Je crois qu'il est parti avec Gunna, informa l'hôtelier, un homme maigre en tablier blanc qui portait une énorme moustache à l'impériale.

– Gunna ?

– La femme qui est venue s'asseoir à votre table. Elle s'appelle Gunna.

– Il l'a emmenée dans sa chambre ? J'ai frappé à sa porte, mais il ne répond pas.

– Ça semble assez logique, non ? s'amusa le patron avec un sourire entendu.

– Ah bon ? Cette Gunna, vous la connaissez ?

– Assez bien, répondit l'empereur en lui servant une autre bière. On m'a dit que vous étiez de Reykjavík et que vous êtes ici pour cette gamine retrouvée dans le cimetière. Elle est originaire d'un village de la région ?

– C'est ce que nous pensons.

– Qu'est-ce qu'elle faisait à Reykjavík ? demanda le patron en essuyant ses verres avant de les ranger sur les étagères.

– Nous pensons qu'elle se droguait et qu'elle subvenait à ses besoins en se prostituant et en se livrant à des actes de petite délinquance pour financer sa consommation. Mais elle n'a rien fait d'assez grave pour avoir un casier.

– Il m'arrive de prendre l'avion jusqu'à Reykjavík. Cette ville devient tentaculaire. Ça ne m'étonne pas étant donné la vitesse à laquelle les campagnes se vident, et pas uniquement dans les fjords de l'Ouest. Enfin, il faut bien des gens pour occuper tous ces immeubles.

– Comment ça ?

– Ceux qui emménagent dans ces bâtiments viennent nécessairement de quelque part. Enfin, c'est évident !

– Ah, c'est un sujet qui vous préoccupe tant que ça dans les fjords de l'Ouest ?

– Oui, c'est le genre de questions qui se posent. Pourquoi donc ?

– On nous a dit que cette petite faisait le même genre de réflexions, répondit Sigurdur Oli. C'est peut-être quelque chose qu'elle a entendu ici.

– C'est possible.

– En tous cas, les villes grossissent. C'est comme ça partout dans le monde.

– En effet.

– Vous pouvez m'en dire plus sur Gunna ? Elle est d'ici ? demanda Sigurdur Oli.

Il se réveilla avec la gueule de bois. Son collègue était descendu se promener dans le village et prenait son petit-déjeuner. Il se joignit à lui. Erlendur était rayonnant. Sigurdur Oli s'en amusait.

– Tu as tout bonnement disparu hier soir !

Il commanda la même chose que lui en le voyant avaler goulûment son bacon, ses trois œufs, son jus d'orange et son café.

– Je voulais me coucher tôt, répondit Erlendur d'une voix presque guillerette. Alors, ce médecin t'a appris des choses intéressantes ?

– Oui. Il se souvient d'un gamin du nom de Janus qui a été admis à l'hôpital il y a des années, après un accident. Je voulais partir directement à Isafjördur hier soir, mais je ne t'ai pas trouvé. Tu ne m'as pas entendu frapper à ta porte ?

– Non, je dormais. Je tombais de fatigue.

– Cet homme m'a dit qu'on trouverait tous les documents sur Janus et Birta à Isafjördur. Dépêchons-nous d'y aller.

Le portable d'Erlendur sonna. Elinborg le salua. Elle lui raconta l'opération que l'escadron Viking avait conduite la veille au soir et l'informa de ce qu'ils avaient trouvé en fouillant l'appartement de Janus.

– Je peux lui parler ? demanda Sigurdur Oli.

Erlendur lui passa le téléphone.

– Elinborg, tu peux me répéter ce que Birta disait sur ces maisons ? Cet homme qui possédait tous ces immeubles dont elle se demandait qui pouvait y emménager ?

– Ah oui, ce que Dora m'a dit ? répondit Elinborg. Un truc sur les maisons et les immeubles à Reykjavík. Sur les gens qui étaient censés emménager dans tous ces bâtiments. C'était incompréhensible. Pourquoi ?

– Parce que quelqu'un m'a tenu le même genre de discours hier soir, répondit Sigurdur Oli en lui résumant sa conversation avec le patron de l'hôtel. Erlendur écoutait attentivement.

– Et il a utilisé ces mots-là ? demanda Elinborg. C'est vrai, ça ressemble beaucoup à ce que Birta disait à Dora. C'est un sujet qui intéresse les gens des fjords de l'Ouest ? Ils se demandent à qui on vend les maisons et les appartements construits à Reykjavík ? Tu comprends pourquoi ?

– Absolument pas, répondit Sigurdur Oli.

Les deux policiers finirent leur petit-déjeuner, réglèrent leurs chambres, leurs repas et leurs consommations de la veille, ce qui faisait une somme rondelette de l'avis de Sigurdur Oli. Alors qu'ils se dirigeaient vers la voiture, n'y tenant plus, il interrogea Erlendur.

– Où est passée la femme qui s'est assise à notre table hier soir et qui portait ce grand pull-over ? demanda-t-il en ouvrant sa portière.

– Je n'en ai aucune idée, répondit Erlendur en se laissant tomber de tout son poids sur le siège passager. En tout cas, elle était sacrément intéressante. Elle avait beaucoup de choses à dire. Je l'ai laissée au restaurant. J'étais épuisé après la journée.

Il tapotait ses genoux du bout des doigts tout en sifflotant.

– Elle ne t'a pas dragué ?

– Non, non, non, pas du tout. C'était une femme honnête. Dragué, comment ça ?

– Eh bien, c'est juste qu'on m'a dit hier soir qu'elle était connue comme le loup blanc dans tous les fjords de l'Ouest. Qu'elle écumait les villages de la région en faisant du gringue aux hommes de passage, qu'ils soient ici pour travailler sur des chantiers ou membres d'équipage en escale. Oui, Gunna était prête à coucher avec des hommes de tout âge. Elle est connue pour ça. Ici, on la surnomme Gunna-ne-pense-qu'à-ça.

– Non, répondit Erlendur, subitement maussade, en fixant la route d'un air de chien battu. Je suis seulement monté dormir.

Le sourire jovial de Sigurdur Oli s'effaça quand il vit l'effet produit par ses paroles. Il avait voulu taquiner gentiment Erlendur sans toutefois lui saper le moral. Il ne lui avait pas vraiment menti sur Gunna. C'était le patron de l'hôtel qui lui avait raconté ça. Il se disait qu'il aurait mieux fait de se taire. Il aurait aimé réparer sa bévue, mais ne voyait pas comment s'y prendre. Il se promit de ne pas dire un mot de cette histoire quand ils rentreraient à Reykjavík. Il s'était assez moqué de son collègue, d'abord avec cette histoire de masque de nuit, et maintenant avec ça. Ils continuèrent à rouler en silence. Au bout d'un moment, Sigurdur Oli fit une tentative pour le distraire. Ils franchissaient une lande de plus et un brouillard froid nappait la route.

– Le barman m'a raconté hier soir l'histoire d'un Groenlandais pratiquement increvable. Cet homme a quitté la côte ouest du Groenland à bord de son kayak et il a dérivé vers la haute mer après le cap Farvel. Les courants l'ont poussé vers le sud et on l'a retrouvé à Aberdeen, en Écosse. Il était encore en vie. On l'a transféré à l'hôpital, mais les médecins n'ont pas réussi à le sauver. Tu ne trouves pas qu'il était drôlement résistant ?

Erlendur répondit par un marmonnement. Ils continuèrent à rouler en silence.

– Tu ne crois pas que nous devrions communiquer à la presse les noms de Birta et de Janus ? demanda Sigurdur Oli.

– Si nous retrouvons leur famille à Isafjördur, il serait plus poli d'aller nous-mêmes l'informer du décès, répondit-il sèchement.

Ils ne décrochèrent pas un mot le reste du trajet. Sigurdur Oli se concentrait sur la route et Erlendur était plongé dans ses pensées. La question posée dans le poème résonnait à nouveau dans sa tête :

Où donc s'est perdue la couleur de tes jours ?

En quel lieu ?

Ils arrivèrent à Isafjördur juste avant midi après un voyage sans encombre et se rendirent directement au commissariat. Leurs collègues leur communiquèrent le rapport de l'accident qui avait eu lieu sur le bateau. Le document mentionnait le nom de la jeune fille : Birta Oskarsdottir.

– Elle lui a sauvé la vie, observa Erlendur.

– Dans ce cas, il y a peu de chances qu'il l'ait tuée, tu ne crois pas ? demanda Sigurdur Oli.

– En effet.

– Vous venez pour cette petite qu'on a retrouvée assassinée à Reykjavík ? demanda le brigadier-chef qui leur montrait le rapport. La cinquantaine, corpulent et chauve, le teint rougeaud, il avait une grosse barbe blanche de père Noël et devait souffrir de problèmes de tension. La sueur perlait sur son front.

– Oui, nous vous avons envoyé ce cliché, répondit Sigurdur Oli. Elle s'appelle Birta.

– Je ne connais ni la gamine de la photo ni ce nom, répondit le brigadier. J'imagine qu'elle est allée au lycée ici. Les mômes y font beaucoup la fête. Je peux vous le dire. Enfin, comme dans tous les lycées. On dirait qu'ils n'ont pas mieux à faire que picoler et se droguer.

Le rapport mentionnait également les noms des parents : Erla Steingrimsdottir et Oskar Jakobsson. Il précisait que Birta vivait à Isafjördur, mais qu'elle avait quitté le foyer familial. Erlendur et Sigurdur Oli remercièrent le brigadier-chef et se rendirent à l'adresse où la jeune fille habitait à l'époque, un immeuble situé aux abords de la ville. Une femme leur expliqua que les locataires de l'appartement étaient partis depuis des années. Une bande de garçons, disait-elle. Elle ignorait qu'une fille vivait avec eux. En revanche, elle connaissait Erla, sa mère. Sans doute était-elle au travail en ce moment, elle habitait rue Fafnisvegur et était vendeuse à la coopérative de Kaupfélagid. Elle avait divorcé de Skari, son premier mari, qui avait déménagé à Reykjavík il y avait des années, mais elle n'avait pas tardé à se remarier. Pourquoi toutes ces questions ?

Erlendur n'avait pas répondu. Les deux policiers avaient quitté l'immeuble. Ils étaient arrivés à destination et avaient découvert l'identité de la jeune fille. Ils connaissaient le nom de ses parents et, d'ici quelques instants, ils iraient voir sa mère pour lui dire que le corps nu et profané de Birta avait été trouvé dans un cimetière de Reykjavík. Ni l'un ni l'autre n'étaient habitués à annoncer ce genre de nouvelle, et encore moins quand le décès était survenu dans de telles conditions. Ils redoutaient cette rencontre.

Sigurdur Oli appela Elinborg pour la tenir informée. Il lui communiqua le nom des parents de Birta en ajoutant qu'Oskar vivait probablement à Reykjavík. Il la pria de chercher son adresse et d'aller lui annoncer le décès de sa fille.

Ils s'arrêtèrent quelques instants devant la coopérative et se consultèrent du regard.

– Bon, déclara Erlendur, il faut y aller.

Ils entrèrent dans le magasin et demandèrent Erla. On leur répondit qu'elle travaillait au rayon boucherie. Ils la saluèrent en lui demandant si quelqu'un pouvait la remplacer un moment : ils avaient besoin de lui parler. Elle ne comprit pas tout de suite ce qu'ils lui voulaient, mais appela une jeune fille en lui disant qu'elle devait s'absenter quelques instants. Ils la suivirent et s'installèrent avec elle dans un petit bureau.

La petite quarantaine, elle portait une combinaison bleue à liserés rouges. Elle alluma immédiatement une cigarette. Erlendur l'imita. Erla relevait son épaisse chevelure blonde en chignon. Le teint joliment hâlé par l'été, elle avait de petites rides autour des yeux et les ongles vernis.

Ils lui demandèrent si elle avait une fille qui s'appelait Birta.

– Oui, Anna Birta. Elle s'appelle Anna Birta et vit à Reykjavík. Il y a un problème ?

– Anna Birta ! s'exclama Erlendur. Bien sûr. Voilà pourquoi nous ne la trouvions pas dans le Registre de la population.

– Mais tout le monde l'appelle simplement Birta. Qu'est-ce qui se passe ?

Ils lui annoncèrent son décès sans entrer dans les détails, préférant attendre pour lui en dire plus.

Elle dévisagea tour à tour ces deux inconnus de Reykjavík en secouant la tête, incrédule.

– Qu'est-ce que vous me dites là ? Birta ? Morte ?

Erlendur hocha la tête. Elle allait devoir les accompagner à Reykjavík pour confirmer ce qu'ils considéraient déjà comme certain.

– C'est la jeune femme dont on a trouvé le corps dans le cimetière ? Sur la tombe de Jon Sigurdsson ? C'est ma fille ?

– J'en ai bien peur, répondit Erlendur. Il lui expliqua comment ils avaient réussi à remonter jusqu'à elle et combien il avait été difficile de retrouver la famille. Personne ne s'était manifesté à la police pour signaler la disparition de cette jeune fille. Vous étiez en contact ?

– En contact ? Mon Dieu. Birta… Il y a des enfants comme ça qui… mon Dieu, répéta-t-elle avant de fondre en larmes.

Erlendur sortit la photo de sa sacoche. Il la regarda quelques instants puis la lui tendit. Erla avait du mal à identifier sa fille. Elle la scruta longuement et finit par reconnaître les traits, la bouche, le menton, le nez, la courbe des yeux de cette gamine qui était autrefois la sienne, mais était sortie de sa vie depuis si longtemps.

Les deux policiers se taisaient.

– Nous souhaiterions que vous veniez avec nous à Reykjavík pour procéder à son identification, ce qui vous permettra aussi de ramener le corps ici, reprit Erlendur en tendant la main pour reprendre la photo.

Elle baissait la tête et fixait ses mains, assise face à lui : combinaison bleue à liserés rouges, cheveux noués en chignon, rides autour des yeux, ongles vernis. Quelques instants auparavant, sa vie était normale. Elle les avait accueillis avec un grand sourire qui s'était effacé subitement quand ils lui avaient dit qui ils étaient et d'où ils venaient. Dès qu'ils lui avaient exposé la raison de leur visite, son visage s'était crispé d'une inquiétude qui avait bientôt laissé place à l'incrédulité, à la tristesse puis à une solitude sans fond. Erlendur était navré. Assis dans l'étroit bureau de ce magasin, il endossait malgré lui le rôle de messager auprès de cette femme à l'air fatigué, il baissait lui aussi la tête en méditant sur la cruauté de cette annonce.

22

Il pensa tout à coup à Kalmann. Ce sale type l'avait traité d'idiot et lui avait raccroché au nez.

Il faisait complètement noir dans le four. Herbert avait perdu toute notion du temps. Il avait somnolé par intermittence bien qu'allongé sur le dos, le torse comprimé par la grille. Il pensait à ce bidon d'essence et se demandait si ce monstre de Janus aurait le cran de l'en asperger avant de le brûler vif. Il se souvenait vaguement de cette petite ordure, il se rappelait l'avoir vu avec Birta. Il ignorait ce que ce crétin lui voulait, ce n'était pas lui qui avait tué Birta, et que signifiaient ces leçons de morale ? Herbert n'était tout de même pas responsable de tous les maux de la société. C'était n'importe quoi !

Il n'entendait aucun bruit et se demandait à quel endroit de Reykjavík se trouvaient ces fours. Sans doute dans une entreprise de produits alimentaires. Mais pourquoi personne ne travaillait ici ? Tous les employés étaient en vacances ? Et comment cette ordure avait eu connaissance de cet endroit ? Il réfléchissait à Janus et à Birta. Peu à peu, Kalmann envahissait ses pensées. Il était persuadé qu'il était derrière tout ça et qu'il voulait se débarrasser de lui. Certes, c'était en contradiction avec le discours moraliste du crétin qui le séquestrait, mais ce blabla n'était peut-être qu'un écran de fumée.

Herbert était prêt à tout pour sortir de ce tiroir. Il n'hésiterait pas à mentir, à trahir, à offrir de l'argent, à promettre monts et merveilles. Il voulait sortir de là et buter ce fils de pute. L'enfermer dans ce tiroir et voir l'effet que ça lui ferait. Cette ordure avait osé lui pisser dessus, sur lui, sur Herbert, et ceux qui se risquaient à ce genre de choses ne faisaient pas de vieux os.

Dans son délire mégalomane, il imaginait que personne n'oserait lui infliger une telle humiliation. Celui qui s'y risquait était nécessairement épaulé par un gros bonnet. Herbert n'était pas un simple pion. Il était reconnu et respecté dans sa profession. Et il était inconcevable qu'un minable gamin l'enlève et le séquestre autrement que sur ordre d'un parrain.

Son cerveau était en surchauffe, ses pensées de plus en plus embrouillées. L'idée d'un commanditaire entrait en contradiction avec ce qu'il savait. Birta et ce petit crétin étaient copains, ils se connaissaient depuis longtemps et avaient vécu ensemble des expériences marquantes. Birta le lui avait dit. Il savait également que Janus avait tenté de la convaincre d'arrêter de se droguer et de cesser de le fréquenter, mais il avait échoué. C'était peine perdue. Cette gamine était la pire junkie que Herbert ait jamais connue. Il n'y avait aucun moyen de lui venir en aide. Elle courait à sa perte, lancée à toute vitesse, filant droit vers l'enfer.

Herbert était persuadé que Kalmann l'avait tuée. Peut-être par accident. Peut-être pour se distraire. Cet homme était imprévisible et blasé, plus grand-chose ne l'amusait. Herbert lui avait souvent envoyé des filles, mais Birta était sa préférée. Elle avait environ vingt ans. Kalmann les aimait pourtant plus jeunes, parfois il demandait qu'on lui envoie les étrangères qui travaillaient au Boulevard, mais il avait vu en Birta une chose que Herbert ne comprenait pas. Il se souvenait qu'avant de partir pour son séjour de deux semaines aux États-Unis, il avait appelé Birta pour lui dire que Kalmann souhaitait la voir. Voilà pourquoi il avait été complètement abasourdi quand ces deux imbéciles de flics étaient venus lui annoncer la mort de la gamine. Kalmann était un personnage public qui ne pouvait pas se permettre d'apparaître en compagnie de n'importe qui. Il avait souvent reçu des filles dans son chalet d'été, qui se trouvait légèrement à l'écart des autres aux abords du lac de Thingvellir. Herbert s'arrangeait pour que quelqu'un les y emmène en voiture et les ramène à Reykjavík. Parfois, Birta rentrait le corps couvert de bleus. Il savait qu'elle acceptait ça parce qu'elle était grassement payée. Elle aurait fait n'importe quoi pour de l'argent. Ça, tout le monde le savait.

Ses soupçons sur la responsabilité de Kalmann dans la mort de la gamine s'étaient transformés en certitude, quand la porte s'ouvrit à nouveau. Cette idée lui permettait de sauver la face. Il était exclu qu'un simple gamin ait pu enfermer Herbert Rothstein dans un tiroir puis éteindre la lumière.

– C'est cette ordure de Kalmann qui t'a dit de m'enlever ? Hein ? C'est lui ? cria Herbert à Janus, qui s'était posté au-dessus de lui. La graisse animale séchée se réduisait en poussière sous les pieds du jeune homme. Le corps de Herbert en était saupoudré.

– Quelle drôle d'idée, répondit Janus. Tu crois vraiment que je travaille pour ce Kalmann ?

– *Yeah, man*. Tu ne serais pas le seul. Combien il te paie ? Je te donnerai le double. Tu n'as qu'un mot à dire et nous réglons ça immédiatement. Qu'est-ce que t'en penses ? Allez, sors-moi d'ici, *little piece of shit.*

– Birta m'a dit qu'avant vous étiez copains, que vous aviez fait les quatre cents coups ensemble et que tu te vantais de faire partie de ses intimes. Tu te vantais aussi de pouvoir le faire coffrer n'importe quand. Birta ne comprenait pas de quoi tu parlais. J'ai réfléchi et je me suis dit que tu pourrais peut-être m'aider.

– D'accord, tu veux quoi ? demanda Herbert.

– Je veux savoir comment trouver des informations sur toi et Kalmann.

– Ouais, ouais, ouais… et Kalmann ne serait pas au courant, c'est ça, hein ? Ben voyons. Quant à toi, tu ne sais rien de lui ? Qui d'autre que lui voudrait avoir ces informations ? Il veut des documents ? Il a peur ? Il veut des preuves ? Hein ? Il imagine que je vais le dénoncer ? Hein, petite *piece of shit ?* C'est lui qui a tué Birta, n'est-ce pas ? Dans son chalet. Il est allé trop loin. Il la frappait et il a fini par la tuer. Et toi, tu étais où, pauvre type ? Où est-ce que tu te branlais, petit connard, pendant qu'il la butait ? Qu'il assassinait ta meilleure amie, hein ?

Janus attrapa le bidon d'essence et ouvrit le bouchon.

– Qui me dit que tu ne l'as pas aidé ? reprit Herbert. Vous l'avez peut-être bien butée tous les deux. Tu étais de mèche avec lui et, maintenant, vous avez peur que le vieux Herbert aille tout raconter. C'est ça ? C'est Kalmann qui t'envoie pour me tuer ? C'est ça, petite *piece of shit ?*

Janus commença à vider le contenu du bidon sur Herbert qui suffoqua en sentant l'essence couler sur son visage. Il lui aspergea généreusement tout le corps, reboucha le bidon, le reposa sur la grille et sortit une boîte d'allumettes. Herbert poussa un hurlement d'effroi puis déversa sur lui un flot d'insultes et de jurons. Il se cabra pour essayer de soulever la grille, mais elle était bloquée.

Janus était pétrifié. Ses oreilles bourdonnaient. Il sortit une allumette et la frotta sur le grattoir, comme hypnotisé. Il sursauta en voyant la flamme jaune jaillir puis consumer entièrement le bois. Herbert hurla à nouveau quand il laissa tomber l'allumette éteinte sur son visage.

Il hurla de toutes ses forces dans le tiroir où il s'attendait à sentir son corps s'embraser en un instant. Mais cela n'arriva pas. Ses cris cessèrent, il fixait Janus d'un regard haineux, tremblant de peur et de colère.

– La prochaine qui tombera sera enflammée, prévint Janus d'une voix menaçante. J'ai tellement envie de te voir rôtir dans ce tiroir. Et c'est ce qui t'arrivera si tu ne me dis pas ce que je veux savoir. Il va falloir que tu le comprennes. Herbert s'était tu. Il écoutait Janus en hochant doucement la tête.

– Dis-moi où je peux trouver les documents concernant tes activités avec Kalmann.

– Comment je peux être sûr qu'ensuite, tu me relâcheras ? demanda le prisonnier.

– Tu ne peux pas.

– Hmpf, fit Herbert.

– Les documents ? Tu les as cachés où ?

– Ta gueule, sale petit branleur, s'écria Herbert en essayant de lui cracher au visage.

Janus reprit sa boîte d'allumettes et en attrapa une seconde d'une main tremblante. Il avait l'impression que ses jambes allaient se dérober sous lui. Herbert le regardait, les yeux exorbités. Il fit une dernière tentative pour le dissuader. Il n'arrivait pas à croire que ce gamin aurait le cran de le brûler vif.

– Tu n'oseras pas faire ça, espèce de salaud, hurla-t-il au jeune homme qui tenait entre ses doigts l'allumette enflammée et baissait les yeux sur lui. Il l'approcha de la grille et la passa au-dessus du visage de Herbert qui, au moment où il allait la lâcher, hurla en le suppliant de l'épargner, pour l'amour de Dieu.

23

Erla prit sa journée à la coopérative et proposa à Erlendur et Sigurdur Oli de venir chez elle. Elle les accompagnerait à Reykjavík plus tard dans la journée. Elle les invita à entrer dans son intérieur impeccablement tenu. Elle habitait une maison jumelée. Birta était partie depuis des années et n'avait pas laissé grand-chose derrière elle. Erla leur montra quelques photos d'elle enfant, les livres qu'elle avait lus, une plaque en terre cuite qu'elle avait faite à l'école maternelle et où on voyait l'empreinte de sa main quand elle avait environ quatre ans.

Très affectée par la nouvelle, la mère de Birta versait des larmes silencieuses. Ils lui suggérèrent d'appeler quelqu'un pour rester auprès d'elle, ils pouvaient peut-être contacter le pasteur, mais elle refusa. Ils lui demandèrent si elle se souvenait de gens ayant connu sa fille à l'époque où elle habitait à Isafjördur. Elle était incapable de leur donner des noms. De toute manière, Birta était partie depuis cinq ans à Reykjavík et ses anciens amis des fjords de l'Ouest ne leur apprendraient rien. En outre, elle ne connaissait que des petits voyous. Elle avait de mauvaises fréquentations, précisa-t-elle. C'était mieux quand nous habitions au village.

Avant de partir à l'aéroport, Erlendur voulut aller faire un tour au syndicat ouvrier de la région. Il fut reçu par Thorfinnur, le délégué principal, un grand trentenaire énergique à la poignée de main ferme qui l'invita dans son bureau. Erlendur lui expliqua qu'il s'intéressait à ce que tous appelaient la « situation » dans les fjords de l'Ouest et au rôle qu'y jouait le système des quotas. Il ne lui exposa pas les réflexions que cela lui avait inspiré depuis le début de son voyage, il avait seulement envie d'avoir quelques détails et ne savait pas vraiment à qui s'adresser. Il ne connaissait personne dans les pêcheries de cette ville et supposait que le représentant syndical était bien informé.

– Vous savez qui sont les principaux acheteurs des quotas de pêche de la région ? demanda-t-il dès qu'ils se furent assis.

– On parle beaucoup des gens d'Akureyri, ce sont eux qui possèdent les plus grosses pêcheries aujourd'hui, n'est-ce pas ?

– Et personne de Reykjavík ?

– Si, si. Eux aussi, ils ont fait le tour des villages pour acheter des quotas.

– Qui ça ?

– Des gars qui ont travaillé au percement des tunnels de la région. Ils sont envoyés par un gros entrepreneur. Ah, comment est-ce qu'il s'appelle ? Oui, Kalmann.

– Kalmann ?

– Ouais.

– Pourquoi est-ce qu'il s'intéresse aux quotas ? Je croyais qu'il était avant tout promoteur et agent immobilier.

– Ce n'est pas à moi qu'il faut poser la question. En tout cas, ces gars travaillaient pour lui. Il y a longtemps que je ne comprends plus rien à tous ces micmacs.

Laissez-moi vous dire qu'on en voit des vertes et des pas mûres. Et quand bien même les promoteurs de Reykjavík rachèteraient tous les quotas, ça ne m'étonnerait pas. Aujourd'hui, plus rien ne m'étonne.

Elinborg et Thorkell vinrent les accueillir à l'aéroport de Reykjavík vers trois heures de l'après-midi. La mère de Birta les accompagnait. Ils se rendirent directement à la morgue de Baronstigur où elle confirma que le corps était bien celui de sa fille. Elle ne pleurait plus. Elle regarda le visage bleuté quelques instants et lui déposa un baiser sur le front. Les policiers lui expliquèrent comment elle avait trouvé la mort. Elle les regardait, incrédule.

– Dieu tout-puissant, soupira-t-elle. Erlendur la prit dans ses bras et l'emmena dans une petite pièce où il resta avec elle jusqu'à ce qu'elle aille un peu mieux.

Elle voulait rentrer à Isafjördur le soir même. Rien ne s'opposait à ce que le corps de sa fille la suive, l'autopsie étant achevée. Elinborg se chargea des formalités administratives tandis qu'Erlendur et Sigurdur Oli emmenaient Erla au quartier général de la police à Kopavogur où ils prendraient sa déposition.

Ils lui donnèrent les informations dont ils disposaient sur la vie de Birta à Reykjavík. Elle les écouta sans rien dire puis leur expliqua qu'elle avait fait de son mieux pour ne pas trop s'inquiéter pour elle. Elle avait fini par démissionner de son rôle de mère. Jamais elle n'avait imaginé que sa fille vivait des choses aussi terribles.

Birta avait vingt-deux ans, elle était née à Isafjördur en 1976. Erla l'avait eue à dix-huit ans. Elle avait divorcé du père puis s'était remariée et avait eu deux autres enfants, âgés à présent de seize et dix-sept ans, qui étudiaient tous deux à Reykjavík. Birta avait rompu tout contact avec sa famille à l'adolescence. Erla ne savait pas où vivait son père. Il avait déménagé à Reykjavík alors que la petite n'avait que quatre ans et elle n'avait pas cherché à maintenir le contact. Il n'avait jamais manqué à sa fille. Elle avait été une enfant adorable, un peu renfermée et timide, mais toujours gentille et prête à aider les autres. La famille n'était pas riche, mais elle ne manquait de rien.

Après le collège, elle était allée au lycée d'Isafjördur et son comportement avait beaucoup changé.

– Elle y a fait, comme on dit, de mauvaises rencontres, poursuivit Erla, assise dans le bureau d'Erlendur. Sigurdur Oli se tenait debout derrière lui, à côté de la grande armoire à documents. Ces gamins prenaient du hasch et ce genre de trucs, mais contrairement aux autres ma petite Birta n'arrivait pas à maîtriser sa consommation. Ça a déclenché chez elle un processus que je ne m'explique pas. Je n'avais jamais vu ça. C'est allé si vite. Elle n'avait même pas encore dix-sept ans qu'elle prenait déjà ces pilules très puissantes, je crois qu'on les appelle ecstasy.

– Oui, c'était sans doute de l'ecstasy, confirma Sigurdur Oli.

– Elle prenait aussi des amphétamines et du crack. Évidemment, nous nous disputions comme chien et chat. Je ne la voyais plus depuis des années et j'ai eu du mal à la reconnaître quand vous m'avez montré cette photo. Pauvre gamine. Comment peut-on devenir accro à ce point ? Quand je pense à toute cette souffrance, c'était complètement autodestructeur. Je ne comprends pas.

– Elle n'a rien vécu pendant son enfance ou son adolescence qui pourrait expliquer tout ça ? s'enquit Erlendur.

– Je dirais qu'elle vient d'une famille islandaise tout à fait normale, si c'est le sens de votre question. Oui, elle a vécu un divorce, mais c'était entre moi et son père, et ça ne la concernait pas.

– Elle n'a pas essayé de se faire soigner dans un de ces centres de désintoxication ? demanda Sigurdur Oli.

– Ces trucs la faisaient rire. Elle disait que c'était de la connerie et que ça ne servait à rien quand on lui en parlait. Elle trouvait ça complètement idiot. Elle m'a ri au nez chaque fois que j'ai évoqué cette solution. Elle était très ombrageuse et n'aimait pas qu'on se mêle de ses affaires ni qu'on lui reproche de se détruire. J'ai renoncé à la ramener à la raison. Je sais que c'est terrible, mais c'est comme ça. On se lasse, si vous voyez ce que je veux dire. Tout ça, c'est épuisant. Simplement épuisant.

– Je crois comprendre, répondit Erlendur.

– En tout cas, ça explique que personne ne se soit inquiété pour elle. Elle n'avait plus aucune relation avec sa famille, observa Sigurdur Oli.

– Quand j'ai entendu parler aux informations de la découverte de ce corps dans le cimetière, je n'ai pas pensé que c'était elle. Ça ne m'a même pas effleuré l'esprit. On est parfois tellement aveugle. Je n'imaginais pas qu'elle puisse être morte.

– Vous connaissiez les gens qu'elle fréquentait à Reykjavík, ses amis, ses connaissances ? demanda Erlendur.

– Pratiquement pas. Je savais qu'elle avait une amie, Dora, et qu'elle avait retrouvé son vieux copain d'enfance. Un garçon avec qui elle était allée à l'école primaire, mais qui avait ensuite déménagé ici.

– Vous parlez de Janus ?

– Oui, c'est bien lui. Sa mère était notre voisine.

– Vous pouvez nous donner son nom ?

– Elle s'appelle Gudrun Thorsteinsdottir.

– Birta ne vous a jamais parlé d'un certain Herbert ? demanda Sigurdur Oli.

– Non, ça ne me dit rien. Ce nom ne me dit rien. C'est qui ?

– Un homme qui la connaissait probablement, répondit le jeune policier sans lui donner plus de précisions.

– Il y a aussi cette histoire concernant Jon Sigurdsson, reprit Erlendur. Vous avez une idée de la raison pour laquelle on l'a déposée sur sa tombe ?

– Aucune, répondit Erla. Ça m'échappe complètement. Je ne vois pas ce que Jon Sigurdsson vient faire dans cette histoire.

Les deux policiers haussèrent les épaules.

Erla reçut toute l'assistance nécessaire pour ramener le corps de sa fille à Isafjördur. On le plaça dans un cercueil blanc qui voyagea en soute. Les quelques proches de la jeune fille devaient attendre sa dépouille à l'aéroport. La presse n'avait pas eu vent du transfert. La police n'était pas encore parvenue à contacter son père. Thorkell avait fait des recherches et appris qu'il était en voyage à l'étranger.

Les deux policiers prirent congé d'Erla. Erlendur raccompagna Sigurdur Oli chez lui. Sur le trajet, il lui résuma ce que lui avait dit le représentant syndical d'Isafjördur à propos de Kalmann.

– Des gens travaillant pour lui s'intéressaient aux quotas de pêche des villages des fjords de l'Ouest. Comment se fait-il qu'un entrepreneur en bâtiment ait des vues sur les quotas ? Tu as une idée ?

– Kalmann est un homme riche qui possède des tas de maisons. Ça ne correspondrait pas à ce que disait Dora ?

– Sans doute. Mais qu'est-ce que ça cache ?

– Je n'en ai aucune idée, répondit Sigurdur Oli en bâillant de fatigue après cette longue journée. Il avait hâte de rentrer chez lui dormir. Tu ne crois quand même pas que le meurtre de Birta est lié à tous ces micmacs avec les quotas de pêche ou à des transactions immobilières ?

– Je ne sais pas du tout à quoi il est lié, c'est bien là le problème. Je vais demander à Elinborg de creuser cette piste.

– D'ailleurs, cette gamine s'appelait Anna Birta et pas simplement Birta.

– Je ne comprends pas cette manie qu'ont les gens de donner deux prénoms à leurs enfants, répondit Erlendur. C'est super snob et ça ne fait que compliquer les choses.

Erlendur passa au quartier général de la police en fin de soirée. Il n'avait pas envie de rentrer chez lui. Il pensa à Eva Lind, à Sindri Snaer et à ce mariage auquel il avait mis fin depuis des années. Ses enfants n'étaient pas très différents de Birta. Leur comportement était peut-être simplement moins extrême. Ou peut-être pas.

Le rapport définitif du légiste l'attendait sur son bureau. Il avait été transmis la veille à l'administration. Des prélèvements sanguins avaient été envoyés à l'hôpital national. Erlendur eut besoin d'un peu de temps pour explorer les détails des résultats qu'il avait sous les yeux. Il frappa du poing sur la table quand il comprit.

Birta était non seulement séropositive, mais elle avait développé le sida. On n'avait décelé dans son sang aucune trace de traitements antirétroviraux ou de trithérapie. Apparemment, elle n'avait jamais essayé de se soigner. Elle n'avait aucun dossier dans le système de santé et ne semblait pas avoir subi de test HIV. Il n'était donc pas impossible qu'elle ait ignoré la gravité de son état, ce qui était incroyable eu égard au stade avancé de la maladie.

Erlendur fixait le rapport en murmurant :

Do you like girls ?

24

Quelque temps avant son décès, alors que Janus essayait une fois encore de la raisonner, Birta lui en avait parlé. Elle lui avait annoncé la nouvelle comme si de rien n'était. J'ai le sida, je vais mourir, lui avait-elle dit sans laisser transparaître aucune émotion. Je vais mourir.

Il existait à Amsterdam des laboratoires où on pouvait faire des prises de sang, et qui communiquaient les résultats dans un délai de deux jours. Elle avait fait ce test à l'occasion d'un de ses voyages pour le compte de Herbert, c'était ainsi qu'elle avait appris sa séropositivité. Elle avait immédiatement compris les propos de cette grosse femme en blouse blanche et ce qu'ils impliquaient. En fait, elle connaissait le résultat avant même de faire ces analyses. Sans doute avait-elle déjà développé le sida. Elle sentait bien qu'elle avait un gros problème de santé.

C'était un an avant sa mort.

– J'ai appris que j'avais le sida à Amsterdam, avait-elle annoncé sans ambages. C'est pour ça que j'ai toujours l'impression d'être malade. Je crois que je suis à un stade avancé de la maladie. Inutile de paniquer. Je dois tenir bon.

– Le sida ? Qu'est-ce que tu racontes ? s'était affolé Janus. Le sida. Tu as le sida ? Qui t'a contaminée ? avait-il demandé comme un idiot.

– Demande-moi plutôt qui ne m'a pas contaminée.

– Mais c'est une maladie mortelle !

– Oui, on en meurt à tous les coups, avait-elle répondu en grimaçant.

– À tous les coups... Tu trouves ça drôle ? Tu trouves vraiment ça rigolo ? Tu trouves que ta vie est drôle ? Tu mens ! Dis-moi que c'est un mensonge. Tu n'as pas le sida. Ton mode de vie t'épuise, c'est tout. Mais tu n'as pas le sida. Ce n'est pas possible. C'est une maladie mortelle. Tu comprends ? On ne rit pas avec ces choses-là. Ce n'est vraiment pas drôle. Le sida. Non, mais tu es folle de dire des choses pareilles !

– Ce n'est pas un mensonge. Je m'en doutais depuis un moment. Je l'ai sans doute attrapé avec une seringue ou peut-être en bais...

– Dis-moi que tu mens. Dis-moi que c'est une blague. Allez, arrête.

Janus la dévisageait. Il n'en croyait pas ses oreilles.

– Je ne t'ai jamais parlé de Helga ? Je suis sûre que c'est elle qui m'a contaminée. Elle l'avait et elle en est morte. Au début, on se piquait ensemble. Je crois qu'elle est morte l'an dernier.

– Le sida. Tu as vraiment le sida ?

– Désolée.

– Désolée ? Comment ça, désolée ? C'est tout ce que ça t'inspire ?

– Qu'est-ce que tu veux que je te dise ? Qu'est-ce qu'il y a d'autre à dire ? Tu veux entendre quoi ? Tu veux que je me mette à pleurnicher et à me plaindre ? Il y a longtemps que j'ai arrêté.

– Tu ne regrettes pas ? Tu ne regrettes pas cette existence de junkie ? Tu connaissais quand même les dangers !

– Tu m'as promis de ne pas me faire la morale. Jamais ! Je fais ce que je veux. J'assume les conséquences. Tu as promis. Et je veux que tu me promettes autre chose.

– J'aurais dû te retenir. J'aurais dû agir. Je pensais que j'avais le temps. Tu n'as que vingt-deux ans. Je pensais que je finirais par réussir à t'arracher à cet enfer. Je pensais que nous avions du temps et que je te sauverais. Je ne comprends pas. Je ne comprends pas ce que tu cherches. Je ne l'ai jamais compris et je n'ai jamais compris non plus pourquoi tu es accro à ce point. Tu m'as interdit d'en parler. Tu m'as interdit de me mêler de ta vie. Et maintenant il est trop tard.

– Je ne crois pas que tu aurais pu empêcher tout ça même si tu avais réussi à me faire arrêter l'héroïne. Si c'est vraiment Helga qui m'a contaminée, c'est arrivé avant nos retrouvailles. Tu n'as donc aucune raison de regretter de ne pas m'avoir sauvée. Et puisque j'en suis incapable, personne ne peut le faire à ma place. Tu comprends ?

– Non, je ne comprends rien. Je ne comprends pas pourquoi tu te laisses manipuler par des types comme cette ordure de Herbert. Je ne comprends pas comment tu peux te prostituer…

– Ça n'a rien à voir avec moi. Ni avec toi et moi. Je te l'ai dit des millions de fois. Et je t'en supplie, ne me juge pas comme si nous vivions dans un monde parfait. Ce monde parfait n'existe pas. Je veux que tu me promettes quelque chose.

– Ce ne sera pas la première fois, avait répondu Janus. Il n'avait pas encore pris tout à fait conscience de la portée de ce que Birta venait de lui annoncer. Il avait tenu parole et ne s'était pas mêlé de ses affaires, de ses histoires de drogue et de prostitution même s'il lui était parfois arrivé d'intervenir en lui conseillant d'aller voir un médecin, d'entrer en cure ou de se faire examiner. Ce n'étaient pas les centres de cure qui manquaient et tout le monde finissait par y aller. Y compris les amis de Birta. Pourquoi pas elle ? Pourquoi n'y allait-elle pas comme les autres ? Parce qu'elle avait honte ? Parce que son mode de vie lui semblait moins honteux ?

– Je veux que tu me promettes de ne pas m'emmener à l'hôpital même quand j'irai très mal.

– Mais tu as besoin d'un traitement. Il faut que tu sois suivie par des médecins. On peut ralentir la progression de la maladie.

– OK. Tu ne m'emmènes pas à l'hôpital tant que je ne te donne pas mon feu vert. C'est clair ? J'irai quand je voudrai. Pas avant.

– Mais ce n'est pas possible…

– Tu ne comprends pas, espèce d'idiot, s'était-elle agacée. Tu ne comprends pas de quoi tu parles. D'ailleurs, tu n'as pas besoin de comprendre. Il faut seulement que tu acceptes de me laisser tranquille.

Janus n'avait rien répondu. Il avait baissé les yeux. Elle fermait les siens. La radio allumée en sourdine dans la cuisine diffusait du jazz. On entendait des voix d'enfants dans la cour de l'immeuble. Le temps semblait s'être arrêté autour d'eux. Birta reprit la parole d'un ton posé après un long moment. Elle parlait les yeux fermés. Janus l'écoutait.

– Je sais ce que tu essaies de faire pour moi. C'est très gentil de ta part, je sais que tu ne veux que mon bien, mais je ne supporte pas qu'on se mêle de mes affaires. Je ne le supporte pas. Je veux vivre comme j'en ai envie. Je ne veux ni pitié, ni reproches, ni questions. Je veux qu'on me laisse être comme je suis.

Il y eut un long silence. Les voix des enfants s'éloignèrent.

– Je me suis demandé ce qui s'est passé, avait-elle repris, mais j'ai oublié. Enfin, s'il s'est passé quelque chose. Est-ce qu'il faut toujours qu'il se passe quelque chose pour expliquer une situation ? Est-ce qu'il faut toujours qu'il y ait une raison ? Je me demande parfois si je ne devrais pas décrocher. J'ai des copains qui l'ont fait. La plupart ont rechuté, mais certains ont réussi à s'en sortir. Je serais sans doute capable d'arrêter pendant un moment. Peut-être qu'avec plusieurs cures, je m'en sortirais complètement. Mais je ferais quoi ? Dix ans d'études ? Caissière dans un supermarché ? Ma mère a travaillé toute sa vie comme une esclave à la coopérative. Je l'ai toujours vue avec cette blouse bleue en nylon en train de sourire aux clientes. Tu trouves que c'est une vie ? Qu'est-ce que cette vie pourrait m'offrir ? Un mari et des mômes ? Mon père a quitté ma mère quand j'avais à peine quatre ans. Il ne s'est jamais occupé de moi. C'est un type comme ça que je vais trouver ? Ma mère a eu deux enfants avec son deuxième mari. Tout à coup, je n'existais plus. Plus personne ne s'occupait de moi et je ne m'occupais de personne. Je ne veux pas qu'on s'occupe de moi. Je ne supporte pas que des gens reviennent se mêler de mes affaires après m'avoir complètement ignorée.

– Toi, tu t'es occupée de moi, avait répliqué Janus.

– Tu me ressemblais. Personne ne t'aimait.

– Mais je n'ai pas sombré dans la drogue. Je ne me suis pas prostitué.

– Ce n'est pas comme ça que ça commence. Je crois que personne n'a envie de devenir dépendant. Je ne sais pas exactement comment ça se produit. Peu à peu, on arrête d'y penser. On disparaît dans une sorte de brouillard jusqu'au moment où on sursaute parce qu'on ne trouve plus la veine où planter l'aiguille. Qu'est-ce qui est arrivé ? Combien d'années ont passé ? J'ai fait quoi pendant tout ce temps ? On y pense et on oublie aussitôt.

– Puis on attrape le sida.

– Puis on meurt.

Debout dans le fumoir, Janus se demandait s'il aurait le cran. S'il haïssait suffisamment Herbert pour le brûler vif. Il se rappelait les paroles de Birta. Comment en était-il arrivé au point de devoir décider s'il laisserait à cet homme la vie sauve ou s'il le condamnerait à mort ? Qu'était-il arrivé ? Il ne le savait pas lui-même. Il savait seulement qu'il haïssait Herbert et Kalmann, et qu'il voulait se venger d'eux car il les considérait responsables de la mort de Birta.

25

Il existait plusieurs hypothèses sur la manière dont Kalmann avait fait fortune. La plus proche de la réalité était sans doute celle qui l'expliquait par un manque total de scrupules en affaires. Il n'était pas issu des familles les plus puissantes et les plus aisées d'Islande, qui s'étaient enrichies depuis le début du siècle en se partageant soigneusement les activités les plus lucratives comme l'importation de produits pétroliers et les chantiers de construction engagés par l'armée américaine. Kalmann n'avait pas épousé une riche héritière. Il était parti de rien et n'avait bénéficié d'aucun soutien pour s'installer.

Ses débuts étaient d'ailleurs assez mystérieux. Selon certaines rumeurs, il avait gagné pas mal d'argent en faisant de la contrebande d'alcool et du trafic de drogue. À l'époque, il était déjà réputé pour son caractère intraitable et son habileté à profiter de la faiblesse des autres. Ses méthodes de travail étaient très mal vues, mais il s'en fichait éperdument. S'il le désirait, il avait les moyens de s'acheter aussi bien l'amitié que la loyauté.

D'innombrables rumeurs couraient sur son compte, affirmant qu'il avait toujours flirté avec l'illégalité et qu'il continuait encore aujourd'hui. Dès qu'il s'était lancé dans le commerce, il avait incité ses collaborateurs et jusqu'à ses partenaires à commettre toutes sortes d'infractions allant de la fraude fiscale à l'usage de faux. Il procédait par petites touches et, très vite, l'intéressé se retrouvait enferré dans un filet si serré de mensonges, d'abus et d'irrégularités qu'il n'avait pas d'autre choix que de continuer à travailler avec lui. Certains flairaient rapidement le danger et mettaient fin à toute collaboration. Dépités, ils faisaient part de leur expérience malheureuse avec Kalmann à leurs amis les plus proches. D'autres acceptaient ses malversations et s'enfonçaient de plus en plus profondément dans ce marécage. D'autres encore, ses partenaires les plus assidus, adhéraient sans réserve à ses pratiques puisqu'ils étaient comme lui.

Bien que s'étant considérablement enrichi, d'abord grâce à la construction de barrages hydro-électriques puis à celle d'immeubles et de lotissements, Kalmann n'avait pas renoncé à ses anciennes méthodes. Personne n'avait jamais osé le dénoncer aux autorités. Certes, il arrivait qu'on se plaigne de ses façons de faire dans la presse à scandale, mais qui prenait ces feuilles de chou au sérieux ? Les journaux dignes de ce nom n'abordaient même pas la question.

Kalmann était partout. Actionnaire principal de la plus grande entreprise de bâtiment et travaux publics d'Islande, il avait remporté les contrats des chantiers des barrages construits dans les années 70 en proposant les devis les plus avantageux. Au milieu des années 80, on lui avait attribué d'immenses terrains à l'est de Kopavogur, à Hafnarfjördur et à Grafarvogur, où s'élevaient aujourd'hui les nouveaux quartiers du Grand Reykjavík. Il possédait des parts dans le plus grand centre commercial du pays et caressait le projet d'en construire un nouveau, encore plus gigantesque, dans le quartier récent de Grafarvogur en collaboration avec une chaîne de supermarchés britanniques. Ce serait la troisième galerie marchande de ce type à sortir de terre en l'espace de quelques années à Reykjavík.

Il était également l'un des plus gros importateurs de matériel informatique et électronique. Actionnaire d'entreprises de conception de logiciels, de journaux et de médias de veille, il siégeait dans un certain nombre de conseils d'administration de sociétés cotées en bourse et dans celui d'une des plus importantes pêcheries qui s'était développée à un rythme incroyable après la mise en place du système des quotas. Considéré comme un négociateur hors pair, il avait acheté pour le compte de cette société tous les quotas de pêche qu'il avait pu trouver en Islande. On ignorait toutefois le pourcentage de parts qu'il possédait dans cette pêcherie.

Kalmann avait beaucoup de relations en politique, à gauche comme à droite, il soutenait les partis par le biais d'importantes contributions financières. Même si personne n'en parlait, tout le monde savait qu'il était ami avec des ministres et des hauts fonctionnaires. Il cultivait ses relations avec beaucoup de soin. Son taux d'imposition était nettement inférieur à celui dont il aurait dû s'acquitter.

Âgé de presque cinquante ans, il était divorcé, n'avait pas d'enfants et, pour ainsi dire, aucune famille. Sa mère était morte quand il était adolescent. Son père était encore vivant, mais il ne le voyait que très rarement. Il avait une sœur qui travaillait dans son entreprise de travaux publics. Son ex-épouse l'avait quitté pour des raisons inconnues. Kalmann avait toujours aimé les femmes et ne prenait pas la peine de dissimuler ses liaisons. Il était gourmand de tous les plaisirs de la vie. Il passait ses vacances à l'étranger, adorait naviguer dans les mers du Sud et se rendait souvent dans les grandes métropoles : New York, Londres et, depuis quelque temps, Hong Kong. Il y allait également pour affaires.

Kalmann n'avait jamais imaginé qu'il connaîtrait une telle réussite. Il méditait souvent sur la facilité avec laquelle il avait accumulé les richesses grâce à une bonne dose de malhonnêteté, de culot et d'intransigeance. Il avait vite compris qu'il était en droit de se comporter ainsi s'il voulait rivaliser avec les jeunes loups dynamiques qui, en tant que rejetons des mafias des grandes familles, avaient quelques longueurs d'avance sur lui. Parti de rien, il méprisait ses partenaires commerciaux nés avec une cuillère d'argent dans la bouche.

Herbert et Kalmann se connaissaient depuis longtemps même si peu de gens étaient au courant. Herbert appartenait au passé mystérieux de l'homme d'affaires, un passé grouillant d'histoires quasi mythologiques, de rumeurs, d'anecdotes réelles ou inventées, où il était impossible de discerner le mensonge de la vérité. C'était Kalmann lui-même qui avait lancé certaines de ces rumeurs. Herbert était l'une des rares personnes à pouvoir en démêler l'écheveau. Ils se connaissaient depuis l'enfance. Herbert était le roi de la débrouille. Si Kalmann avait besoin de quelque chose, il s'arrangeait pour le lui procurer. Il en avait toujours été ainsi. Tous les deux en tiraient profit. Une sorte d'amitié était née entre eux, même si ce concept leur était étranger, celui d'intérêts communs étant nettement plus important.

Les premiers invités arrivaient devant la villa de Kalmann. La réunion allait commencer dans son salon richement meublé. Il était rentré des États-Unis le matin même. Il avait terminé ce qu'il avait à faire là-bas et n'avait pas eu envie de prolonger son séjour, contrairement à son habitude. D'ailleurs, il ne pouvait pas se permettre de repousser cette réunion où seraient prises d'importantes décisions pour l'avenir.

Kalmann vint les accueillir à la porte et les fit entrer. Il avait choisi lui-même ces cinq hommes d'affaires spécialisés dans différents domaines pour être ses futurs collaborateurs. Il savait que l'idée était audacieuse et immorale, que sa mise en œuvre était à la limite de la légalité, mais ces hommes ne s'arrêtaient pas à ce genre de détails. Et comme tous les bons projets de Kalmann, cette idée simple et géniale était purement commerciale.

Il semblait absent et soucieux pendant la réunion. Il n'avait aucune nouvelle de Herbert. Son seul espoir, c'était qu'il soit mort. Il avait trop longtemps fait confiance à cet idiot américanisé. Maintenant qu'il avait disparu, Kalmann craignait qu'il ne lui nuise. Herbert était la seule personne à pouvoir prouver ce qu'il appelait ses erreurs de jeunesse. Le plus gênant, c'est que cet homme était son seul lien avec Birta.

La presse n'était pas au courant de la disparition de Herbert, mais les contacts que Kalmann possédait dans la police l'avaient informé de son enlèvement. Il ne pouvait pas s'impliquer dans les recherches puisqu'il devait se garder de révéler ses relations avec cet homme. Il lui fallait donc attendre qu'il refasse surface, vivant ou de préférence mort.

Quand ils s'étaient connus, gamins, dans le village de pêcheurs où ils habitaient dans le nord de l'Islande, c'était Herbert qui commandait. Un peu plus âgé que lui, déjà complètement obsédé par tout ce qui venait d'Amérique, il lui avait imposé ses règles. Ils avaient gardé le contact après leur arrivée à Reykjavík. C'est à cette époque que leur collaboration avait été la plus intense. Second à bord d'un cargo de la compagnie

Eimskip au début des années 70, le père de Herbert faisait de la contrebande d'alcool à grande échelle. Conditionnée dans des caisses ou en bidons de 25 litres, la livraison était larguée par-dessus bord depuis le cargo à un endroit convenu d'avance, le plus souvent au large du phare de Gardskagi. Les deux jeunes hommes la récupéraient sur le bateau à moteur de l'oncle de Herbert qui vivait à Sandgerdi. Ils rapportaient souvent à terre jusqu'à cinq mille litres d'alcool en un seul voyage. Ils le vendaient aux restaurants et aux bars de Reykjavík, de la péninsule de Sudurnes et jusque dans le fjord de Borgarfjördur. Les patrons de ces établissements les accueillaient à bras ouverts. Cela leur permettait d'acheter l'alcool trois fois moins cher que dans les magasins d'État. En outre, ces restaurateurs étaient ravis de faire un pied de nez au monopole.

Herbert achetait également du cannabis aux marins des chalutiers, ainsi que des drogues dures qu'il revendait dans les lieux de distraction. Kalmann se gardait de s'impliquer personnellement dans ce trafic dont Herbert s'était bientôt chargé entièrement. C'était en pleine période hippie, le hasch était très à la mode. Les marins s'étaient enrichis. Kalmann et Herbert avaient constitué un pactole dont ils n'avaient même pas rêvé.

À cette époque, Herbert avait fait son premier voyage à Amsterdam. C'était en Hollande qu'on pouvait le plus facilement se procurer de la drogue. Il avait là-bas des contacts qui lui fournissaient tout ce qu'il désirait. Plus tard, il avait rencontré des intermédiaires à Paris et à Londres. Kalmann n'effectuait jamais ce genre de voyages. Ses projets d'avenir étaient tout à fait différents.

Pendant que Herbert menait la grande vie, voyageait aux États-Unis, vivait à Las Vegas et jouait au casino avec une veine du tonnerre, Kalmann avait utilisé son capital pour se faire une place au soleil dans la vie économique. Herbert avait ensuite bâti un empire typiquement islandais dans les bas-fonds de Reykjavík. La taille restreinte du milieu ne permettait pas de devenir riche à millions, mais grâce au sens de l'organisation de Kalmann et aux méthodes musclées de Herbert, ce dernier avait réussi à contrôler la moitié du marché de la drogue en Islande. Au fil du temps, Kalmann s'était éloigné de son vieil ami. Il ne le voyait plus qu'une fois par an et, depuis quelques années, il redoutait ces rencontres qu'il aurait aimé espacer encore plus.

Il aurait voulu être tout à fait débarrassé de lui. Cet homme était le maillon faible dans sa vie, un fardeau qui devenait de plus en plus dangereux au fur et à mesure que Kalmann gagnait en pouvoir et en influence dans la vie publique. Certes, il lui était toujours utile puisqu'il lui envoyait des filles. Riche comme il était, il n'avait aucune difficulté à rencontrer des femmes, mais il aimait surtout les jeunes filles seules dont personne ne se souciait. Or, ces jeunes filles-là, Herbert les connaissait mieux que quiconque. Kalmann savait qu'il jouait avec le feu, mais ça le stimulait. Il s'ennuyait et cherchait des frissons dans le côté sombre de son ancien ami même s'il savait qu'il devrait tôt ou tard renoncer à tout ça.

– Kalmann !

Plongé dans ses pensées, il ne répondait pas.

– Kalmann ! s'écria un des hommes d'affaires.

Tous les regards étaient braqués sur lui. Il sourit, leur expliqua que c'était le jet-lag et déclara la réunion ouverte.

26

Le lendemain du rapatriement du corps de Birta par sa mère, les journaux publièrent la photo qui figurait sur le permis de conduire de Janus, dont les autorités avaient une copie dans leurs archives, en précisant que toute personne ayant aperçu ce jeune homme était priée de contacter sans délai le commissariat de Reykjavík. On avait appelé sa mère en lui disant qu'elle devait s'attendre à recevoir la visite de la police.

Erlendur et Sigurdur Oli passèrent la plus grande partie de leur journée dans les services publics. Ils découvrirent au ministère des Affaires maritimes que Kalmann siégeait au conseil d'administration d'une pêcherie de Reykjavík possédant des quotas d'une valeur de cinq milliards de couronnes. La plupart d'entre eux avaient été acquis au cours des dernières années avec les bateaux qui en étaient propriétaires dans les fjords de l'Ouest, mais l'entreprise en avait également acheté un certain nombre dans l'Est de l'Islande et sur la péninsule de Sudurnes.

Les deux policiers devaient se montrer discrets dans leurs investigations. Si on apprenait que deux membres de la Criminelle fouinaient dans les activités de l'homme d'affaires, toutes sortes de rumeurs risquaient aussitôt de se répandre. Sigurdur Oli se rendit à l'Association des entrepreneurs du bâtiment en prétextant qu'il rédigeait un mémoire universitaire sur la construction des barrages : il souhaitait savoir si l'association disposait de documents sur la question. Sa requête fut acceptée sans problème. Un employé le conduisit aux archives et lui montra où trouver ce qu'il cherchait. Au bout d'un moment, il en eut assez de le surveiller et le laissa seul.

Erlendur se concentra sur les chantiers de construction entrepris par Kalmann à Reykjavík. Il connaissait, au service des impôts chargé d'évaluer la valeur des biens immobiliers, un homme en qui il avait suffisamment confiance et qui ne risquait pas de crier sur les toits qu'il s'intéressait aux activités de Kalmann. Il expliqua qu'un anonyme avait signalé à la police des irrégularités commises par un employé dans une des entreprises de l'homme d'affaires. Les renseignements rassemblés auprès du fisc le conduisirent au cadastre de Reykjavík où il se pencha sur les questions d'attribution des terrains constructibles. Il alla également au cadastre de Kopavogur et de Hafnarfjördur et constata la multiplication des zones déclarées constructibles.

Les deux policiers se retrouvèrent dans la soirée pour discuter du fruit de leurs recherches. Ils se rendirent sur les chantiers en cours à Hafnarfjördur et Kopavogur, et terminèrent leur tournée à Grafarvogur où ils s'arrêtèrent, à l'orée du quartier des Rimar. Ils descendirent de voiture.

– Le moins qu'on puisse dire, c'est que cet homme possède une foule de maisons et de bâtiments, observa Erlendur. Tu sais à qui on a délivré la plus grande partie des permis de construire dans la capitale ces dernières années ? demanda-t-il alors qu'ils marchaient sur les landes à la lisière de l'agglomération.

– À Kalmann ? supposa Sigurdur Oli en regardant le mont Esja et le cap de Kjalarnes.

– Tu sais à qui on a attribué la majeure partie des terrains constructibles ces dernières années ?

– Au même homme, j'imagine.

– À une société anonyme baptisée Bulki. Et qui en est l'actionnaire principal ?

– Notre homme ? À ton avis, combien pèse ce Kalmann ? Je veux dire, en couronnes.

– Dès que les chantiers des barrages ont ralenti avant de disparaître complètement il y a une quinzaine d'années, Kalmann s'est débrouillé pour acquérir des terrains partout autour de Reykjavík. C'est lui qui a construit le quartier où nous sommes en ce moment. On lui a attribué un territoire immense qui s'étend jusqu'à Mosfellssveit et à Kjalarnes. En résumé, son entreprise possède la majeure partie des terrains constructibles existant à Reykjavík.

– J'ai entendu dire qu'il était le troisième homme le plus riche d'Islande, répondit Sigurdur Oli, toujours préoccupé par les questions financières.

– J'ai regardé le cadastre de Reykjavík en 1992 et les projections pour 2010. Kalmann a suffisamment de terrains pour construire pendant des décennies. Il a des permis pour le quartier de Grafavogur qu'on aperçoit derrière nous, mais aussi pour ceux de Borgarholt, de Geldinganes et de Hamrahlidarlandi, droit devant. Un centre commercial deux fois plus grand que celui de Kringla va sortir de terre à Borgarholt. Kalmann siège au conseil d'urbanisme et il est le principal actionnaire de l'entreprise Bulki. Les gens de cette chaîne de magasins britanniques travaillent avec lui sur ce projet. Tu en as sans doute entendu parler aux informations.

– Mais je ne vois pas en quoi tout ça nous aide à avancer.

– Tu te rappelles ce que Birta a dit à Dora ?

– Qui va occuper tous ces bâtiments ? Ou quelque chose comme ça. Qui va emménager dans toutes ces maisons ?

– Drôle de réflexion pour une droguée qui se prostituait, tu ne trouves pas ?

– C'est assez étrange, en effet. Où est-ce que tu veux en venir ?

– Qui irait croire une junkie qui raconte n'importe quoi à qui veut l'entendre ? Je crois qu'en réalité, elle n'avait pas besoin de se poser la question.

– Comment ça ?

– Tout bonnement parce qu'elle connaissait la réponse.

– Et ?

– Et elle en est morte.

27

Une bonne vingtaine de femmes portant le nom de Gudrun Thorsteinsdottir étaient répertoriées dans l'annuaire téléphonique. On n'avait pas tardé à identifier la mère de Janus dans cette liste. Femme au foyer, elle avait été très surprise de recevoir un appel de la police. Erlendur et Sigurdur Oli passèrent la voir en revenant de Grafarvogur. Elle habitait toujours boulevard Haaleitisbraut, dans l'appartement où elle avait emménagé avec Janus quand ils étaient arrivés à Reykjavík.

Il se trouvait au deuxième étage. Gros fumeur, Erlendur arriva essoufflé, un certain temps après son collègue qui l'attendait sur le palier, droit comme un piquet. Ils la saluèrent et se présentèrent. La cinquantaine, les cheveux blonds, elle portait un pull rose qui contenait difficilement son énorme poitrine. Son jean était tendu à l'extrême. Elle fuma cigarette sur cigarette tout le temps que dura leur conversation. Elle avait un œil au beurre noir en voie de résorption et une entaille sur le nez. Elle tint absolument à leur expliquer qu'elle s'était blessée en essayant d'attraper dans le placard de la cuisine un moule à tarte qui lui était tombé sur la figure. Puis elle continua à tirer goulûment sur sa cigarette. Une légère odeur d'alcool flottait dans l'appartement. Elle n'avait pas vu la photo de son fils dans les journaux.

– Pourquoi toutes ces questions sur Janus ? Il a fait des bêtises ? Ça ne lui ressemble pas.

– Non, ça n'a rien à voir avec ça. On nous a dit qu'il connaissait une jeune fille qui s'appelle Birta. Nous aimerions lui parler, répondit Erlendur en regardant par la grande baie vitrée du salon la circulation incessante sur le boulevard Miklabraut.

– Birta ? Je me souviens d'une gamine qui s'appelait comme ça à Isafjördur. C'est elle ?

– Elle était amie avec lui avant votre déménagement à Reykjavík, précisa Sigurdur Oli.

– Je me souviens très bien de Birta. Elle a beaucoup soutenu mon cher Janus.

– C'est ce qu'on nous a dit, répondit Erlendur.

– Janus était un enfant tout à fait normal, mais les autres élèves l'embêtaient à l'école et le mettaient à l'écart. Le pauvre, ça le rendait solitaire et timide. Birta a toujours été là pour lui. Elle n'hésitait pas à prendre son parti et à le défendre.

– Vous savez s'ils se sont retrouvés après votre déménagement ?

– Je ne pense pas. Je crois qu'ils ne se sont jamais revus.

– À quand remonte votre dernier contact avec Janus ?

– Ça fait un certain temps, répondit Gudrun en allumant une autre cigarette. Il est parti de chez nous assez jeune. Il a arrêté l'école et trouvé un travail. Il a commencé aux abattoirs du Sudurland avant que l'entreprise quitte le centre-ville. Puis il a été employé dans un supermarché Hagkaup, mais il n'y est pas resté bien longtemps. Il a fait un peu tous les boulots. Janus est un gentil garçon. Pourquoi ces questions ?

– À quand remonte votre dernier contact ? répéta Sigurdur Oli sans lui répondre.

– Je dirais deux semaines. Il habite à Breidholt. Vous le savez sans doute. Je l'ai appelé pour qu'il vienne m'aider. Il ne me dit jamais non.

– Il lui arrive de vous parler de Birta ?

– Jamais. Quelle raison il aurait de le faire ? Il ne l'a pas revue depuis des années. À moins que… Qu'est-ce que vous cherchez au juste ?

– Vous avez entendu parler de la jeune fille dont on a découvert le corps dans le cimetière de Sudurgata ?

Gudrun hocha la tête.

– C'était Birta. Et nous pensons qu'il s'agit d'un meurtre.

– Quoi ? Birta ? La gamine du cimetière ? Dieu tout-puissant ! Elle a été affreusement violentée, c'est bien ce qu'ils ont dit aux informations ? Seigneur ! Vous ne croyez tout de même pas que c'est mon Janus qui l'a tuée ? C'est absurde. Mon fils ne ferait jamais une chose pareille, et surtout pas à Birta. Ils étaient amis. Elle lui a sauvé la vie ! Vous n'avez pas le droit de l'accuser comme ça. Vous n'avez pas le droit !

Gudrun alluma une autre cigarette entre ses doigts tremblants.

– Nous ne soupçonnons pas Janus, pas plus du viol que du meurtre, répondit Erlendur d'une voix apaisante. Nous souhaitons seulement lui parler au cas où il saurait quelque chose de ses allées et venues ou des gens avec qui elle a passé ses dernières heures. C'est tout. Vous voulez bien lui transmettre le message s'il vous appelle ? Dites-lui que nous devons l'interroger, mais que ce n'est pas du tout parce que nous le soupçonnons du meurtre.

– Nous n'aurions jamais dû venir dans cette maudite ville, regretta tout à coup Gudrun. Je n'aurais jamais dû emmener mon Janus ici. Je n'aurais jamais dû suivre ce salaud. C'est mon mari qui a voulu qu'on vienne le rejoindre. Il est pêcheur. Janus ne s'est jamais plu à Reykjavík.

– Vous savez où il est en ce moment ? Il y a des endroits qu'il apprécie, il a des amis qui sont susceptibles de l'héberger ?

– Non, Janus n'a pas vraiment d'amis. Il est très solitaire. Il ne l'était pas autrefois, mais il l'est devenu. Je n'ai aucune idée des lieux où il se rend quand il n'est pas chez lui, répondit Gudrun en éteignant sa cigarette.

Sigurdur Oli devait rendre visite à Bergthora dans la soirée. Erlendur le déposa chez lui. Le jeune policier prit une douche, enfila un jean et un polo vert bouteille de la marque au crocodile dont son vieux collègue n'avait jamais compris pourquoi elle était autant à la mode.

Bergthora vint l'accueillir à sa porte. Ils avaient été en contact par téléphone pendant qu'il était dans les fjords de l'Ouest et il l'avait tenue informée de la progression de l'enquête. Elle connaissait maintenant le nom de la jeune fille dont elle avait découvert le corps dans le cimetière et elle avait envie d'en savoir plus sur ce qui lui était arrivé. Sigurdur Oli s'efforçait de ne pas trop lui en dire car il savait que son collègue serait furieux s'il découvrait qu'il dévoilait les détails de l'enquête à n'importe qui.

Ils s'installèrent dans la cuisine. Berghtora avait préparé un plat de pâtes avec des olives vertes dénoyautées que Sigurdur Oli appréciait beaucoup.

– J'y pense souvent, dit-elle. Cette gamine décharnée et blanche comme neige avait l'air tellement vulnérable, posée sur le tapis de fleurs qui ornait la tombe de Jon Sigurdsson.

– Elle a vécu des choses très dures. Elle se piquait à l'héroïne et avait le sida, sans doute parce qu'elle se prostituait ou à cause d'une seringue souillée. Le plus étrange, c'est qu'on ne trouve aucune trace de son existence dans le système. Apparemment, elle n'a jamais eu affaire à la justice, elle n'a jamais été hébergée dans les foyers ou les centres de désintoxication, c'est presque incroyable. En général, le système social connaît tous ceux qui sont dans cette situation même s'il ne dispose parfois que de très peu d'informations.

– Vous avez découvert qui l'a laissée dans le cimetière ?

– Pas encore. Nous recherchons un jeune homme qui était ami avec elle à Isafjördur, mais nous ne l'avons pas encore trouvé. Il est possible qu'il ait agressé un certain Herbert, voire qu'il l'ait enlevé.

– Il ne risque pas de s'en prendre à moi ?

– Il faut être vigilant.

– Enfin, au cas où, vous êtes là pour me défendre.

– Hmm, oui, répondit Sigurdur Oli la bouche pleine d'olives. Il avait beaucoup réfléchi à la manière dont ses relations avec cette jeune femme évolueraient après la fin de l'enquête. Est-ce que leurs chemins se sépareraient ? Est-ce qu'ils resteraient en contact ? Il s'interrogeait également sur la réaction d'Erlendur quand il apprendrait qu'il fricotait avec le témoin d'un meurtre.

Elle s'était posé les mêmes questions. Elle n'avait pas eu d'homme dans sa vie depuis longtemps si on excluait le Dégonflé du cimetière, ce chevalier apeuré qui avait pris ses jambes à son cou. Avant lui, elle n'avait rencontré aucun garçon depuis l'université où un type en chandail islandais lui avait fait du gringue. Elle se rappelait vaguement une amourette de lycée qui ne s'était jamais concrétisée. Elle n'avait pas vraiment pris le temps de s'intéresser aux hommes. Quelques-uns avaient passé une nuit avec elle avant de repartir le lendemain matin en taxi.

– Un café ? proposa-t-elle.

– Oui, merci, répondit Sigurdur Oli.

– Tu aimes les vers ? demanda-t-elle en se levant pour remplir la cafetière.

– Comment ça ?

– La poésie.

– Oui.

– Moi, j'aime beaucoup les vers de Bolu-Hjalmar, ceux qu'il a composés sur Sölvi Helgason, l'artiste, philosophe et vagabond du XIXe, il écrit qu'il porte sur ses épaules tout le malheur du monde.

– Et ?

– C'est un sentiment qui me hante depuis quelques jours.

– Un sentiment ?

– Je n'ai vu le dos de cet homme que très brièvement, mais ça m'a fait penser à ses vers.

– Ses vers ?

– Sur le malheur du monde. L'homme que j'ai aperçu me faisait penser à l'infortune de Sölvi.

Bergthora frôla Sigurdur Oli. Incapable de résister à la tentation, il lui attrapa le bras et approcha son visage du sien. Elle le laissa faire.

– Tu n'avais pas envie d'un café ? demanda-t-elle alors que leurs lèvres allaient se toucher.

Il hocha la tête.

– Ça peut attendre ?

Il hocha à nouveau la tête.

– On remet le café à plus tard ?

Il hocha la tête pour la troisième fois.

– Je refuse d'aller au cimetière, prévint-elle.

Il répondit par une grimace.

– C'est exclu.

Elle lui prit la main et l'emmena dans sa chambre. Quand il se réveilla le lendemain, il la regarda dormir à ses côtés. Deux pensées s'affrontaient en lui.

Il ne voulait plus quitter cette jeune femme.

Plus jamais.

Et il paniquait en pensant à Erlendur.

28

Erlendur avait besoin de discuter avec Eva Lind après avoir lu le rapport d'autopsie de Birta. Dès qu'il eut déposé Sigurdur Oli, il appela au domicile de l'homme qu'elle avait rencontré récemment. Ce fut elle qui décrocha. Ils se donnèrent rendez-vous dans un petit restaurant du centre, tout près de la rue Austurstraeti. Il arriva le premier et commanda une bière en l'attendant. Un quart d'heure plus tard, Eva Lind entra et vint s'installer à sa table. Elle n'avait envie de rien et n'avait pas beaucoup de temps à lui consacrer.

– Tu avais l'air tellement triste au téléphone. Qu'est-ce qui se passe ? s'inquiéta-t-elle.

– Nous avons appris que Birta avait le sida.

– Ah bon ! Et tu t'inquiètes pour moi, c'est ça ?

– Je m'inquiète toujours pour toi, même si ça ne sert à rien.

– Je n'ai pas le sida, assura Eva Lind en le fixant. Elle avait pris quelque chose, son regard affichait cette assurance et cette gaîté factice, cette joie toxique, chimique. Il ne formula aucune observation. Il l'avait fait si souvent, en vain.

– Comment tu le sais ? demanda-t-il, sentant la colère monter en lui. Tu fais des tests régulièrement ou tu imagines que ça ne peut pas t'arriver, que ça n'arrive qu'aux junkies et aux clodos ? À tous les autres imbéciles, mais pas à toi ? C'est comme ça que tu le sais ?

– Inutile d'être méchant, rétorqua Eva Lind en reniflant. Je t'ai bien aidé dans ton enquête et tu me remercies en m'insultant gratuitement.

– Tu devrais tout de même comprendre ce que je ressens.

– Ce que tu ressens ? En réalité, je l'ignore et, en général, je m'en fiche. Tu es parti, rappelle-toi ! Tu n'as jamais été un père et je ne suis pas sûre que tu le sois aujourd'hui, par conséquent tu n'as rien à me dire. Autant que je sache, tu ne t'es jamais senti très concerné. Pour moi, tu étais juste ce type que ma mère décrivait comme un infâme salaud. Voilà ce que tu étais. Tu comprends ? Un infâme salaud. Je ne te connais que depuis quelques années parce que je t'ai cherché. C'est moi qui t'ai trouvé, et non l'inverse. Sindri Snaer et moi, nous avions envie de voir à quoi ressemblait le salaud. Et tu voudrais me juger, toi l'éminent spécialiste des relations humaines ?

Eva Lind lui disait tout cela sur un ton calme et dénué d'animosité. Elle se contentait d'énoncer des faits et le fixait dans les yeux. Il avait fini par détourner le regard. Il ne pouvait pas démentir la version de sa fille, ils le savaient tous les deux. Il n'avait pas voulu la mettre en colère, mais ses propos avaient ouvert en lui comme en elle une ancienne blessure.

– On ne savait rien de toi, reprit Eva Lind. Rien du tout. À quoi tu ressemblais quand tu étais petit ? Quels surnoms te donnaient tes parents et tes copains d'école ? Qui tu étais ? D'où tu venais ? À quoi ressemble Eskifjördur ? Qui est Erlendur ? Est-ce que tu es capable de me le dire ?

Erlendur se taisait.

– J'ai discuté avec maman aujourd'hui, poursuivit-elle. Elle m'a dit que tu étais allé chercher Sindri Snaer chez elle pour l'emmener au centre de cure de Vogur. C'était votre première conversation depuis… depuis combien de temps ? Dix-sept ans ? Dix-huit ? Vingt ?

– On ne peut pas vraiment parler de conversation, corrigea Erlendur. Elle m'a appelé avant mon départ pour les fjords de l'Ouest et a vidé son sac, j'espère que ça lui a fait du bien.

Eva Lind garda le silence un long moment en le dévisageant.

– Je sais que tu souffres des problèmes que nous avons, Sindri Snaer et moi. Je sais que tu te sens responsable. On en a souvent discuté. Laisse-moi te dire que je me fiche de ce que tu penses et de la manière dont tu essaies de réparer les dégâts que tu as causés. J'en ai plus rien à foutre. Tu ne crois pas que nous aussi, nous avons souffert ? Tu n'y as jamais réfléchi ? Tu penses être le seul à avoir le droit d'être malheureux et de te plaindre ? Sindri Snaer et moi, on a dû trouver un moyen de survivre. La méthode n'est sans doute pas un exemple à suivre, mais on n'avait pas le choix. Tu nous as laissés seuls avec maman et tous les types qu'elle a fréquentés depuis. Certains étaient sympas, d'autres pas du tout. Aucun n'est resté bien longtemps. Je suppose qu'ils ne supportaient pas ses mômes. Certains n'ont pas hésité à nous le dire en face. Je me rappelle que l'un d'eux a frappé Sindri Snaer tellement fort qu'il a fallu l'emmener aux urgences. Où était donc l'infâme salaud à ce moment-là ? Tu n'as pas le droit de nous donner des leçons, tranquillement assis ici. Tu n'en as pas le droit. C'est notre choix. D'accord, la situation n'est pas idéale, mais *so be it*.

– Je comprends certaines choses, mais il y en a d'autres qui m'échappent, répondit Erlendur après un silence. Enfin, je ne t'ai pas uniquement appelée pour te parler de cette histoire de sida. Je suis tenté de te comparer à Birta. Elle venait d'une… comment dire… d'une famille éclatée. Ses parents ont eux aussi divorcé. Quand j'ai interrogé sa mère, elle n'a pas su me dire pourquoi sa fille avait sombré dans la drogue. Elle y a touché au lycée, ensuite c'était l'engrenage. J'ai pensé à toi et à d'autres gamines, et j'ai envie de savoir pourquoi des jeunes se laissent happer par la drogue, pourquoi ils perdent le contrôle de leur vie et s'enfoncent de plus en plus profondément dans la dépendance jusqu'à ce qu'il ne reste plus rien.

– Tu me compares à cette Birta ? Il y a pourtant une sacrée différence entre elle et moi. Je ne me pique pas. Je ne l'ai jamais fait et je n'ai pas l'intention de commencer. Je suis *clean*.

– Ce qu'il ne faut pas entendre ! Tu n'as jamais l'intention de rien faire puis, brusquement, tu plonges jusqu'au cou dans des conneries.

– Certains n'ont aucune raison de se retrouver dans le caniveau, reprit Eva Lind, ignorant la colère de son père. Pour d'autres, cela s'explique par leur passé. J'ai connu une fille qui s'appelait Helga et qui est morte du sida. Son père avait abusé d'elle. C'était pourtant un type bien sous tous rapports, pas un gros dégoûtant, mais il abusait d'elle depuis toute petite. Elle a quitté le foyer familial à la première occasion. Ce genre de chose arrive aussi aux garçons, même si c'est plus rare. Il y a aussi des gamins qui sont livrés à eux-mêmes dès leur plus jeune âge, ils n'ont personne, ils traînent, ils volent, ils se battent, on les colle en taule et, quand ils ressortent, ils recommencent à traîner, à voler, à se battre. Les assistants sociaux parlent aussi de fugueurs qui fuient des familles toxiques où ils sont confrontés à l'alcoolisme et à la violence domestique, et qui sont constamment en rébellion. Il y a aussi ceux qui ont reçu une éducation très sévère, qui ont été battus, à qui des parents un peu cinglés ont interdit de fumer ou de boire, et qui se vengent de ce que leur famille leur a fait subir en la provoquant. Puis il y a ceux pour qui on ne comprend pas. Qu'ils viennent de familles aimantes ou toxiques, peu importe. Ils commencent par boire de l'alcool, fumer du hasch et essayer divers trucs, et ils sont incapables de se contrôler.

– Tu crois que ça vient du cerveau ?

– C'est ce que dit Sindri Snaer. Je n'en sais rien. Je ne suis pas spécialiste. Ces gens sont peut-être simplement plus fragiles que les autres, mais je ne crois pas que ce soit lié à je ne sais quelles difficultés qu'ils auraient connues dans leur enfance. Un processus se met en route et ils n'arrivent pas à le contrôler. Ils réussissent parfois à redresser la barre, mais pas pour longtemps, ils retombent à chaque fois. Ce sont des cas désespérés. Des junkies nés, qui n'en ont que pour la drogue. Qui ne se sentent bien que quand ils sont complètement défoncés.

– Et toi et ton frère, vous appartenez à quelle catégorie ?

– À celle dont le père était un infâme salaud ? suggéra Eva Lind, histoire de remuer le couteau dans la plaie.

– Je suis peut-être un salaud, mais je ne vous juge pas. Même si je suis navré de ce que vous vous faites subir, je ne vous juge pas. Je ne l'ai jamais fait. Ce qui ne m'empêche pas d'être en colère. Et de ne pas comprendre pourquoi vous faites ça. J'ai toujours pensé à vous. Et j'étais heureux quand vous m'avez retrouvé. J'ai toujours essayé de vous aider. J'ai essayé toute une année durant de t'arracher à la drogue, j'y suis presque arrivé. Mais il était peut-être déjà trop tard pour vous sauver.

Eva Lind changea brusquement de conversation.

– Vous avez découvert qui était cette Birta ? demanda-t-elle en reniflant à nouveau avec élégance, ce qui n'échappa pas à son père.

– Elle s'appelait Birta Oskarsdottir. Elle venait d'Isafjördur. Elle est arrivée à Reykjavík il y a quelques années. Elle avait déjà touché à la drogue dans les fjords de l'Ouest et, inévitablement, elle a augmenté sa consommation ici. Elle avait un ami, Janus. Ils s'étaient peut-être retrouvés à Reykjavík. Nous sommes à sa recherche. Nous recherchons également Herbert qui a complètement disparu. Ça ne te dit rien ?

– Je ne connaissais pas Birta et je ne connais pas non plus Janus. Quant à Herbert, ce serait une bonne chose si on ne retrouvait jamais cette ordure. C'est lui qui a mis de l'ordre dans le marché de la drogue ici, je veux dire, non seulement à Reykjavík, mais dans toute l'Islande. Malgré ça, il n'a jamais été emmerdé par les Stups. Il est complètement débile, mais il fait gaffe. Enfin, je me demande s'il n'a pas des copains flics. En tout cas, il a une poigne de fer. Un jour, un gars qui voulait le doubler a disparu, il paraît qu'il l'a buté. Personne n'ose ouvrir sa gueule devant lui, d'ailleurs tous les dealers sont des pauvres types.

– Elinborg s'est replongée dans l'enquête sur la disparition du gars dont tu parles. Il s'appelait Stefan, c'était un petit délinquant minable. Une enquête pour meurtre a été ouverte. À l'époque, on a interrogé Herbert parce qu'un témoin avait cité son nom, mais on n'a jamais retrouvé le corps et personne ne s'en est vraiment étonné. Les Islandais ont un drôle de rapport avec les disparitions. Ils y sont habitués depuis des siècles. Il y a toujours eu des gens perdus dans la nature, surpris par les tempêtes, et dont on retrouvait les ossements au bout de cent ans. Leur disparition se transformait en histoire de fantômes distrayante. Même le procès retentissant de l'affaire Geirfinnur n'y a rien changé. Les disparitions nous semblent naturelles la plupart du temps. Elles alimentent même nos contes populaires.

– Tu connais Kalmann, le *big shot* du business ? J'ai toujours entendu dire qu'il était de mèche avec Herbert, et même que c'était lui qui tirait toutes les ficelles. Ils étaient copains d'enfance, ils viennent tous deux du Nord et sont toujours restés en contact. Herbert est trop crétin pour gérer quoi que ce soit autrement que par la violence. Il est impossible qu'il ait pu prendre le contrôle du marché de la drogue et qu'il l'ait organisé tout seul. C'est inconcevable. D'après la rumeur c'est Kalmann qui est derrière tout ça.

– Nous enquêtons sur lui. Nous soupçonnons Herbert de lui avoir fourni des filles et nous pensons que Birta était l'une d'elles. Il lui envoyait peut-être aussi des gamines qui travaillent dans son minable club de strip-tease.

– Je sais que Herbert est proxénète. J'ai des copines qui ont travaillé pour lui.

– Comment ?

– Par exemple, on leur propose de se rendre chez des types, dans des chambres d'hôtel ou des chalets d'été.

– Et c'est Herbert qui leur fait ces propositions ?

– C'est ce qu'on m'a dit.

– Et toi, il t'en a fait ?

– Pour l'amour de Dieu, arrête de te torturer comme ça !

Ils se turent quelques instants.

– Je suis allée faire un test HIV il y a six mois, reprit-elle. Je ne me pique pas, contrairement à Birta, et si je couche avec quelqu'un, je prends mes précautions. Je me protège vraiment contre cette saloperie. Je ne suis pas stupide à ce point. Je ne suis pas complètement barrée.

– Ces tests, tu les fais en Islande ?

– Bien sûr.

– Et si tu ne voulais pas les faire ici, tu aurais quelle solution ?

– Ce n'est qu'une simple prise de sang. À l'étranger, il existe de petits laboratoires qui le font de manière anonyme. Si Birta voyageait, c'était très simple pour elle de faire un test là-bas.

– Ces hommes ne se mettent pas en danger à fricoter avec ces filles ?

– Certains s'en soucient, d'autres pas. Il y en a qui aiment jouer avec le feu. Peut-être parce qu'ils s'ennuient. Enfin, je ne sais pas.

Le téléphone d'Erlendur sonna. Quelques clients du restaurant se retournèrent et lui adressèrent un regard noir qui disait : quelle plaie, ces gens qui n'éteignent jamais leurs portables comme s'ils se croyaient irremplaçables. C'était Elinborg. Elle se trouvait à deux pas. Dora l'avait appelée pour lui signaler que quelqu'un s'était introduit dans le taudis qu'elle louait à Herbert. L'intrus n'avait rien dérobé, mais la moquette d'une des chambres avait été déchirée et il avait manifestement emporté quelque chose qui était caché dessous.

– Mes parents et mes copains m'appelaient Lillibob, dit Erlendur après avoir raccroché.

– Hein ?!

– Lillibob, c'était mon surnom à Eskifjördur.

– Lillibob ? Lillibob ! Mon Dieu, comme c'est mignon !

29

Erlendur remonta d'un pas pressé la rue Posthusstraeti et s'engagea dans Kirkjustraeti où se trouvait le taudis que Dora louait à Herbert. Deux véhicules de police étaient garés devant la maison. Erlendur entra. L'appartement grouillait d'hommes en uniforme. Elinborg et Thorkell étaient également sur les lieux. Quant à Sigurdur Oli, il était absent et injoignable. Erlendur se fraya un chemin parmi les agents de police et rejoignit ses deux collègues qui baissaient les yeux sur le trou dans le parquet de la petite chambre où il avait interrogé Dora la première fois. Une petite boîte en métal fermée par une fragile serrure reposait à côté. Quelqu'un l'avait ouverte pour en vider le contenu.

Le cambrioleur n'avait apparemment rien volé d'autre. De toute manière, l'appartement ne contenait aucun objet de valeur. Il était aussi crasseux que la première fois qu'Erlendur y était venu. Sous la moquette usée jusqu'à la trame, les grosses lattes de parquet avaient été soulevées, dévoilant la cachette où l'on apercevait quelques crottes de rats récentes. Les rongeurs avaient sans doute colonisé le sous-sol de la maison.

– Quelqu'un serait-il venu là pour voler de la drogue à notre cher Hebbi ? demanda Erlendur en examinant la boîte.

– Dora va un peu mieux ces jours-ci, c'est elle qui nous a appelés pour nous prévenir, expliqua Elinborg. Elle a disparu avant que nous arrivions toutes sirènes hurlantes. J'imagine qu'elle n'a rien compris et qu'elle s'est demandé ce qui se passait. Elle m'a dit qu'elle n'avait remarqué personne de suspect autour de la maison. Elle est arrivée et elle a trouvé la chambre dans cet état, alors elle m'a appelée, ne sachant pas quoi faire d'autre. Elle pense qu'il y a un lien avec Birta.

La police recherchait activement Herbert à Reykjavík, mais n'avait pas le personnel nécessaire pour surveiller son domicile et l'ensemble de ses biens immobiliers des jours durant au cas où il rentrerait au bercail. Elle se serait donc bien passée d'avoir à s'occuper d'un cambriolage dans ce taudis.

– Cette boîte appartient sûrement à Herbert, dit Thorkell. Il est propriétaire de la maison et c'est sans doute lui qui l'a cachée là. Il y gardait peut-être de l'argent. Il est venu le prendre. Ça me semble évident.

– Herbert a été enlevé chez lui, rappela Elinborg. Tu crois qu'il s'agit d'une mise en scène, qu'il a voulu disparaître en faisant passer ça pour un enlèvement ?

– À moins qu'il n'ait dévoilé l'existence de cette planque à quelqu'un, reprit Thorkell. Excuse-moi, mais je pense à voix haute. On ne s'y retrouve pas dans toute ce cirque.

– Je trouve que ça ressemble pas mal à Herbert de cacher un magot dans une de ses maisons, soupira Erlendur en se grattant la tête. Cette affaire devient de plus en plus étrange. Une jeune fille est assassinée. Quelqu'un la dépose sur la tombe de Jon Sigurdsson. Elle était droguée, prostituée, séropositive et, qui plus est, avec un sida avancé. Jon Sigurdsson était originaire des fjords de l'Ouest, comme elle. Elle a été violentée.

Janus, un jeune homme également originaire des fjords de l'Ouest à qui elle a sauvé la vie, disparaît, puis, sans nous dévoiler son identité, nous passe un appel où il nous en dit à la fois trop et pas assez. Je suppose que c'est lui qui s'est présenté à moi comme l'ami de Birta. L'assassin de la jeune fille s'enfuit à Keflavik dans une voiture qui lui a sans doute également servi à transporter le corps : il a volé cette voiture à proximité du domicile de Janus. Est-ce que Janus est l'assassin ? Est-ce qu'il aurait surpris le meurtrier ? Le domicile de Janus est à deux pas de celui de Herbert, soupçonné de trafic de drogue et de proxénétisme. Ce dernier semble paniquer quand nous lui annonçons la mort de la jeune fille et se précipite sur le premier téléphone public. Il la connaissait. Elle lui avait loué un appartement. Peut-être qu'il jouait pour elle les entremetteurs. Nous ne savons toujours pas qui il a appelé ce soir-là, mais peu après il disparaît. Des témoins affirment avoir vu quelqu'un l'emmener de chez lui et le jeter dans le coffre d'une voiture. Et voilà maintenant qu'on entre par effraction dans une maison qui lui appartient et qu'on vide la boîte en métal que nous avons sous les yeux. Est-ce que quelqu'un ici y comprend quelque chose ?

Ses deux collègues échangèrent un regard sans répondre. La Scientifique venait d'arriver pour relever les empreintes sur la boîte et dans le reste de l'appartement. Erlendur quitta la pièce et sortit dans la rue avec son équipe pour respirer l'air frais. Il était plus de neuf heures. C'était une douce soirée d'été, nuageuse, mais claire.

– Rien ne permet d'affirmer que cette cachette soit celle de Herbert. Une foule de gens a dû vivre dans cet appartement, souligna Elinborg.

– Je crois au contraire que le lien avec sa disparition est évident. Ça m'étonnerait qu'on trouve sur cette boîte d'autres empreintes que les siennes, répondit Erlendur.

– Si Herbert a récupéré le contenu, ça implique qu'il aurait échappé aux griffes de son ravisseur, observa Thorkell.

– Nous ne savons pas réellement ce qui s'est passé ce jour-là, répondit Elinborg en chassant d'une main la fumée d'Erlendur qui venait d'allumer une cigarette. Il n'est pas impossible qu'il ait mis en scène son enlèvement et qu'il soit venu ici récupérer l'argent qu'il avait caché. Il a peut-être même quitté l'Islande. Tous les imbéciles de son espèce vont au Danemark ou à Málaga, non ?

– Ma fille, que vous connaissez tous les deux, m'a dit que Herbert et Kalmann sont amis depuis longtemps, reprit Erlendur. Vous êtes au courant ?

– Kalmann ? répondit Thorkell, pensif. Je me rappelle avoir vu ce nom sur la liste des personnes qui se sont envolées pour l'étranger le matin où on a découvert le corps dans le cimetière. C'est le seul nom qui me disait quelque chose.

– Kalmann est parti à l'étranger après le meurtre ? s'étonna Erlendur. Tu en es sûr ?

– À cent pour cent. La liste comportait environ quatre cents noms dont le sien. Il partait pour les États-Unis. Il a voyagé en classe affaires, en Saga Class.

– Pourquoi tu ne nous l'as pas dit plus tôt, espèce d'imbécile ? s'écria Erlendur.

– Qu'est-ce que… ? Je…

Erlendur réprimanda vertement Thorkell et déclara qu'ils se retrouveraient le lendemain matin pour faire le point avec le chef de la police. Elinborg le suivit sans qu'il le remarque et, quand il arriva au niveau de l'hôtel Borg, elle le rattrapa en courant.

– Erlendur, je voudrais te montrer un petit truc, annonça-t-elle.

– Qu'est-ce qu'il y a encore ?

– Je suis arrivée en premier chez Dora, répondit Elinborg, embarrassée. C'est moi qu'elle a appelée, tu comprends ! J'ai immédiatement vu cette caisse par terre, mais elle n'était pas complètement vide. J'y ai trouvé quelque chose que j'ai ramassé.

– Que tu as ramassé ? Et pourquoi ?

– J'avais une raison valable, répondit Elinborg en fouillant dans son sac à main.

– Franchement, tu as perdu la tête ? Quelle idée de supprimer des pièces à conviction !

– D'accord, mais j'avais une bonne raison de le faire.

– Et quelle est cette raison ?

– Attends. J'ai mis ça dans mon sac.

– Tu es complètement folle ! Et si on le découvre ? Et si ça modifie complètement le cours de l'enquête ?

– Eh bien, je crains que ça ne le modifie considérablement, admit-elle, ayant enfin trouvé ce qu'elle cherchait dans son maudit sac. Elle lui tendit une photo. J'ai préféré que personne ne voie ça pour l'instant, poursuivit-elle. En tout cas, pas avant toi.

Erlendur attrapa le cliché pour l'examiner.

– Non. Pas ça, suffoqua-t-il. Pour l'amour de Dieu, pas ça…

Au même moment, Janus fit glisser une partie du tiroir dans la pièce à l'arrière du four de manière à dégager le visage de Herbert, le reste de son corps étant toujours bloqué sous la grille. Son prisonnier lui avait communiqué les informations dont il avait besoin. Janus tenait parole. Il lui banda soigneusement les yeux. Il se fichait qu'il comprenne où il l'avait séquestré, mais il craignait qu'il ne l'agresse et un homme qui ne voyait rien était moins dangereux.

Janus avait feuilleté les documents, étonné que ce malfrat ait conservé des papiers aussi compromettants. Il n'en saisissait pas tous les détails, mais comprenait suffisamment pour savoir que si tout ça tombait entre les mains de la police, Herbert se retrouverait en très mauvaise posture. Janus afficha un sourire pour la première fois depuis bien longtemps, heureux d'avoir en main des choses tangibles contre Herbert et, il l'espérait, Kalmann.

La boîte en métal contenait entre autres un carnet comportant des noms et des dates très explicites. Herbert avait fourni des jeunes filles à des hommes et il avait tenu une comptabilité sur plusieurs années, précisant chaque fois qui avait rendez-vous avec qui, où et à quelle heure. Janus avait passé les noms des clients en revue, il ne connaissait que celui de Kalmann. Il avait l'impression d'en avoir entendu certains à la télé ou de les avoir vus dans les journaux mais, comme il ne se tenait pas très au courant de l'actualité, il ne savait pas vraiment qui c'était. Cette comptabilité débutait en 1992. Le premier rendez-vous de Birta avec Kalmann datait de trois ans et demi auparavant. Le carnet précisait : Chalet d'été, week-end 12-14 avril. Le nom de Birta était consigné en premier, suivi de celui d'Audur, une autre jeune fille, et d'un certain Joel. Birta lui avait parfois parlé de ce Joel. Son nom apparaissait ensuite ici et là, suivi d'autres prénoms et de divers lieux de rendez-vous.

Janus dégagea le reste du tiroir et releva son prisonnier. Les mains et les jambes encore attachées, les membres inférieurs ankylosés, il n'arrivait pas à tenir debout tout seul, il chancelait et n'y voyait rien. Janus le lâcha par inadvertance. Herbert s'affaissa, se cogna la tête sur le tas de bois et se blessa au front. Le sang lui coulait sur le visage.

C'était un homme violent et son séjour au fond du tiroir n'avait pas arrangé les choses. Une colère titanesque montait en lui. Il lui avait fallu une volonté de fer pour garder son sang-froid. Il espérait récupérer ces documents dès qu'il serait libéré, mais il était incapable de supporter l'humiliation et la honte. Jamais ! *Never !* Il était hors de question que le premier petit con venu traite Herbert *fucking* Rothstein comme une merde ! Il avait tout fait pour se mettre ce sale gamin dans la poche, mais la coupe était pleine. Persuadé que Janus l'avait poussé volontairement, il n'arrivait plus à se maîtriser. Il savait que ce n'était pas le moment. Il savait qu'il allait enfin être libre. Mais il n'arrivait pas à se contenir.

– Putain de putain de bordel de merde, hurla-t-il, je vais te buter sale petit con. Je vais te tordre ton sale petit cou de connard. Je m'en tape complètement que ta sale petite pute soit crevée. Je suis même heureux qu'elle le soit, cette pauvre connasse de junkie, cette traînée. Elle faisait n'importe quoi pour palper du fric. Tu vois ce que je veux dire ? Tu m'écoutes ? Hein ? Tu m'écoutes, pauvre type ? Tu es là, gros con ? Elle était comme ça, ta petite salope, sale crétin. Ta petite pute. Elle faisait tout pour son Hebbi et elle lui appartenait entièrement. Je suis sûr qu'elle ne t'a jamais laissé lui fourrer la chatte, espèce de mocheté.

Janus le releva aussi facilement que s'il soulevait une plume et le balança contre le mur. En retombant par terre, Herbert se tordit de douleur, son nez était cassé, le sang giclait. Fou de rage, il continuait à éructer des insanités. Le bandeau qui lui couvrait les yeux était trempé par le sang qui coulait de son front. Il ne remarqua pas que Janus avait quitté la pièce, ses hurlements couvraient les bruits de ferraille. Les grilles métalliques s'entrechoquaient, les roulettes grinçaient dans les glissières grippées fixées au plafond. Janus réapparut dans la pièce en traînant derrière lui la table de travail recouverte de métal. Herbert continuait à l'insulter sans qu'il y prête attention.

Il l'empoigna, monta sur le plan de travail, le hissa, l'attacha solidement à la grille suspendue au plafond juste au-dessus d'eux et la fit glisser dans le four puis referma la porte.

Suspendu les jambes dans le vide, Herbert se débattait en hurlant. Les jurons ricochaient sur les parois du four. Bientôt l'épaisse porte d'acier se referma sur les vociférations du forcené.

– … SO FUCK THE REST OF THE WORLD !!

30

– Erlendur, ça ne va pas ?

Ils étaient assis dans le bureau du chef de la police qui, ayant remarqué son air maussade et absent, s'inquiétait de son mutisme. Elinborg le regardait. Elle était la seule à savoir ce qui le tracassait.

Les empreintes relevées sur la boîte étaient celles de Herbert. Il y en avait d'autres, mais on ignorait à qui elles appartenaient. Herbert était fiché depuis l'époque où il avait été placé en garde à vue, suspecté d'être à l'origine de la disparition de Stefan Vilmundarson. Le discours du chef de la police tenait en ces termes : si Kalmann connaissait Herbert, ils étaient en droit d'aller demander au premier s'il savait où se trouvait le second avant de l'interroger sur son départ pour les États-Unis le jour où on avait découvert le corps de Birta.

Hélas, la police n'avait aucune preuve permettant d'établir un lien entre l'homme d'affaires et cet individu suspecté de trafic de drogue. Elle n'était pas non plus en mesure de prouver que Kalmann connaissait Birta. Ils ne pouvaient donc pas débarquer chez lui, s'installer dans son salon et lui demander ce qu'il était allé faire aux États-Unis le jour du décès de la jeune fille, ni quand il avait vu Herbert pour la dernière fois. Kalmann était rentré en Islande trois jours plus tard. Ce voyage n'était donc pas une fuite.

Même si Eva Lind et d'autres personnes du milieu de la drogue déclaraient que Kalmann et Herbert étaient de grands amis et travaillaient ensemble, la police ne pouvait pas s'engager sur cette piste sans avoir des preuves tangibles.

Leur supérieur venait de leur exposer ces réserves dans son bureau le lendemain du cambriolage dans la maison que Herbert possédait rue Kirkjustraeti. Erlendur et Sigurdur Oli le tenaient régulièrement informé de la progression de l'enquête. Ce sexagénaire grassouillet était très réticent à ce qu'ils aillent mettre leur nez dans les affaires de Kalmann. Si la police prêtait attention à toutes les rumeurs que les Islandais propageaient à longueur d'années, prétendant que telle ou telle personne célèbre s'était suicidée, accusant n'importe qui d'infidélité ou de perversité, l'Islande ne tarderait pas à se transformer en état policier comparable aux républiques bananières d'Amérique du Sud !

– Tout va bien, répondit Erlendur, qui n'avait pratiquement pas ouvert la bouche depuis le début de la réunion. Je n'ai pas assez dormi, c'est ce maudit soleil de minuit.

– Il n'en reste pas moins que le nom de Kalmann a été cité très clairement, souligna Sigurdur Oli.

– Cet homme est l'un des entrepreneurs les plus riches du pays et on parle beaucoup de lui, répondit le chef. Si vous n'avez aucune preuve de son implication directe dans la disparition de Herbert ou dans la mort de cette gamine, vous devez le laisser tranquille. Je serai le premier à vous envoyer chez lui si vous trouvez quelque chose de tangible.

– En fait, nous ne sommes pas du tout sûrs qu'il ait connu Birta, fit remarquer Erlendur.

– Comment l'aurait-il rencontrée ? s'enquit leur chef.

– Si c'est le cas, reprit Sigurdur Oli, si Herbert et Kalmann étaient en contact et s'ils le sont encore aujourd'hui et si, à en croire une autre rumeur, Herbert est proxénète, il n'est pas impossible qu'il ait procuré des filles à l'homme d'affaires, parmi lesquelles Birta. Si tel est le cas, alors, voilà le lien entre Kalmann et Birta.

– C'est léger, je dirais même de plus en plus léger, objecta le chef.

– Bien sûr, ce ne sont que des hypothèses, mais il n'en reste pas moins que ces noms sont apparus et que nous essayons de les relier entre eux comme nous le pouvons, plaida Erlendur.

– Vous avez découvert des choses intéressantes dans les fjords de l'Ouest ? s'enquit leur supérieur.

– J'ai l'impression, reprit Erlendur, exprimant pour la première fois des pensées qui l'obsédaient depuis quelque temps, que les fjords de l'Ouest jouent dans le décès de Birta un rôle qui ne se limite pas au fait qu'elle venait de là-bas. Depuis le début, nous considérons que celui qui a déposé son corps sur la tombe de Jon Sigurdsson a voulu nous transmettre un message. Cet homme n'est pas forcément l'assassin. Nous avons exploré cette piste. Mais je crois qu'il souhaitait indiquer autre chose que la région d'origine de Birta. Je crois qu'il a voulu nous dire que nous trouverions là-bas des réponses à des questions que nous ne nous posions même pas, qui n'ont pas de lien direct avec notre enquête, et sur lesquelles je m'interroge de plus en plus. Quand nous avons traversé ces villages avec Sigurdur Oli, on nous a dit partout la même chose : les quotas de pêche ont été achetés par des gens venus d'ailleurs, la région se vide de ses habitants, tout le monde part à Reykjavík. Par endroits, une classe riche est apparue au sein de ces communautés autrefois très homogènes. Certains se retrouvent assis sur des millions tandis que d'autres n'ont plus rien. La population est très remontée contre le pouvoir de Reykjavík qui laisse faire en fermant les yeux sur ces pratiques. Il y a beaucoup de colère contre ceux qui spéculent sur les quotas alors qu'ils n'ont jamais posé le pied sur un bateau et ne connaissent rien à la mer. Ce sont les fjords de l'Ouest qui ont le plus souffert de l'instauration de ce système. Bien sûr, d'autres facteurs expliquent l'exode : les faillites, la récession et l'isolement de cette région que les gens ont de plus en plus de mal à supporter. Mais, à mon avis, celui qui a déposé le corps de Birta sur la tombe du grand homme tient à nous signaler qu'il y a quelque chose de suspect dans tous ces micmacs avec les quotas dans les fjords de l'Ouest. Je crois qu'il veut attirer notre attention, mais également celle de tout le pays.

– Comment ça, quelque chose de suspect ? Qu'est-ce que tu veux dire ? s'enquit le chef.

Erlendur n'avait fait part de ses réflexions ni à Sigurdur Oli qui le regardait bouche bée, ni à Elinborg, ni à Thorkell, ni à aucun de ses collègues de la Criminelle. Sigurdur Oli se demandait où il les emmenait, même si une grande partie de ce qu'il venait d'expliquer lui était familière. Erlendur n'avait pas fermé l'œil de la nuit, gêné par le jour éternel de l'été. Il avait tenté d'établir des liens entre le meurtre de Birta, Herbert, Jon Sigurdsson, Kalmann et ses activités d'entrepreneur, les fjords de l'Ouest, Janus, la boîte métallique, la drogue, le passé et le présent. Il avait peu à peu échafaudé une hypothèse peut-être trop étrange pour correspondre à la réalité, mais c'était la seule qui lui était venue à l'esprit. Il alluma une cigarette avant de poursuivre.

– Pour l'instant, je ne peux rien prouver. C'est une impression qui m'est venue pendant ce voyage dans les fjords de l'Ouest et qui n'a fait que se renforcer quand le nom de Kalmann est apparu dans les conversations. Elinborg nous a appris que Birta avait dit à sa copine Dora qu'elle se demandait qui allait occuper toutes ces maisons et ces immeubles, enfin, quelque chose comme ça. Ce sont les seuls propos de la victime qu'on nous a rapportés. Dora nous a dit que son amie connaissait un homme qui possédait un tas de maisons et d'immeubles. Elle parlait sans doute des nouveaux quartiers de Reykjavík et de Kopavogur et des projets de centres commerciaux ou de ceux qui viennent d'être construits. Ce sont des paroles incompréhensibles, tirées de leur contexte et prononcées par une junkie. Nous ne les aurions sans doute jamais comprises si le patron d'un hôtel où nous avons passé une nuit n'avait pas tenu le même discours à Sigurdur Oli. Birta n'était pas retournée dans les fjords de l'Ouest depuis deux ans, mais il n'est pas impossible qu'elle ait fréquenté des gens originaires de là-bas à Reykjavík, qu'elle ait entendu ce genre de réflexions et qu'elle les ait ensuite répétées à sa copine Dora. Elle les a peut-être entendues ailleurs ou bien a réfléchi elle-même à la question, mais vous ne trouvez pas tout ça bizarre ? Comment se fait-il qu'une junkie s'intéresse à l'immobilier ? Et dans quelle mesure devons-nous prendre au sérieux ce qu'elle racontait ?

– Erlendur, où est-ce que tu veux en venir ? s'enquit le chef de la police.

– Je ne le sais pas moi-même, c'est bien le problème. J'ai retourné ça dans tous les sens sans parvenir à une conclusion. Mais je crois que cette gamine a été assassinée parce qu'elle savait des choses qu'elle était censée ignorer. Elle a appris des choses dont elle ne devait pas avoir connaissance. On l'a assassinée pour la faire taire. C'est mon impression. Je n'ai rien qui me permette de prouver qu'elle est juste. Absolument rien en dehors de ça : Kalmann est l'entrepreneur le plus actif dans la construction des nouveaux quartiers de Reykjavík. C'est lui qui a construit tous les immeubles et les maisons dont Birta se demandait qui allait y habiter et d'où allaient venir tous ces gens. Il a également, par le biais de la pêcherie qu'il possède à Reykjavík, acheté une grande partie des quotas des fjords de l'Ouest. Birta a découvert sur cet homme des choses qui ne doivent pas s'ébruiter. Immobilier et quotas. Quotas et immobilier. Tout ça sent la magouille à plein nez.

Ses collègues méditaient ses paroles en silence. On frappa à la porte. Le chef de Scientifique entra dans le bureau.

– Les Télécoms viennent de nous contacter, annonça-t-il. Notre requête s'était égarée dans leur système, mais ils l'ont enfin retrouvée et traitée. Le numéro appelé depuis le téléphone public devant le bâtiment des Télécoms était celui d'un portable appartenant à un certain Kalmann, alors en voyage à New York.

Tous fixaient Erlendur. Il resta un long moment silencieux et les regarda tour à tour comme s'il se demandait s'ils avaient désormais assez d'éléments. Ses collègues le dévisageaient. Le chef de la police toussota.

– Ah oui, je ne vous l'avais pas dit, reprit Erlendur, mais j'ai appelé mes cousins à Eskifjördur. La pêcherie de Kalmann, baptisée Videy, achète aussi des quotas dans les fjords de l'Est depuis deux ans.

31

Janus pensait régulièrement au jour où il avait frôlé la mort dans la cale du bateau, mais depuis qu'il avait retrouvé Birta, il y avait de ça quelques mois, ce souvenir l'assaillait avec plus d'insistance. Autrefois, il lui arrivait régulièrement de se réveiller en sursaut : il suffoquait, à nouveau envahi par ce sentiment d'oppression dans ses interminables cauchemars.

Ce jour-là, ils étaient allés louer une cassette et acheter des bonbons au vidéoclub. Ils étaient tombés sur les gamins de leur école qui le harcelaient constamment. Ces derniers avaient commencé à le chahuter dès qu'ils l'avaient aperçu. Postés devant la boutique, ils s'étaient mis à crier quand Birta et Janus étaient apparus à l'angle du bâtiment. Birta était entrée dans le vidéoclub. Janus s'était approché, mais n'avait pas osé la suivre, il avait reculé d'un pas puis d'un autre, percevant le danger. Il frissonnait de tout son corps, ses jambes flageolaient. Il n'y pouvait rien. Les autres avaient immédiatement perçu son hésitation, ce qui les avait encore plus excités. Quand il avait pris ses jambes à son cou et disparu à l'angle de la rue, ils s'étaient lancés à ses trousses.

En voyant le groupe s'enfuir, Birta avait compris immédiatement ce qui se passait. Elle était sortie de la boutique, avait contourné le bâtiment et constaté que la bande avait déjà atteint la rue voisine. Janus courait à toutes jambes vers le port. Il était rapide mais petit pour son âge et ses harceleurs ne tarderaient pas à le rattraper. Birta les avait poursuivis. Elle espérait qu'il pourrait se cacher dans un des bateaux. Que les ouvriers qui travaillaient sur le port le défendraient. Qu'il pourrait semer ces salauds. Qu'il pourrait… Qu'il pourrait… Janus avait disparu derrière la conserverie, talonné par le premier garçon de la bande. Ils vont le rattraper, s'était-elle affolée, ils vont le rattraper.

Elle avait atteint la conserverie à bout de souffle quelques instants plus tard. Elle avait contourné le bâtiment et s'était retrouvée sur le parking donnant sur la jetée. Il était désert. Les ouvriers prenaient leur pause, ils buvaient leur café en mangeant un sandwich pendant le petit quart d'heure dont ils disposaient. La bande de gamins était attroupée à l'extrémité du ponton, mais Janus n'était pas parmi eux. Elle l'avait appelé et avait couru à toute vitesse vers le groupe. Tous baissaient les yeux sur un bateau amarré et chargé à ras bord de capelan. Les bateaux qui pêchaient le capelan n'étaient pas très nombreux dans les fjords de l'Ouest, il n'existait qu'une seule usine spécialisée dans le traitement de cette espèce dans toute la région. Les gamins se taisaient, les yeux baissés sur l'embarcation.

Deux garçons avaient vu Birta arriver. Ils avaient donné un coup de coude aux autres. Tous s'étaient retournés. Ils ne criaient plus. Ils l'avaient regardée approcher. Certains avaient à nouveau baissé les yeux sur le bateau puis tous avaient détalé comme sur un coup de sifflet. Ils étaient passés à toute vitesse devant elle en ordre dispersé. Elle s'était précipitée au bout de la jetée et avait pilé juste avant de tomber dans le bateau dont la cale ouverte débordait de poisson.

Janus avait disparu.

Quand il s'était enfui du vidéoclub, il ne savait pas où aller. Soit il montait en ville, soit il descendait vers la mer. Il avait opté pour la seconde solution. Il trouverait sans doute sur le port des gens qui viendraient à son secours avant que ses assaillants le rattrapent. Il ne pouvait pas se réfugier chez lui, c'était trop loin. Il avait donc traversé la rue vers la conserverie et filé vers le port, suivi par les cris des autres. Il sentait qu'ils se rapprochaient, il avait entendu le souffle de ceux qui le talonnaient quand il avait dépassé l'angle de la conserverie.

Il s'était précipité sur la jetée où il apercevait le bateau et avait compris qu'il n'avait plus aucun moyen de fuir. En atteignant l'extrémité du ponton, il s'était retourné, à bout de souffle. Les autres avaient ralenti dès qu'ils avaient compris qu'il s'était piégé tout seul et qu'il ne leur échapperait pas.

Ils approchaient en poussant des cris et en le traitant de tous les noms. Il faisait de son mieux pour ne pas les entendre. Il s'était retourné et avait baissé les yeux sur le bateau. La cale ouverte débordait de capelans. Il avait à nouveau regardé ses poursuivants qui continuaient à avancer. Deux d'entre eux avaient essayé de l'attraper, alors il s'était retourné et avait sauté.

Il n'avait pas voulu atterrir dans la cale, mais son pied avait glissé, il était tombé dans le poisson et l'eau glacée puis avait coulé vers le fond. Il avait l'impression de sombrer dans des sables mouvants. Le froid lui étreignait le corps, il avait envie de hurler. Il était remonté à la surface, avait essayé d'appeler au secours, s'était débattu dans tous les sens en s'efforçant de respirer, mais il avait bu la tasse et avalé des capelans. Il avait réussi à se maintenir émergé un moment et, en apercevant ses harceleurs sur la jetée, il avait espéré que l'un d'eux se déciderait à l'aider en lui lançant une corde ou en descendant sur le pont pour le sortir de ce piège, mais aucun n'avait rien tenté. À nouveau, il avait sombré.

Il n'arrivait pas à reprendre son souffle après sa course dans cette eau glacée. Au bout de quelques instants, il avait senti qu'il allait s'évanouir. Il lui semblait qu'il allait exploser, ses oreilles bourdonnaient, il ne voyait que du noir, il suffoquait, envahi par la terreur et la panique. Il tentait désespérément de trouver de l'air quelque part, mais il n'y en avait pas. Il se débattait, mais plus il luttait, plus il avait mal. Enfin, il avait compris qu'il allait mourir.

Tout à coup, sans qu'il sache pourquoi, la douleur s'était estompée. Il savait seulement qu'il coulait vers le fond de la cale où il lui était impossible de respirer, il n'avait plus la force de se débattre et il se sentait mieux. Il n'avait plus besoin de lutter pour chercher l'oxygène. Il n'avait plus froid. Un calme étrange l'envahissait, la vie le quittait. Il ne suffoquait plus. Au contraire, il avait l'impression de flotter confortablement, comme cela lui arrivait le soir avant de s'endormir. Il se rappelait ce qu'il avait pensé : C'est ça, mourir ? Il était envahi par une sensation de bien-être et de chaleur, plongé dans les ténèbres.

Quand il avait atteint le fond de la cale, il était mort.

Où est Birta ? C'est la dernière pensée qui lui avait traversé l'esprit.

Les yeux baissés sur le bateau, elle appelait son ami. Elle ne le voyait pas. Elle s'était tournée vers le groupe de garçons qui se dispersaient sur la jetée et s'était écriée : Où est Janus ? OÙ EST JANUS ? Un des gamins s'était arrêté en l'entendant et lui avait répondu : Il a sauté dans la cale ! Dans la cale ? Il est dans la cale ?

Avec les capelans ? avait-elle pensé. Elle avait hésité un instant puis avait repéré une corde sur le pont du bateau, l'avait attachée au bastingage, se l'était nouée autour de la taille puis avait plongé jusqu'au fond de la cale où elle avait cherché Janus en agitant les bras dans tous les sens. Les yeux fermés, elle avait tâtonné jusqu'à le trouver. Elle aussi à bout de souffle après sa course, elle sentait son cœur battre à toute vitesse. Ses oreilles bourdonnaient. Le froid était insupportable. Elle avait attrapé Janus par un bras en se disant que jamais elle ne parviendrait à le ramener à la surface tant son corps inerte était pesant mais, tout à coup, elle avait senti que quelqu'un tirait sur la corde. Les bras serrés autour de son ami, elle avait happé l'air dès qu'elle avait atteint la surface. Une main les avait hissés hors de la cale. Elle toussait et vomissait, Janus reposait à ses côtés sur le pont, immobile, les yeux fermés.

L'homme qui les avait secourus connaissait les gestes adéquats. Il avait immédiatement commencé à faire à Janus du bouche-à-bouche et un massage cardiaque. Cela ne produisait aucun effet, mais il ne renonçait pas. Il recommençait encore et encore avec entêtement, il soufflait de l'air dans la bouche du noyé, inspirait, soufflait à nouveau dans la bouche de l'enfant puis inspirait inlassablement. D'autres hommes avaient accouru. Un voile de brume occultait le regard de Birta. Allongée sur le pont, elle tremblait de froid. La seule chose dont elle avait réellement conscience, c'était que Janus ne manifestait pas le moindre signe de vie.

Puis brusquement, il s'était mis à recracher de l'eau de mer, à suffoquer et à vomir. Le marin l'avait étendu sur le côté. Il était revenu à lui quelques instants avant de perdre à nouveau connaissance. Il avait une nouvelle fois repris conscience dans l'ambulance qui l'emmenait à l'hôpital et avait vu Birta assise à ses côtés, enveloppée dans une couverture.

Janus savait désormais ce que ça faisait de mourir.

En fait, cela correspondait à ce que décrivaient les magazines qui racontaient l'histoire de gens morts quelques instants avant de revenir à la vie. Certes, il n'avait vu ni tunnel ni grande lumière, mais il s'était vu lui-même. Il n'avait jamais eu l'impression de perdre conscience. Il avait continué à penser et s'était rendu compte de ce qui se passait, un peu comme dans un rêve. Peut-être était-ce son âme qui avait quitté son corps ? Il avait cessé d'avoir froid, la sensation d'étouffement avait disparu. Il avait eu l'impression de pouvoir respirer même s'il n'avait plus besoin de le faire, il s'était vu sortir de la cale en planant puis flotter au-dessus du bateau, il avait vu cet homme extraire Birta des capelans, il s'était vu dans les bras de son amie, puis reposant sur le pont, inerte et sans vie, tandis que l'homme essayait de le ranimer et que Birta vomissait juste à côté d'eux. Tout cela ressemblait à un rêve.

Il s'était réveillé tout à coup et avait vu cet homme agenouillé à côté de lui. Tremblant de froid, il n'arrivait pas à respirer, l'eau obstruait encore ses poumons, il toussait, crachait et vomissait. Puis il avait refait surface dans l'ambulance et avait vu Birta à ses côtés.

À nouveau, il s'était évanoui.

32

L'hypothèse échafaudée par Erlendur avait déconcerté le chef de la police autant que ses collègues. Tous considéraient qu'il n'avait pas assez d'éléments en main pour se permettre d'être aussi affirmatif. Il était pourtant convaincu d'avoir raison. Plus il réfléchissait à Birta, à Janus et aux fjords de l'Ouest, plus il était persuadé que la police devait envisager la mort de la jeune fille comme faisant partie d'un contexte plus large.

Il gardait la photo que lui avait remise Elinborg dans la poche de son imperméable en se disant qu'il devrait tôt ou tard réagir. Il ne pouvait pas se permettre de trop repousser l'échéance. Il n'avait pas le choix, il prendrait sa décision avant la fin de la journée.

Après sa réunion avec le chef de la police, il trouva sur son bureau le carnet où Herbert avait consigné les dates, les noms des jeunes filles et ceux des hommes avec qui elles avaient eu rendez-vous. Il demanda autour de lui comment ce document était arrivé là, mais personne ne fut capable de lui répondre. On n'avait remarqué aucune présence suspecte dans le bâtiment, d'ailleurs très peu surveillé. N'importe qui ou presque pouvait s'introduire au quartier général de la police et entrer dans les bureaux, se dit-il, consterné.

Il feuilleta le carnet à spirale usé de format A5 qui contenait une liste de noms dont la plupart lui étaient inconnus. Certains lui étaient toutefois familiers. Il y avait là le nom de Birta, de Dora et d'autres femmes, ainsi que celui de Kalmann, d'un ministre et d'un haut fonctionnaire de l'administration municipale. Il supposait que c'était la comptabilité tenue par le propriétaire du Boulevard. Ce document apportait la confirmation des liens entre Herbert et Kalmann. Il prouvait également que le premier était à la tête d'un réseau de prostitution à Reykjavík. Il feuilleta le carnet dans tous les sens et, à son grand soulagement, n'y trouva pas le nom d'Eva Lind.

Sans qu'il ait eu le temps de réfléchir plus longtemps, son téléphone sonna. Il décrocha.

– Vous avez vu la photo ? demanda son correspondant.

– Vous êtes qui ? rétorqua Erlendur.

– Vous avez trouvé le carnet que j'ai déposé ce matin ?

– Janus !

Erlendur regarda le numéro. L'enregistrement se mit en route.

– Vous connaissez l'homme sur la photo ? poursuivit Janus.

Erlendur se leva, le combiné à la main. Sigurdur Oli entra, Erlendur pointa son doigt vers le téléphone en formant le prénom de Janus sur ses lèvres. Son collègue regarda le numéro et quitta le bureau.

– Nous savons qui vous êtes, répondit Erlendur, préférant éviter de parler de la photo. Nous savons que vous étiez l'ami de Birta. Vous devez venir nous voir, c'est très important. Vous étiez amis à Isafjördur et elle vous a sauvé la vie.

– Vous savez maintenant que Herbert procurait des filles à ces hommes, poursuivit Janus sans se laisser désarçonner. Vous savez où et quand il les leur envoyait. Vous connaissez les noms de ces hommes. Alors, vous allez faire quoi ?

– Nous allons bien sûr examiner ces documents, mais il est aussi très important que vous veniez nous voir. Nous avons besoin de vous parler. Vous savez des choses sur Herbert ? Vous savez où il est ?

– C'est lui qui est à la tête de tout ça. Du trafic de drogue et de la prostitution. J'ai d'autres papiers à vous communiquer.

– Très bien, très bien, mais tout d'abord nous devons vous voir.

– Plus tard, répondit Janus, je viendrai vous voir plus tard.

Erlendur avait l'impression que le jeune homme allait raccrocher.

– Est-ce que Herbert fournissait de l'héroïne à votre amie ? demanda-t-il.

– Il lui fournissait tout ce qu'elle voulait et, en échange, elle faisait ses quatre volontés.

– Vous savez où il est ?

– J'ai aussi des renseignements sur les gens qui travaillent avec Herbert, j'ai les noms des dealers, leurs pourcentages, et j'ai même les noms de policiers qu'il s'est manifestement mis dans la poche. Je vous donnerai tout ça avec joie.

– Le nom de Kalmann apparaît souvent dans ce carnet. Vous êtes au courant de ses manigances ?

– Je n'ai pas encore tout compris. Birta avait entendu des choses, mais je n'ai jamais saisi ce qu'elle voulait dire quand elle se demandait qui allait emménager dans tous ces immeubles. Je n'ai jamais compris, mais je crois qu'aujourd'hui j'ai une petite idée de ce qu'elle voulait dire.

– Janus, vous êtes où ? demanda Erlendur. Nous pouvons venir vous chercher ?

– Ne vous inquiétez pas pour moi. Occupez-vous plutôt de ce crétin de Herbert.

– Pourquoi avoir déposé le corps sur la tombe de Jon Sigurdsson ?

Erlendur n'entendit pas la réponse. Janus avait dit quelque chose, il lui avait demandé de répéter, mais la conversation avait été coupée. Il raccrocha. Sigurdur Oli arriva à la porte.

– C'est le numéro d'un petit magasin de disques dans le centre. J'ai envoyé deux voitures, annonça-t-il.

– Janus veut que nous nous occupions de ça, répondit Erlendur en lui passant le carnet à spirales.

Sigurdur Oli le feuilleta.

– Il semble qu'il ait mis la main sur des documents par le biais de Herbert, poursuivit Erlendur. Ce carnet prouve l'existence de ses liens avec Kalmann.

– Dis plutôt qu'il les a extorqués à Herbert.

– En effet, je doute qu'ils soient très amis.

– Et Kalmann ? s'inquiéta Sigurdur Oli. Tu crois que Janus représente une menace pour lui ?

– J'ai l'impression que ce jeune homme ne tardera pas à nous rappeler.

Tôt dans la matinée, Erlendur et Sigurdur Oli se garèrent devant la villa de Kalmann. Ils supposaient qu'il n'était pas encore parti au travail. Le maître des lieux vint les accueillir lui-même à la porte en élégant costume gris-bleu, la tenue typique de l'homme d'affaires, à laquelle Sigurdur Oli était davantage sensible qu'Erlendur.

Kalmann ne semblait pas surpris de recevoir la visite de la police si tôt le matin. Dès qu'ils se furent présentés, il les invita à entrer en précisant qu'il était célibataire, ce qui présentait autant d'avantages que d'inconvénients. Grand, il avait le teint hâlé comme Sigurdur Oli, si ce n'est que, contrairement au policier, il avait acquis ce bronzage dans les pays chauds et non dans une cabine à UV. Les cheveux très noirs, rabattus en arrière, il avait le front haut et les joues rasées de près. Les yeux bruns, les sourcils et le nez fins, la mâchoire énergique et les joues légèrement creusées, il portait une bague en or à chaque annulaire et affichait une belle assurance derrière laquelle on devinait l'intransigeance de ceux qui sont conscients de leur position et la défendent bec et ongles.

Erlendur et Sigurdur Oli s'installèrent dans le salon : meubles sur mesure, tableaux, piano blanc, bibelots de valeur disposés avec soin sur les étagères. Les murs étaient également ornés de photos de Kalmann en compagnie d'hommes politiques islandais, d'entrepreneurs étrangers et même de chefs d'État. Drôle d'album de famille, pensa Sigurdur Oli.

– Que me veut donc la police ? demanda Kalmann, feignant la surprise. Il les toisait avec un soupçon de mépris comme si ces deux gratte-papiers de l'administration publique n'avaient aucun pouvoir sur lui. Sa belle assurance s'était pourtant fissurée. Il ignorait toujours où était Herbert. Peut-être était-il allé voir la police, même si Kalmann avait du mal à l'imaginer. Il lui avait un jour parlé de documents qu'il avait en sa possession, le menaçant plus ou moins. Kalmann savait que si Herbert se trouvait en difficulté, il n'hésiterait pas à le dénoncer pour sauver sa peau.

Erlendur préféra user de prudence.

– Aussi étrange que cela puisse paraître, votre nom apparaît dans le cadre de l'enquête sur le meurtre de la jeune femme dont on a trouvé le corps dans le cimetière. Je suppose que vous en avez entendu parler. Un certain Herbert a appelé votre portable peu après que nous sommes passés chez lui pour l'interroger. Herbert a maintenant disparu. Nous le recherchons activement. Nous souhaiterions savoir pourquoi il vous a appelé, et quelles sont vos relations ?

– Vous êtes sûrs que c'était bien mon numéro ? répondit Kalmann en saisissant son étui à cigarettes d'un geste fluide. Il l'ouvrit, sortit un briquet assorti, prit une cigarette et l'alluma.

– Herbert a passé ce coup de fil depuis une cabine téléphonique. Il est descendu de Breidholt pour le faire. Apparemment, il ne voulait pas vous appeler de chez lui. Les télécoms ont identifié votre numéro, vous étiez alors à New York. Qu'est-ce qu'il vous a dit ? Pourquoi il vous a appelé juste après avoir appris le décès de cette jeune fille ?

– Et vous venez chez moi aux aurores comme s'il en allait de la survie du monde pour me soumettre ce genre de bêtises ? Vous n'aviez pas besoin de vous déranger. J'ai reçu une foule d'appels quand j'étais à New York. Aussi bien dans ma chambre d'hôtel que sur mon portable. Et il arrive que les gens composent un mauvais numéro. Ou bien on décroche et il n'y a personne au bout du fil. Je ne me rappelle pas avoir été contacté par cet Herbert. Je ne connais pas cet homme et, s'il a tenté d'appeler mon portable, ce n'est pas mon problème. Il s'est trompé de numéro. Ça arrive constamment.

– Donc, vous ne connaissez aucun Herbert ?

– J'emploie plus de sept cents personnes, je ne peux pas vous assurer ne connaître aucun Herbert. Mais pour l'instant, ce nom ne me dit rien. C'est qui ?

– Il est pour ainsi dire connu des services de police, répondit Erlendur. Nous avons eu quelquefois affaire à lui. Trafic de drogue et proxénétisme. Certains disent que c'est un salaud, d'autres un crétin. Pourquoi a-t-il appelé votre numéro ?

– Je viens de vous le dire, c'était sans doute une erreur. Simple hasard.

– Un hasard surprenant.

– Le hasard est toujours surprenant.

– Vous faisiez quoi à New York ?

– De quoi je me mêle ? J'avais plusieurs rendez-vous concernant un projet de construction où mon entreprise est impliquée avec d'autres sociétés basées à Reykjavík. Je peux vous donner les noms des gens que j'ai vus, les horaires et les lieux de nos rendez-vous, même si cette conversation me semble ridicule. Je ne comprends pas ce que vous me voulez.

– Vous avez beaucoup de chantiers en cours à Reykjavík. Tous ces nouveaux quartiers. Sans parler du gigantesque centre commercial deux fois plus grand que celui de Kringlan. C'est vous qui le construisez, n'est-ce pas ?

– Moi et quelques autres. Mais je ne vois pas le rapport avec ce qui vous amène.

– Et vous êtes certain que Herbert ne vous a pas appelé pendant votre séjour aux États-Unis ?

– Comment vous pouvez imaginer que je connaisse cet homme ? Trafic de drogue et proxénétisme ! J'espère que vous n'allez pas me ressortir cette vieille légende affirmant que j'ai fait de la contrebande ! Ce sont des rumeurs malveillantes et on n'a aucun moyen d'y couper court. Vous savez que je suis aussi pédé, que j'ai fait au moins deux tentatives de suicide et que je vais en Thaïlande pour me taper des petits garçons ? Vous n'êtes pas au courant ? Voilà le genre d'histoires qui traînent sur moi en ville. Et je n'y peux rien. Je ne pourrai jamais y faire quoi que ce soit car la rumeur est toujours plus forte. Surtout ici, en Islande. Les Islandais sont les pires commères de la planète. De vraies concierges ! Et tout le pays est comme ça !

Le discours de Kalmann fut suivi d'un silence. Il ne s'était pas emporté et n'avait pas haussé le ton. Il semblait simplement fatigué de devoir constamment répéter la vérité à des gens qui refusaient de le croire.

Erlendur préférait ne pas lui dévoiler immédiatement l'existence du carnet. Il reviendrait l'interroger avec Sigurdur Oli, ils observeraient sa réaction et s'amuseraient des mensonges qu'il inventerait pour se tirer d'affaire. Erlendur avait hâte d'assister à la scène. Il avait également envie de savoir ce que cet homme leur dirait de Birta. Il lui demanda s'il connaissait une jeune fille portant ce prénom.

– Ça ne me dit rien, répondit Kalmann en écrasant sa cigarette dans le grand cendrier. Qui est cette jolie fleur ?

– Celle qu'on a trouvée morte dans le cimetière, informa Erlendur.

– Elle travaillait pour moi ?

– Je ne suis pas sûr qu'on puisse dire ça comme ça.

– Dire ça comme ça ? répéta Kalmann. C'est-à-dire ?

– Elle connaissait Herbert.

– Bon, j'ai deux petites choses à vous expliquer, essayez de vous les mettre dans la tête : je ne connaissais pas la gamine du cimetière et je ne connais pas non plus Herbert.

– Nom de Dieu, on va bien rigoler quand on coincera cette ordure, déclara Sigurdur Oli dès qu'ils furent remontés en voiture. Nous aurions dû lui montrer le carnet à putes.

– Mauvais numéro, répondit Erlendur en imitant l'homme d'affaires. Il nous prend pour qui ?

– Tu ne veux pas qu'on retourne lui montrer le carnet ? Inutile d'attendre.

– Au contraire, nous avons tout notre temps. Janus m'a dit qu'il avait d'autres documents. Voyons d'abord de quoi il s'agit. Nous retournerons voir Kalmann ensuite, et là, nous pourrons lui dire où se mettre ses excuses à deux balles.

Trois quarts d'heure plus tard, une autre voiture se gara devant la villa. Un homme descendit et s'avança vers la porte d'un pas chaloupé. Son survêtement gris laissait deviner sa musculature. Le crâne rasé, il portait des chaussures de sport et avait des traces de lait sur les lèvres.

Il sonna. Kalmann lui ouvrit.

En fin d'après-midi, Kalmann reçut dans son bureau un appel des États-Unis. Son visage s'illumina dès qu'il identifia son correspondant, mais son sourire s'effaça presque instantanément, cédant la place à une grimace. Il fronça les sourcils, les doigts crispés sur le combiné.

33

Janus rappela Erlendur en fin d'après-midi. Sigurdur Oli écouta leur conversation sur un autre poste, relié à celui de son collègue. En moins d'une minute, ils comprirent qu'il appelait depuis une cabine téléphonique qui se trouvait sur le port. Une voiture qui patrouillait à proximité fut aussitôt envoyée sur les lieux. Janus donna rendez-vous à Erlendur le soir même en précisant qu'il devait venir seul, faute de quoi leur rencontre n'aurait pas lieu. S'il voyait une voiture de police, il s'en irait.

– Vous n'avez rien à craindre, promit Erlendur. Nous n'avons pas l'intention de vous arrêter. Vous pouvez venir ici et nous parler sans peur. Vous pouvez nous faire confiance.

– Vous avez lu les noms dans le carnet ? Vous avez vu les gens avec qui Herbert travaille ? J'ai des documents qui prouvent que des photos ont été prises. J'ai un autre cliché de ce sale type. Je ne sais pas comment il s'appelle, mais vous le connaissez peut-être. Je ne peux faire confiance à personne.

Sur quoi il raccrocha et décampa. Quelques instants plus tard, la voiture en patrouille se gara devant la cabine téléphonique, deux policiers en uniforme descendirent, mais Janus avait disparu.

– Ce garçon peut nous faire confiance, répéta Erlendur à Sigurdur Oli.

– Tu ne penses pas qu'on ferait mieux de l'arrêter quand tu le verras ce soir ?

– Voyons d'abord ce qu'il a à nous dire et les documents qu'il veut nous confier. Inutile de jouer aux cowboys, il ne faut pas l'effrayer. Janus travaille avec nous, pas contre nous. C'est comme ça depuis le début. Il accepte de nous parler, mais demande que nous respections ses règles. Je ne vois pas en quoi ça pose problème. Je le verrai, nous discuterons et peut-être que je parviendrai à le convaincre de mettre fin à ce jeu de cache-cache et de venir faire une déposition. Peut-être que non. Ça ne me gêne pas de le laisser décider pour l'instant. On verra bien.

– Au fait, c'est quoi cette photo dont il a parlé ? demanda Sigurdur Oli. Tu crois que Herbert photographiait les clients ? Qu'il a utilisé ces clichés pour les faire chanter ? Il a réussi à contrôler le marché de la drogue en Islande, il doit bien y avoir une raison.

– On le saura quand Janus nous remettra ces documents.

Le jeune homme lui avait donné rendez-vous à l'aérodrome de l'Association des planeurs d'Islande, qui se trouvait à Sandskeid, à une vingtaine de kilomètres à l'est de Reykjavík. Sigurdur Oli avait répété que ce serait un jeu d'enfant de le coincer là-bas, mais Erlendur avait refusé d'en entendre parler. Janus avait une nouvelle fois changé de voiture. Environ deux cents véhicules étaient volés tous les ans à Reykjavík d'après les informations dont disposait la police. Janus en avait emprunté trois rien que cette année. Erlendur se rendit à Sandskeid à bord de sa voiture personnelle et donna des ordres sans ambiguïté : personne ne devait le suivre et aucun policier ne devait se trouver dans les parages. Il ne voulait aucune surveillance. Il tenait à montrer à Janus qu'il pouvait avoir confiance. Il se gara tout près de la piste du petit aérodrome et éteignit son moteur. Il attendit une heure, une heure et quart, une heure et demie. La douceur était revenue après les averses de la journée. Le soleil brillait à l'ouest. Erlendur descendit de voiture. Il avait fumé un demi-paquet en attendant et commençait à se demander si Janus ne lui avait pas posé un lapin. Il avait beau scruter l'horizon dans toutes les directions, les seuls véhicules qu'il apercevait étaient ceux qui passaient sur la route nationale à deux kilomètres de là. Bien que n'ayant jamais vécu cette expérience, il imaginait que c'étaient des gens sur la route des vacances avec leurs gamins qui demandaient à s'arrêter à la prochaine station-service alors qu'ils venaient à peine de quitter la ville.

Il remonta en voiture et était prêt à repartir quand il vit en bout de piste un nuage de fumée et de poussière qui surmontait un véhicule approchant à toute vitesse. Le conducteur s'arrêta à quelques mètres. Erlendur le rejoignit et s'installa comme convenu sur le siège du passager.

Ils se serrèrent la main. Janus était sale de la tête aux pieds. Son épaisse chevelure était couverte de suie, son visage noirci et, à en juger par les traînées plus claires sous ses yeux, il avait pleuré. Ses mains elles aussi étaient noires et il dégageait une odeur familière.

– L'odeur que vous avez sur vous, c'est celle du bacon ? Où est-ce que vous vous cachez ? s'enquit Erlendur.

– Ici et là, éluda Janus.

– Cette photo que vous avez laissée dans la maison de Herbert, vous l'avez trouvée où ?

– Dans la boîte en fer. Vous connaissez ces gens ?

– Cet homme occupe de hautes fonctions à la municipalité, c'est lui qui valide les attributions des terrains constructibles. Quant à ces deux pauvres gamins, j'ignore complètement qui c'est.

– Cette boîte contenait d'autres documents. Je les ai apportés.

– Comment avez-vous découvert l'existence de cette cachette ?

– Nous en discuterons peut-être plus tard, répondit Janus.

– Nous nous sommes beaucoup inquiétés pour vous. Pourquoi ce jeu de cache-cache ? Pourquoi refuser de venir déposer au commissariat ? Qu'est-ce que vous manigancez ?

Janus ne répondit pas. C'était la première fois de sa vie qu'il parlait à un policier.

– Nous avons du mal à vous comprendre. Nous ne savons rien de vous, si ce n'est que vous êtes originaire des fjords de l'Ouest, comme Birta, et que vous étiez son ami. Nous supposons que vous êtes responsable de la disparition de Herbert. Voilà maintenant que vous vous en prenez à Kalmann et, à en juger par cette monstrueuse photo, à d'autres personnalités haut placées de notre pays. Comme si de rien n'était. Et totalement seul. Vous connaissez la belle histoire de David et Goliath ?

– Je me suis trouvé impliqué dans tout ça par accident. Je ne demande qu'à sortir de ce cauchemar. J'espère que ce sera bientôt fini.

– Que comptez-vous faire ?

– Vous avez interrogé Kalmann ?

– Il a nié en bloc, répondit Erlendur. Il dit ne connaître ni Birta ni Herbert. Il affirmerait sans doute ne pas se connaître lui-même si on lui présentait son reflet dans une glace. Je ne lui ai pas encore montré le carnet que vous nous avez confié. J'ai hâte de voir ce qu'il en dira.

Janus tendit le bras vers la banquette arrière et attrapa une épaisse liasse de papiers qu'il se mit à feuilleter.

– Birta m'a dit que Herbert se vantait de tout savoir sur Kalmann. Il lui avait raconté qu'il avait des papiers en sa possession et que Kalmann avait plutôt intérêt à être *nice* avec lui. C'est comme ça qu'il parle : *Nice, hey man, fucking hell.* Il n'a que ces mots à la bouche.

– Je sais, il s'exprime comme un vieux rocker de Keflavik. C'est vous qui l'avez enlevé ?

Janus ne répondit pas.

– Qui vous a dit où se trouvaient ces documents si ce n'est pas Herbert lui-même ? J'imagine que vous ne les avez pas reçus par la poste à l'adresse où vous vous terrez depuis plusieurs jours avec votre bacon…

– Je vous dirai peut-être plus tard comment je les ai obtenus. Ce qui compte pour l'instant, c'est que je les aie. Ils concernent les importations de drogue et le réseau de distribution. Birta servait de mule à Herbert. Vous étiez au courant ?

– Non, justement, nous ne savons rien d'elle. Vous vouliez l'aider, c'est ça ?

– J'ai essayé de la convaincre de décrocher, mais toutes mes tentatives étaient vaines.

– Je connais la question. Je ne comprends pas pourquoi ces gens-là refusent de revenir à la raison.

– Vous avez la photo que j'ai laissée au fond de la boîte ?

– Oui, je l'ai sur moi, répondit Erlendur la voix teintée d'amertume en la sortant de la poche de son imperméable. Il ne l'avait montrée à personne. Elinborg et lui étaient les seuls à connaître son existence, mais il savait qu'il ne pouvait pas se permettre d'en conserver le secret bien longtemps encore.

– J'en ai une autre du même genre, annonça Janus en lui tendant un cliché manifestement pris dans les mêmes conditions que le premier. On y voyait un quadragénaire nu en compagnie d'une adolescente et d'un garçon du même âge. Les mains de l'homme étaient attachées à la tête du lit. Erlendur scrutait la photo, en proie au même sentiment d'impuissance que face à celle que lui avait remise Elinborg. Il fixait ce quadragénaire attaché sur le lit et ces deux gamins. Le garçon était assis à califourchon sur ses hanches et la jeune fille plaquait son visage sur le sien. C'étaient presque encore des enfants, âgés de dix-sept ans tout au plus. Tous trois regardaient l'objectif d'un air ahuri, comme si le photographe les avait surpris. Ils se trouvaient apparemment dans une chambre d'hôtel à Reykjavík. Erlendur serra ses doigts sur la photo en secouant la tête, consterné.

– Je crois que le garçon s'appelle Joel, précisa Janus. Birta le connaissait. Je ne sais pas qui est la fille. Vous croyez que Herbert s'est servi de ces photos pour faire chanter cet homme ?

– On dirait bien, répondit Erlendur d'un air fatigué, presque assommé. Mais je n'arrive pas à imaginer que Herbert ait mis ce chantage au point tout seul. Je suppose qu'une personne souhaitant avoir ces photos s'est servi de lui, sachant qu'il connaît des gamins prêts à se prostituer.

– Vous croyez que Kalmann était de mèche avec lui ?

– Apparemment, ces types ne reculent devant rien. Rien n'arrête ces maudits hommes d'affaires. Ces saloperies se croient au-dessus de tout le monde. Ça ne m'étonnerait pas que ces photos aient joué un rôle dans les ventes et les rachats de quotas. Tout ça commence à s'éclaircir. Ces clichés ont été pris dans un but bien précis.

– Comment ça ?

– J'ai l'impression que nous sommes face à une affaire de chantage typique, si ce n'est qu'en l'occurrence le maître chanteur essaie d'extorquer à sa victime autre chose que de l'argent. Une chose en rapport avec ses fonctions dans la société.

34

Il faisait totalement noir. Bien que solidement attaché, Herbert arrivait à bouger légèrement. La grille où Janus l'avait suspendu était constituée de barres d'aluminium aux arêtes acérées et dentelées. Il avait l'impression qu'il finirait par réussir à couper la corde qui lui attachait les mains. Il était parvenu au prix d'efforts considérables à la presser contre les barres coupantes pour la rogner peu à peu.

Quelques instants après l'avoir enfermé là, Janus avait sorti le grand tiroir pour le remplir soigneusement de combustible, de crottes de mouton, de bois, de sciure et de branches, stockés dans la pièce à l'arrière du four. En le voyant faire dans la lumière filtrant à travers l'orifice, il avait supposé qu'il préparait une opération de fumage.

Mais le jeune homme en était resté là. Il n'avait pas enflammé le combustible et s'était contenté de remettre le tiroir en place, faisant à nouveau le noir complet dans le four. Un long moment avait passé. Herbert n'entendait plus aucun bruit. Janus était sans doute parti.

Il suait à grosses gouttes et avait tellement mal aux bras qu'il avait l'impression qu'on les lui arrachait. Mais il continuait à tenter de se libérer, animé par la haine que lui inspirait Janus, en se disant qu'il allait regretter ce qu'il avait fait. Il fallait qu'il se détache. Il fallait qu'il réussisse à se venger de ce *fucking cocksucker* de merde.

Il devait absolument récupérer ces documents avant que Janus s'en serve. Il n'avait pas eu le choix, il avait été forcé de dévoiler leur existence à ce petit con. Il n'avait pas d'autre moyen de sortir de ce tiroir. Il se disait qu'il serait libre en ce moment s'il n'avait pas commis l'erreur de perdre son sang-froid quand il était tombé sur le tas de bois.

Qu'est-ce qu'il compte faire de ces papiers ? se demandait-il tandis que ses mains allaient et venaient le long de l'arête. Qu'est-ce qu'il a en tête, ce sale petit *motherfucker ?*

Puis il y avait ce connard de Kalmann. Herbert ne comprenait pas vraiment ce qu'il manigançait avec ses partenaires commerciaux. Il savait que c'était lié aux attributions et à l'achat de terrains constructibles à Reykjavík. Kalmann avait jadis envoyé Herbert et le Buveur de lait chez un paysan qui vivait à côté du village de Mosfellssveit. Ce dernier avait refusé net la proposition qu'il lui avait faite d'acheter ses terres. Ce vieux bonhomme végétait dans une baraque délabrée, il possédait deux vaches, cinquante moutons et quelques chevaux qui seraient sans doute plus heureux réduits en chair à saucisse. Le Buveur de lait avait dit ça en rigolant jusqu'à en perdre haleine. Puis il avait avalé deux pilules, comme qui dirait, *just in case*.

Le paysan s'était demandé ce qui lui arrivait quand il avait vu Herbert et son acolyte débarquer chez lui en lui faisant une offre mirobolante et en lui disant qu'il ferait mieux de l'accepter plutôt que de moisir dans son taudis avec ses quelques bêtes. *Fuck it, man !* s'était exclamé Herbert, vous pourriez acheter un super appart dans une résidence pour vieux et baiser toutes les bonnes femmes qui vous font envie. Vous êtes encore vert, n'est-ce pas ?

– Je refuse de vendre mes terres quelle que soit la somme que vous me proposez, allez, dehors ! s'était exclamé le paysan.

– Drôle de sens de l'hospitalité ! avait commenté Herbert en regardant le Buveur de lait.

Deux jours plus tard, la grange de la ferme avait été réduite en cendres, le cheval qu'elle abritait avait péri dans les flammes et le paysan avait signé un contrat de vente avec une des entreprises de Kalmann. Il avait emménagé dans une résidence pour personnes âgées à Reykjavík sans dire à personne ce qui s'était passé. Il n'en avait même pas parlé à ses enfants qui étaient trop heureux de le voir enfin vivre dans un logement digne de ce nom, n'avaient aucun sens de la valeur de la terre et n'étaient pas visionnaires, contrairement à Kalmann. Cela remontait à quinze ans. Depuis, la ville s'était étendue jusqu'aux terres qu'il avait achetées et qui seraient bientôt parmi les plus chères de Reykjavík.

Avant d'estimer qu'il était gênant d'être vu en compagnie de Herbert, Kalmann avait souvent fait appel à lui quand il avait besoin de faire pression sur quelqu'un. Herbert avait pris des photos de ce fonctionnaire à qui il avait fourni des filles bien longtemps avant qu'il ne devienne influent au sein de l'administration municipale. Cet homme avait été son client jusque-là.

Kalmann avait appelé Herbert. Il avait un problème. Il fallait absolument que ce fonctionnaire lui prête main-forte, mais ce dernier refusait de comprendre l'importance de l'affaire. Il avait donc fallu l'aider un peu. Herbert avait eu une idée. Il n'en manquait pas. Il avait contacté Joel. Il se fichait de savoir qui ces types baisaient pourvu qu'ils paient. Herbert ignorait que Joel était allé au rendez-vous accompagné d'une jeune fille. Il l'avait découvert en poussant la porte de la chambre d'hôtel alors qu'il mitraillait avec son appareil photo.

Les liens qui l'entravaient cédèrent tout à coup. Les frottements lui avaient mis les mains en sang, mais il ne ressentait aucune douleur. En quelques instants, il libéra ses pieds. Un bruit assourdissant résonna dans le four quand il sauta sur le sol. Il ôta le bandeau ensanglanté qui lui couvrait les yeux et donna aussitôt de grands coups de pied dans la porte.

35

Contrairement à ce qui était prévu, Erlendur ne repassa pas immédiatement au bureau pour rendre compte à ses collègues de son entrevue avec Janus. Ce dernier lui avait longuement parlé des missions dont Birta se chargeait pour Herbert. Erlendur avait pris les documents. Ils avaient décidé de se revoir le lendemain : le jeune homme viendrait déposer au commissariat. Erlendur lui faisait confiance. Janus avait affirmé que cette confiance était réciproque. Ils avaient pris congé l'un de l'autre et étaient repartis chacun de son côté vers Reykjavík.

Erlendur ne tenta pas de le suivre. Il alla directement chez sa fille, se gara et passa un long moment à réfléchir dans sa voiture avant de descendre. Il avait beau se creuser la tête, il n'arrivait pas à comprendre les tenants de cette affaire ni à se calmer. Plus il réfléchissait, plus la colère montait en lui. Il savait que ces choses-là existaient, mais ne supportait pas de les avoir sous les yeux.

Il sonna à la porte. Le nouveau petit ami d'Eva Lind vint lui ouvrir, les cheveux rabattus en arrière, vêtu d'une chemise blanche et d'une jolie cravate. L'homme reconnut immédiatement le commissaire de police. Il se demandait s'il devait l'invectiver en lui reprochant de venir le déranger à une heure pareille ou s'il devait être courtois : avoir un commissaire dans la poche pouvait toujours être utile. Erlendur le tira d'embarras.

– Dégage, pauvre type ! lança-t-il en l'attrapant vigoureusement par la cravate pour le jeter sur le trottoir. Puis il claqua la porte.

Eva Lind sortit de la cuisine et vint le rejoindre dans l'entrée, Sindri Snaer, en permission pour quelques heures, sur ses talons.

– C'est quoi, ce cirque ?!

– Tais-toi, tonna Erlendur.

– Qu'est-ce qui te prend ? s'alarma Sindri Snaer.

– Tu n'as rien à dire non plus, tu ne vaux pas mieux que ta sœur. Vous êtes tous les deux de pauvres junkies.

– Décidément, tu n'en as que pour nous ces temps-ci, rétorqua Eva Lind sans perdre son calme. Il y a du nouveau ?

– Je ne sais pas, répondit Erlendur en sortant le cliché que Janus lui avait donné. Je ne sais pas si ce truc-là est nouveau pour toi, mais pour moi, c'est la nouvelle du siècle ! hurla-t-il en lui balançant la photo. C'est vraiment la putain de nouvelle du siècle !

Eva Lind ramassa l'image et la regarda. Sindri Snaer approcha. Erlendur alla s'asseoir sur le Chesterfield encore emballé dans sa housse en plastique.

– Mon Dieu, c'est toi ?! s'écria Sindri Snaer.

– Qui t'a donné ça ? demanda-t-elle en essayant de cacher le cliché à son frère.

– Putain, mais qu'est-ce que tu fous là-dessus ! s'exclama Sindri en essayant de lui prendre la photo. Eva Lind la lui arracha des mains.

– Qui t'a donné ça ? répéta-t-elle en fixant son père.

– Tu avais quel âge au juste à cette époque ? rétorqua-t-il, furieux.

– Dix-neuf ans. Qui a pris cette photo ?

– Dix-neuf ans ! s'écria Erlendur. Tu mens ! Je dirais à peine dix-sept ! Tu étais encore une gamine !

Eva Lind regarda son frère, puis son père, et alla s'asseoir à côté de lui sur le Chesterfield.

– C'est Herbert qui t'a donné ça ? insista-t-elle.

– En effet, elle provient de son album. Elle fait partie des pièces à conviction dans l'affaire de meurtre dont je suis chargé. Son existence implique un conflit d'intérêts qui me force à me dessaisir de cette enquête. Mais ce n'est pas ça qui m'inquiète. Ce qui m'inquiète, c'est comment tu as pu te retrouver dans une situation pareille. Comment diable est-ce possible ? Une gamine ! Une gamine comme toi !

Eva Lind le dévisagea longuement.

– Je n'en sais rien, avoua-t-elle. Je te jure que je n'en sais rien. Et j'essaie de ne pas trop y penser. C'est du passé. Il faut aller de l'avant. Le garçon qu'on voit avec moi sur cette photo s'appelle Joel. On était amis à l'époque et on faisait n'importe quoi. Joel connaissait Herbert qui lui fournissait des clients. Les filles ne sont pas les seules à faire ce genre de trucs. Joel m'en avait parlé en me disant que c'était cool et que ça rapportait plein de fric. Il était toujours plein aux as. Moi, j'étais constamment fauchée. Il m'a parlé de ce type qui payait très bien et qui lui avait demandé s'il n'avait pas des copines à lui présenter. Il m'a proposé de l'accompagner. Le mec avait promis de payer le double de la somme habituelle, ensuite on devait se la partager.

Eva Lind se tut. Erlendur la dévisageait. Sindri Snaer les avait rejoints sur le canapé. Il baissait les yeux.

– C'est la seule fois où j'ai accompagné Joel, reprit Eva Lind en balançant la photo à son père. On avait rendez-vous dans une chambre à l'hôtel Loftleidir. Le gars nous attendait au deuxième ou troisième étage. Personne ne nous a vus. Et Joel avait raison, ce type était plein aux as. Puis, brusquement, quelqu'un a fait irruption dans la chambre et a pris un tas de photos avec flash et tout ça. On ne le connaissait pas et on ne l'a jamais revu. Jamais. Il était complètement cinglé. Il a commencé à frapper Joel, je lui ai sauté dessus et on a réussi à se barrer.

Le silence avait envahi le salon. Chacun était plongé dans ses pensées.

– À part ça, ce que je fais de ma vie ne te regarde pas, mon petit vieux, ajouta Eva Lind, manifestement remise de ses émotions.

– C'est vrai, personne n'a rien à vous dire, à vous, les alcoolos et les junkies. Vous feriez mieux de vous remuer, surtout toi, et d'essayer de devenir autre chose que de pauvres loques, répondit-il, l'index pointé sur sa fille.

Il y eut à nouveau un long silence.

– Tu te souviens du nom de ce sale type ? demanda Erlendur.

– Il est connu ? rétorqua Eva Lind. Je ne l'ai jamais revu.

– C'était quand ?

– Il y a quatre ou cinq ans. OK, j'avais dix-sept ans.

– C'est Herbert qui avait arrangé ce rendez-vous ?

– C'est ce que m'a dit Joel.

– Et ce Joel, il est où ?

– Il y a un bout de temps que je ne l'ai pas vu. On m'a dit qu'il avait fait de la taule, mais je me demande vraiment pourquoi. Il n'a jamais rien fait de mal, enfin, pas vraiment.

– Comment ça se passait ?

– Herbert contactait Joel et, en général, il était partant. Aussi bien avec des garçons qu'avec des filles. Il est bisexuel. Tu sais ce que ça veut dire ?

– Et ?

– Et c'est tout. Nous avons vu ce mec, il nous a payés très correctement. Et d'avance.

– Quelle ordure, soupira Erlendur. C'est monstrueux. Je ne comprends pas comment ces sales types font pour réussir dans la vie.

– Ce sont justement eux qui réussissent le mieux, non ?

– Herbert a organisé d'autres rendez-vous de ce genre pour toi ?

– Jamais, répondit Eva Lind, peu convaincante. Erlendur avait l'habitude qu'on lui mente. Il préféra ne pas la contredire. Sa colère retombait peu à peu. Il connaissait le mode de vie de sa fille. Jamais jusque-là il n'en avait été témoin d'aussi près et il espérait ne plus jamais l'être.

– Tu n'as jamais couché avec ce Kalmann ?

– *Please*, arrête ta parano !

– Je vais devoir remettre cette photo à Sigurdur Oli et me retirer de l'enquête, c'est évident.

– Tu ne peux pas simplement la faire disparaître ? suggéra Sindri Snaer. Personne ne le saura.

– Ce n'est pas mon genre d'escamoter des preuves.

– Il y a un début à tout, répondit Eva Lind.

– Je sais, c'est votre devise dans la vie, mais je ne compte pas en faire la mienne !

– Tu ne crois pas que c'est justement ce que veulent les gars que tu poursuis ? avança Eva Lind.

– Cette maudite photo ne m'est pas tombée dans les mains par l'opération du Saint-Esprit. Ce serait incroyable et ça m'étonnerait que Herbert soit aussi calculateur.

– Mais Kalmann ? Vous l'avez interrogé ?

– Arrête de fourrer ton nez dans l'enquête. Ça ne te concerne pas !

– Oh que si, je crois justement qu'elle me concerne.

– En effet, un peu trop à mon goût. Je dirais même beaucoup trop. Franchement, quelle vie ! Comment vous voulez que je fasse correctement mon boulot avec deux zigotos comme vous sur le dos. Je ne peux pas. Ça m'est vraiment impossible, soupira Erlendur.

– Si tu avais su maîtriser tes pulsions quand tu étais jeune, nous ne serions pas assis sur ce canapé avec toi, fit remarquer Eva Lind.

– Je crains de pouvoir en dire autant à ton sujet, ma pauvre petite, conclut Erlendur.

Quand Janus arriva au fumoir des anciens abattoirs de la rue Skulagata, Herbert avait disparu. La porte coulissante était grande ouverte. Le prisonnier avait manifestement fait céder celle du four à coups de pied. La corde avec laquelle il l'avait attaché gisait sur le sol. Ayant été absent presque toute la journée, Janus n'avait aucun moyen de savoir depuis combien de temps Herbert s'était échappé ni de mesurer les conséquences qu'impliquait cette liberté retrouvée. Il ne comprit qu'au bout d'un certain temps qu'il n'était pas raisonnable de s'attarder et s'apprêta à rentrer chez lui boulevard Haaleitisbraut pour y passer la nuit avant d'aller retrouver Erlendur dans les locaux de la police pour faire sa déposition.

Mais il était déjà trop tard. Il n'avait pas perçu assez vite le danger qui le guettait. Alors qu'il se dirigeait vers la grande porte coulissante, il aperçut un homme qu'il ne connaissait que trop bien et qui servait plus ou moins de garde du corps à Herbert. Le Buveur de lait occupait presque toute l'embrasure. En survêtement et chaussures de sport, quelques traces de lait séché sur la lèvre supérieure, il avança dans le fumoir.

Janus recula vers la pièce située à l'arrière du four où se trouvait une fenêtre. Il se précipita dans le fumoir et s'arrêta si subitement qu'il faillit tomber par terre. Herbert était entré par la fenêtre et l'attendait, armé d'une batte de baseball, casquette sur la tête. Il portait les vêtements qu'il avait sur lui quand Janus l'avait enfermé. Noir de suie et de crasse, les cheveux hirsutes sous sa casquette, il avait les mains et le visage en sang.

– *Hey man*, où tu vas comme ça ? demanda-t-il en frappant sa batte au creux de sa paume. La fête ne fait que commencer.

Le Buveur de lait bloquait la porte. Janus était pris au piège.

– Tout est fini, annonça le jeune homme. Je suis allé voir la police pour leur donner les documents que j'ai trouvés dans ta maison. Ils savent tout. À ta place je filerais, ajouta-t-il dans une tentative désespérée de l'effrayer. C'était peine perdue. Herbert le toisait avec un sourire cynique.

– Non, ils ne savent pas tout. Enfin, pas encore, répondit-il. Ils ignorent que tu es déjà mort.

36

Sigurdur Oli, Elinborg et Thorkell attendaient encore Erlendur quand il arriva à son bureau après sa visite chez Eva Lind, peu après minuit. Il ne leur donna aucune explication sur l'heure tardive de son retour et leur présenta immédiatement la pile de documents que Janus avait trouvés. Il précisa que, pour des raisons personnelles, il informerait le chef de la police qu'il devait se retirer de l'enquête.

– C'est quoi, cette lubie ? s'étonna Sigurdur Oli. Comment ça, te retirer de l'enquête ? Qu'est-ce qui se passe ?

– Je vous l'expliquerai plus tard. Pour l'instant, restons-en là.

– Tu ne peux pas renoncer comme ça, reprit son jeune collègue en haussant le ton. C'est quoi, ces histoires ?

Elinborg écoutait sans rien dire.

Erlendur comprit qu'il ne se débarrasserait pas si facilement de Sigurdur Oli. Il lui demanda de le ramener chez lui. Ils rediscuteraient de tout ça le lendemain matin. Ses collègues le regardaient, interloqués. Il prit son chapeau et quitta le bureau. Sigurdur Oli le suivit jusqu'à sa voiture puis ils démarrèrent et roulèrent en silence.

– Tu connais ma fille, Eva Lind, commença Erlendur. Tu connais ses démons. C'est une junkie. Il y a un certain temps que je suis au courant qu'il lui arrive de se prostituer pour acheter sa drogue. Je n'ai même pas besoin de te dire ce que je ressens en y pensant. J'ai essayé de la convaincre de décrocher, mais je n'ai aucun poids. Je suppose que j'arrive trop tard. Comme pour Sindri Snaer.

Sigurdur Oli continuait à rouler sans rien dire en se demandant où il voulait en venir. Comme tous les collègues d'Erlendur, il connaissait sa fille. Tout le monde savait qu'Eva Lind se droguait. On l'avait plusieurs fois arrêtée dans des squats de junkies et Erlendur n'avait jamais demandé qu'elle bénéficie d'un traitement particulier. À sa connaissance, ses collègues n'abordaient pas le sujet entre eux. Erlendur n'en parlait pas non plus, pas plus qu'il ne parlait de Sindri Snaer, de son mariage raté ou de sa vie privée. Jamais. Il lui était arrivé de s'adresser à sa fille dans des affaires mineures pour lui demander si elle connaissait tel ou tel individu suspecté d'avoir volé des ordinateurs, cambriolé une maison ou de s'être rendu coupable de trafic de drogue. Mais c'était inutile. Même si elle était au courant de certaines choses, elle n'en informerait pas la police. Cette fois-ci, sa contribution avait pourtant fait progresser l'enquête.

– Tout ce que je sais, c'est qu'elle nous a bien aidés, souligna Sigurdur Oli.

– J'ai bien peur qu'elle l'ait fait un peu trop, répondit Erlendur. Ils étaient arrivés au pied de son immeuble à Breidholt. Sigurdur Oli éteignit le moteur. Erlendur sortit la photo de sa poche et la lui tendit.

– Elle n'avait que dix-sept à l'époque, reprit-il. Le garçon s'appelle Joel. Il faut essayer de le retrouver. Quant à ce type, tu le connais peut-être. C'est un fonctionnaire haut placé à la municipalité. On le voit parfois à la télé ou dans les journaux. Je suppose que cette photo a été utilisée pour le convaincre d'accorder à Kalmann certaines faveurs sans doute en rapport avec les attributions de terrains constructibles. Je veux que tu la gardes, mais je te demande de ne t'en servir qu'en dernier recours. Si tu ne peux pas faire autrement, essaie de ne pas dévoiler son identité. Tu crois que tu peux faire ça pour moi ?

– C'est ta fille ? Je ne l'aurais pas reconnue si tu ne me l'avais pas dit. Tu dois être désespéré.

– Pas plus qu'elle. Pauvre gamine.

Ils discutèrent un moment dans la voiture et décidèrent d'aller voir Kalmann dès le lendemain matin. D'autres collègues iraient interroger le fonctionnaire présent sur la photo. Sigurdur Oli parvint à convaincre Erlendur de l'accompagner chez Kalmann. Ensuite, il pourrait se retirer de l'enquête.

Sirgurdur Oli se tut un long moment en réfléchissant à la manière dont il allait annoncer à Erlendur ce qui s'était passé avec Bergthora. Il devrait l'en informer tôt ou tard et il valait mieux qu'il l'apprenne de sa bouche.

– À quoi tu penses ? demanda Erlendur.

– À Bergthora, notre témoin du cimetière. Je dois t'avouer quelque chose.

– Quoi donc ?

– Hmm, j'étais chez elle le soir où vous avez trouvé cette boîte en fer dans la maison de Herbert.

– Et ?

– Nous avons dîné ensemble.

– Et tu l'as sautée ?

– Nous avons couché ensemble.

– Tu as sauté notre seul témoin ??

– Rien à voir avec ça. Ce n'est pas la peine de rendre la chose dégueulasse.

– Dégueulasse ! Moi ?

– Je suis amoureux d'elle.

– Mais c'est un témoin, espèce de crétin.

– Je sais.

– Et vous avez parlé des cimetières de Reykjavík ?

– Ah, la ferme !

– Dis plutôt : repose en paix.

37

Le lendemain matin, ils sonnèrent chez Kalmann. Voyant que personne ne répondait, ils sonnèrent à nouveau et entendirent enfin du bruit à l'intérieur. Kalmann ouvrit la porte en peignoir. Les cheveux en bataille, il les regarda en fronçant les sourcils.

– Encore vous ! Apparemment, je ne verse pas de pots-de-vin à la bonne personne dans l'administration, dit-il sur le ton de la plaisanterie en rentrant dans la maison. Erlendur et Sigurdur Oli le suivirent et refermèrent la porte.

– Alors, qu'est-ce que je peux faire pour deux policiers en croisade contre le crime et la corruption ? cria Kalmann depuis le fond du salon, assis, les jambes croisées, dans l'énorme canapé en cuir. C'est drôlement mal élevé de réveiller les gens aux aurores pour les interroger.

– Il ne s'agit pas d'un interrogatoire officiel et vous n'êtes pas inculpé. Cela dit, vous pouvez contacter votre avocat. Nous avons tout notre temps. L'enquête sur le décès de Birta nous conduit une nouvelle fois jusqu'à vous… commença Erlendur, aussitôt interrompu.

– Au fait, quelles nouvelles de votre fille ? Rappelez-moi son nom, lança Kalmann.

Il attendit qu'Erlendur lui réponde. Depuis leur première rencontre, il s'était renseigné sur le commissaire chargé de l'enquête et connaissait désormais son point faible. Il s'amusait de voir son visage se durcir pour ne pas afficher la moindre réaction. Erlendur tentait de faire comme si de rien n'était sans vraiment y parvenir.

– Eva Lind, n'est-ce pas ? Voilà une jeune fille tout à fait intéressante, poursuivit l'homme d'affaires.

– Nous souhaitons vous soumettre quelques noms, intervint Sigurdur Oli, et nous vous répétons que, si vous désirez contacter votre avocat, nous pouvons attendre.

– Justement, l'autre jour, je pensais à elle, éluda Kalmann sans accorder aucune attention au jeune policier. Je ne me rappelle plus exactement pourquoi, mais je me suis brusquement souvenu d'une histoire qu'un de mes amis m'a racontée. Ah, qu'est-ce qu'il m'a dit ? Eva Lind lui achetait des produits, enfin, de la drogue, elle en prend pas mal, n'est-ce pas ? Hélas, elle n'avait pas d'argent pour le payer et quand cet ami lui a demandé comment elle comptait faire…

– Vous siégez au conseil d'administration de la pêcherie Videy, interrompit Erlendur.

– Attendez, laissez-moi finir mon histoire, elle est intéressante.

– Vous détenez la majeure partie des parts de cette société même si seuls les initiés sont au courant, continua Erlendur en haussant le ton, inflexible. Nous avons découvert que cette entreprise a été très active dans le rachat de quotas, surtout dans les fjords de l'Ouest.

– Vous n'aimez pas qu'on vous parle d'Eva Lind ? répondit Kalmann avec un sourire narquois. On m'a dit qu'elle s'applique beaucoup dans tout ce qu'elle entreprend. Et apparemment elle accepte de faire toutes sortes de choses pour peu qu'on les lui demande gentiment.

Erlendur le regarda droit dans les yeux pour bien lui montrer que ses propos ne l'atteignaient pas. Kalmann se tourna vers Sigurdur Oli.

– Vous détenez la majorité du capital de Videy, n'est-ce pas ? reprit le jeune policier.

– Peu de gens sont au courant, répondit l'homme d'affaires, mais je m'intéresse à la pêche depuis une dizaine d'années, ou disons plutôt une quinzaine. Depuis la mise en place du système des quotas. Avant ça, il n'y avait pas moyen de gagner de l'argent dans cette activité. Les imbéciles qui s'opposent à ce système ne le comprendront jamais.

– Vous en avez acheté principalement dans les fjords de l'Ouest, reprit Erlendur. Nous avons découvert qu'en l'espace de quelques années, votre entreprise a acquis des quotas de cette région pour une valeur de deux milliards et demi de couronnes.

– Très intéressant, ironisa Kalmann. Pourquoi vous me dites tout ça ?

– Permettez-moi de continuer et dites-moi si ce que je vous raconte vous parle. Quand on a instauré le système des quotas, l'industrie du bâtiment connaissait une grave crise. Les entrepreneurs faisaient faillite les uns après les autres. Le phénomène a affecté toute l'Islande, mais c'est la capitale qui a été la plus gravement touchée. C'est à Reykjavík que se trouvaient les plus grosses entreprises. L'activité a ralenti et les projets de barrages de la compagnie d'énergie nationale Landsvirkjun ont été annulés quand les investisseurs étrangers ont annoncé qu'ils renonçaient à agrandir la fonderie de Straumsvik et à l'implantation d'autres usines d'aluminium en Islande puisque le cours de ce métal était au plus bas. Les bulldozers étaient à l'arrêt. Une foule d'ouvriers se retrouvait au chômage. Les agences immobilières faisaient faillite. L'industrie du bâtiment tout entière était menacée.

Kalmann le fixait sans rien dire.

– Puis, reprit Erlendur, alors que la crise faisait rage, quelque part à Reykjavík, quelqu'un a eu l'idée de construire de nouveaux quartiers à Hafnarfjördur, Kopavogur et Grafarvogur de manière à rentabiliser les bulldozers à l'arrêt. Des projets immobiliers grandioses avec centres commerciaux, écoles, jolies rues et tout le reste virent le jour. Maisons jumelles, grands immeubles et magnifiques villas. La cerise sur le gâteau, c'étaient ces deux centres commerciaux, l'un à Kopavogur, l'autre dans le nouveau quartier de Borgarholt. Chacun était deux fois plus grand que celui de Kringlan. Qui possède ces gigantesques temples de la consommation ? Qui sont les gens qui vont occuper tous les logements ? D'où viennent-ils ?

Erlendur marqua une pause.

– La seule chose qui manquait dans tout ça, c'était le paramètre humain, reprit-il. Les projets grandioses des entrepreneurs en bâtiment et des spéculateurs immobiliers ne pouvaient voir le jour que s'il y avait des gens pour emménager dans tous ces logements et faire leurs courses dans ces galeries commerçantes. D'où allaient venir ces personnes ? Qui allait emménager dans tous ces logements ? Voilà les deux questions que se posait une gamine complètement droguée qui passait son temps à errer dans les rues de Reykjavík. Vous ne trouvez pas ça étrange ?

Kalmann continuait à sourire.

– Comment s'y prendre pour faire venir des gens ? se demandaient ces grands poètes hommes d'affaires. Puis la solution leur a sauté aux yeux. Il suffit qu'un village perde son quota de pêche pour qu'il se vide. C'est une règle élémentaire. Les gens et les quotas vont de pair. Les campagnes islandaises se vidaient peu à peu depuis la guerre. Il suffisait d'accélérer le mouvement. Les entreprises de bâtiment et les spéculateurs immobiliers se sont dit qu'il fallait trouver un moyen de rendre Reykjavík encore plus attractive. Ils se sont donc attaqués aux quotas. Ils ont investi dans les pêcheries, ont exigé que les transactions concernant les quotas soient entièrement libres et ont accompli ce que personne n'avait jamais imaginé : ils ont vidé les villages des fjords de l'Ouest en privant la population de travail. Les gens n'ont pas compris ce qui se passait. Ils n'avaient aucune chance de comprendre vraiment cette nouvelle donne économique. En tout cas, il est arrivé précisément ce que les magouilleurs de Reykjavík avaient prévu. En l'absence de quotas, le sol s'est dérobé sous les pieds des habitants de ces villages qui, en nombre grandissant, ont préféré venir s'installer dans la capitale plutôt que de végéter là où ils étaient nés. Ils ont abandonné la lutte et tenté de vendre leurs maisons pour acheter un logement ici. Certes, les villages des fjords de l'Ouest se vidaient déjà, ils constituaient donc une cible de choix. Les entrepreneurs n'avaient qu'à accélérer une évolution qui semblait inéluctable. Cette région est très isolée, les pêcheries étaient en difficulté, les pouvoirs publics avaient cessé de les subventionner. Les jeunes voulaient partir à Reykjavík. Tous ces facteurs conjugués faisaient des fjords de l'Ouest une cible de choix.

Erlendur fit une seconde pause. Son collègue et l'homme d'affaires l'écoutaient. Kalmann restait impassible.

– Quand ces villages ont perdu leurs quotas, des centaines de familles sont parties vers la terre promise qu'était pour elles Reykjavík. Tous considéraient qu'il s'agissait là d'une loi naturelle : partout dans le monde, les villes grandissent au détriment des campagnes sans que personne y trouve réellement à redire. C'est le progrès, pense-t-on. Ce n'est que lorsque la situation est devenue catastrophique que les pouvoirs publics se sont décidés à désenclaver la région en améliorant les routes et en perçant des tunnels à travers les montagnes. On commence par priver la population de ses moyens de subsistance puis on construit des routes !

– Je ne vois pas où est le mal, répondit Kalmann. Comme vous le dites, à cette époque-là, des tas de gens venaient s'installer à Reykjavík, il fallait qu'ils se logent quelque part. La ville s'étendait et quelqu'un devait bien construire ces maisons et ces immeubles. En quoi est-ce un crime ?

– Le problème, c'est que vous avez tout orchestré. Il s'agit d'un exode rural organisé, soigneusement planifié par les puissances du capital à Reykjavík. En fait, ces gens ont été forcés de quitter leur région d'origine. Et ce n'est pas fini. Vous écumez toute l'Islande en quête d'autres quotas. Je sais que vous prospectez en ce moment dans les fjords de l'Est. Ma famille à Eskifjördur m'a cité votre nom en disant qu'il apparaît régulièrement chaque fois qu'il est question de rachat de quotas.

– Mon pauvre, vous racontez n'importe quoi, assura Kalmann en laissant échapper un petit rire. Vous êtes en train de me dire que la loi interdit d'être à la fois armateur et entrepreneur de bâtiments ?

– Puis il est arrivé quelque chose, reprit Erlendur. Première hypothèse : l'un d'entre vous a voulu parader devant une gamine originaire des fjords de l'Ouest en disant que ce projet avait réussi au-delà des prévisions. Cet homme s'offre parfois les services de prostituées ou disons plutôt de jeunes filles. Il les aime très jeunes et de préférence sans attache, des filles des rues un peu paumées. C'est un vieux copain avec qui il a autrefois fait de la contrebande qui les lui fournit. Très heureux d'avoir fait la connaissance de cette jeune fille, il a demandé plusieurs fois à son copain de l'envoyer à son domicile. Il payait bien, la gamine était droguée, elle avait besoin d'argent, il lui arrivait de travailler pour le malfrat ami de l'homme d'affaires, qui l'utilisait entre autres comme mule. Elle était l'incarnation de l'exode venu des fjords de l'Ouest. Cet homme n'a aucune famille, il mène une vie ennuyeuse, seul avec sa montagne de richesses. Les belles femmes qu'il rencontre grâce à son pouvoir, son influence et son travail ne l'intéressent plus. Il les préfère différentes, plus jeunes, plus brutes et plus faibles. Je suppose que c'est son côté pervers.

Kalmann ne répondait rien.

– Cet homme a poussé un peu trop loin ses fantasmes sexuels. Quelque chose l'attirait irrésistiblement chez cette jeune fille. Il aimait également la violence. Il aimait la punir, la frapper, lui faire mal. Il a pris des risques, il a joué avec le feu. Parfois, il la tapait un peu fort. Mais comme il payait très bien, elle revenait toujours. Peu à peu, il s'est mis à raconter à cette gamine à quel point il avait été génial. À quel point l'idée qu'il avait eue était un coup de génie. À quel point elle avait bien fonctionné. À quel point il s'était enrichi et continuait à s'enrichir chaque jour grâce à son sens aigu des affaires. Voilà le genre de choses que, ivre de pouvoir, il lui a dites. La gamine n'écoutait sans doute que d'une oreille, d'ailleurs elle avait d'autres choses à penser. Malgré tout, elle a dû comprendre ce qu'impliquait le discours que lui tenait cet homme. Elle en a peut-être même discuté avec lui. Elle l'a peut-être menacé d'aller tout raconter, mais il lui a ri au nez en lui demandant qui la croirait, qui croirait ces élucubrations sur des magouilles de ce genre. Cela dit, cet homme était énervé et, à leur dernière rencontre, il est allé trop loin. Il l'a frappée trop fort, peut-être parce qu'il était en colère à cause de la chose qu'elle lui avait dite. Et il l'a tuée. Peut-être volontairement. Peut-être accidentellement.

– N'importe quoi ! s'exclama Kalmann en regardant tour à tour Erlendur et Sigurdur Oli. Vous racontez n'importe quoi. Vous ne savez pas vous-même de quoi vous parlez.

– À vous de rectifier, répondit Erlendur.

– Bon, vous affirmez que c'est la première hypothèse, quelle est la seconde ?

– L'homme dont nous parlons l'a tuée pour s'amuser. Cela n'avait rien à voir avec cette histoire de quotas, mais avec de la simple perversité.

Ils se regardèrent un long moment.

– Il ne l'a pas tuée, déclara Kalmann. Il rabattit le pan de sa robe de chambre en soie à motif chinois. Son sourire s'était effacé. Au contraire, reprit-il, c'est elle qui l'a assassiné. C'est vrai, l'homme dont vous parlez a quelques points faibles dans le domaine de la sexualité et, en effet, il l'a battue plus fort que d'habitude à leur dernier rendez-vous, mais il y avait à cela une raison bien précise qui n'a rien à voir avec l'exode rural et l'immobilier. La dernière fois qu'ils se sont vus, dans le feu de l'action, elle lui dévoilé son état de santé. Il a très mal réagi, c'est sûr, mais il ne l'a pas tuée. Elle lui a hurlé au visage qu'elle était séropositive et qu'elle avait le sida.

– Et cet homme s'est envolé pour les États-Unis où il a passé un test de dépistage, compléta Sigurdur Oli.

– Il faisait appel aux services de la jeune fille depuis un certain temps et, quand il a compris qu'elle n'avait pas cessé de le voir malgré sa maladie, il a paniqué, empli d'une colère compréhensible. Il a pris l'avion pour les États-Unis. C'était plus facile de se faire dépister là-bas qu'en Islande, c'est un personnage public et il n'est pas souhaitable que cette affaire s'ébruite. Il est donc allé dans une clinique privée. On lui a communiqué les résultats hier par téléphone. Il est séropositif.

– Et c'est pour cette raison qu'il a tué la jeune fille, conclut Sigurdur Oli.

– Pas du tout. Elle était en vie quand elle a quitté son domicile.

38

Janus reprit conscience. Il étouffait tant l'air qu'il respirait était pauvre en oxygène. Ses yeux le piquaient affreusement. Il avait l'impression d'être à nouveau dans la cale du bateau où il avait failli se noyer. Herbert et le Buveur de lait l'avaient presque battu à mort, son corps tout entier était douloureux. Il avait la tête en sang, le visage entièrement tuméfié, les yeux tellement gonflés qu'ils ne pouvait plus les ouvrir, le nez et un bras cassés. Il avait mal au ventre et aux côtes.

Et il lui semblait que ses jambes se consumaient.

Il sombra à nouveau quelques instants puis tenta d'ouvrir les yeux sans y parvenir. L'obscurité le cernait de toutes parts. Il ignorait s'il était allongé sur le sol ou attaché à la verticale. Il essaya de bouger, en vain. Il avait toutefois l'impression de se balancer légèrement, comme s'il était suspendu en l'air, et sentait sous ses pieds une chaleur infernale.

Il avait cru que jamais ses deux assaillants n'arrêteraient. Herbert avait fait pleuvoir sur lui les coups de batte jusqu'à en perdre haleine. Le flot d'insultes déversé par sa bouche s'était alors tari et il était tombé à terre. Le Buveur de lait, jusque-là resté à l'écart, avait pris sa relève. Il s'était déchaîné sur le corps et le visage de Janus qui avait fini par perdre conscience.

Le pire, ce n'était ni la douleur ni cette brûlure intense dans ses jambes, mais cette affreuse sensation d'étouffement. Il avait beau tenter de respirer aussi profondément qu'il le pouvait, il n'y avait presque aucune trace d'oxygène dans ce four. Il avait d'abord cru que les deux hommes lui avaient enfermé la tête dans un sac en plastique et avait tenté de l'arracher, mais il s'était trompé, il n'y avait pas de sac en plastique.

Et ses yeux ! Mon Dieu, comme ils le brûlaient ! Il avait l'impression que quelqu'un essayait de les lui arracher à la petite cuillère.

Il essaya d'appeler au secours, mais aucun son ne sortit de sa bouche. Il respirait l'air saturé de fumée, le happait comme un fou, le happait désespérément et ne sentait rien d'autre que cette brûlure âcre dans sa gorge et ses poumons. Il lui semblait que ses chaussures et ses pieds fondaient.

Avant de perdre à nouveau connaissance, il revit Birta dans son appartement à Breidholt alors qu'elle rentrait de chez Kalmann. Il repensa à ce qu'il avait fait.

Il lui avait dit qu'il savait ce que ça faisait de mourir.

Et en ce moment, il brûlait sans doute dans les flammes de l'enfer à cause de ce qu'il avait fait à son amie.

39

– C’est bizarre qu’il n’ait pas eu conscience du danger, reprit Sigurdur Oli en regardant Kalmann, assis face à lui et à Erlendur dans son peignoir de soie.

– Oh mais si, il en était tout à fait conscient, répondit Kalmann. Le danger faisait justement partie du jeu. Et il ne la pénétrait que rarement.

– Et Birta, qu’est-ce qui lui est arrivé ? s’enquit Erlendur.

– Je ne sais pas si ces choses-là se sont réellement produites, mais c’est la version qu’on m’a racontée. Cette jeune fille que vous appelez Birta a été ramenée de Thingvellir à Reykjavík, un peu secouée, mais en vie. L’homme qu’elle était allée voir là-bas savait qu’elle vivait avec un vieil ami assez peu séduisant, mais extrêmement fidèle. Il n’est d’ailleurs pas exclu que ce dernier ait été amoureux d’elle. Quoi qu’il en soit, Birta était bien vivante quand elle a quitté le chalet. Elle comptait aller chez cet ami d’enfance dès qu’elle aurait trouvé un peu d’héroïne. Plus tard, cet homme avec lequel elle avait eu rendez-vous à Thingvellir a appris qu’elle était morte, probablement assassinée, et que son corps avait été déposé sur la tombe de notre cher Jon Sigurdsson.

– Arrêtez ce petit jeu et cessez de répéter constamment « cet homme », ordonna Sigurdur Oli, dédaigneux. Nous détenons des preuves qui établissent un lien entre vous, Birta et Herbert Baldursson, sur lequel nous vous avons déjà interrogé.

Il sortit le carnet et l'agita devant lui.

– Le document que voici, reprit-il, renferme un certain nombre d'informations très intéressantes. On y trouve les noms de jeunes filles travaillant pour Herbert ainsi que ceux des hommes qui ont fait appel à leurs services, je suppose qu'un idiot comme vous validera ce genre de formulation. Il mentionne également les dates et les lieux des rendez-vous. En trois ans et demi, vous avez rencontré Birta douze fois, la plupart du temps dans votre chalet d'été de Thingvellir et quelquefois ici. Vous avez vu d'autres jeunes filles par l'intermédiaire de Herbert, seuls leurs prénoms sont mentionnés dans ce carnet, mais nous finirons bien par les identifier.

– Le petit carnet à putes de Herbert, répondit Kalmann en regardant le document que Sigurdur Oli tenait entre ses mains.

Il se demanda s'il devait mettre en doute la validité de ces informations et prétendre que ce n'étaient là que les divagations d'un homme qu'il ne connaissait pas, mais qui ne disait apparemment que des conneries et inventait n'importe quoi pour faire chanter les malheureux. Il n'eut cependant pas le courage de démentir. Je veux bien leur laisser ça, pensa-t-il.

– C'est peut-être là ma principale faille. J'apprécie ces gamines. Et surtout Birta, c'était ma préférée.

– Espèce d'ordure, murmura Erlendur en pensant à sa fille.

– Ne vous inquiétez pas, je n'ai jamais couché avec Eva Lind. Ce n'est pas l'envie qui m'en manquait, mais…

Erlendur s'était levé.

– Ne l'écoute pas. Il fait ça exprès pour te provoquer, tempéra Sigurdur Oli.

Son collègue était comme figé. Kalmann était plongé dans ses pensées, les yeux dans le vague.

– Vous disiez l'autre jour ne pas connaître Herbert, observa Erlendur.

– C'est vrai. Je ne le connais pas. Il me procure des filles, voilà tout.

Kalmann garda un long moment le silence. Erlendur et Sigurdur Oli se consultaient du regard.

– Il y avait chez Birta quelque chose qui m'attirait, reconnut l'homme d'affaires. Je ne sais pas vraiment quoi. Elle était, comment dire, tellement perdue. Rien ni personne n'aurait jamais pu l'empêcher de se droguer, ce qui a fini par la détruire. Elle était junkie par la grâce de Dieu. Il y avait là comme une victoire. Ce n'est pas souvent qu'on est témoin d'une volonté d'autodestruction aussi solidement chevillée au corps. Les gens qui m'entourent seraient prêts à s'étriper mutuellement pour obtenir une once de reconnaissance de ma part, un compliment pendant une réunion, une petite prime en décembre, une mission plus intéressante, ou pour être invités à mes fêtes. Et ça ne me déplaît pas, je n'ai pas honte de vous le dire. J'aime voir leurs regards briller. Leur reconnaissance manifeste dans la poignée de main moite qu'ils me tendent. Birta me haïssait, mais je la payais bien. Jamais elle ne m'a témoigné le moindre respect, au contraire, elle s'employait à me montrer à quel point elle me méprisait, à quel point je n'étais à ses yeux qu'un minable pervers. Elle avait peut-être raison. Ce que j'essaie de vous dire, c'est qu'il y avait entre nous une relation d'amour-haine, même si je lui montrais plus d'intérêt qu'elle ne m'en témoignait.

Erlendur et Sigurdur Oli le regardaient sans rien dire.

– Je ne l'ai pas tuée. Il m'arrivait de lui faire mal, mais je ne l'ai pas tuée, poursuivit Kalmann, reprenant ses esprits. Quant à votre petite histoire risible concernant les fjords de l'Ouest et les méchants spéculateurs de Reykjavík, je n'en donne pas cher. Nous ne faisons qu'accélérer une évolution naturelle. Rien de plus. Je ne vois pas en quoi c'est un crime. Ça s'appelle le présent. Nous n'avons plus besoin de tous ces ports de pêche disséminés sur les côtes islandaises. Les gens eux-mêmes n'ont plus envie de vivre dans ces trous perdus.

– Les gens ont envie d'habiter là où ils sont nés, là où ils ont leurs repères, leurs ancêtres et leur histoire, rétorqua Erlendur. Ce n'est pas uniquement une question d'argent. Il s'agit surtout d'être libre de vivre où on veut, et sans que le grand capital intervienne. Sans que soient échafaudés des projets délétères visant à détruire les villages pour que d'invisibles puissants emplissent leurs caisses. Sans que les gens soient privés de leur moyen de subsistance avec le même mépris que celui que vous affichez quand vous dites qu'ils n'ont plus envie de vivre dans ce que vous qualifiez de trous perdus. Ce sont vous et vos copains qui sont responsables de tout ça. Enfin ! Il faut bien trouver des clients pour vos galeries commerçantes.

– Qui donc a décrété que vous étiez la conscience de ce monde ? ironisa Kalmann.

– Vous voulez connaître le fond de ma pensée ? Je crois que vous êtes encore pire que cet imbécile de Herbert qui n'est qu'une ordure dénuée de sens moral et ne comprend rien à rien. C'est un crétin. Vous n'avez pas cette excuse. Vous fonctionnez autrement. Tous vos actes sont calculés et visent à satisfaire votre besoin délirant de voir les autres se soumettre à vous, à votre puissance, à votre richesse, à ce qui fait battre votre cœur un peu plus vite dans votre misérable existence. Vous aimez jouer avec les gens, même si vous en connaissez les dangers. Vous aimez les voir se débattre avec leur peur. Vous savez exactement comment vous y prendre et vous connaissez également le plaisir que vous en retirez. Vous avez fait subir à Birta la même chose qu'aux fjords de l'Ouest. Vous le saviez très bien et c'est pour cette raison que vous preniez autant de plaisir à la frapper.

40

Les habitants du quartier des Ombres s'étonnèrent en voyant de la fumée sortir par la cheminée du dernier bâtiment encore debout sur le périmètre des anciens abattoirs du Sudurland, rue Skulagata. Ils ignoraient que le fumoir était à nouveau en activité, mais se disaient que tout était possible, et cela ne leur semblait pas spécialement suspect de sentir la délicieuse et familière odeur du mouton fumé flotter dans le quartier.

La seule à s'en alarmer fut une femme qui vivait au premier étage d'une maison qui en comptait trois. Elle voyait depuis la fenêtre de sa cuisine la rue Skulagata, les îles, le cap de Kjalarnes et le mont Esja. Elle regardait souvent la télévision tard le soir et se levait rarement avant midi. Elle faisait alors un café, beurrait deux tartines grillées avec du fromage et lisait le journal.

En attendant que le café passe dans la cafetière neuve que sa fille lui avait offerte à Noël et que la bonne odeur emplisse sa cuisine, elle admira la vue par la fenêtre et s'étonna de voir un panache de fumée monter de la grande cheminée de l'ancien fumoir. Elle avait vécu dans cette rue toute sa vie, connaissait tous ceux qui en partaient ou s'y installaient, était attentive au moindre événement et savait parfaitement que les abattoirs du Sudurland avaient transféré l'ensemble de leur activité à l'extérieur de Reykjavík. Cela valait aussi pour le fumage. Elle crut donc que quelqu'un avait mis le feu au bâtiment.

Elle avait également remarqué autre chose. Elle s'était souvent demandé pourquoi le fumoir avait échappé à la démolition à l'époque où tous les bâtiments avaient été abattus à coups de grosses boules d'acier suspendues à des grues avant que les bulldozers viennent charger les décombres sur des camions qui avaient emmené avec eux les soixante-dix ans d'histoire de l'entreprise. Mais elle avait constaté récemment que des travaux allaient enfin commencer. Une énorme grue avait été installée à côté du fumoir, équipée d'une de ces impressionnantes boules. Une pelleteuse et un camion étaient également sur les lieux.

Or, voilà que le fumoir brûlait. C'est sans doute dangereux, pensa-t-elle en décrochant son téléphone sans même réfléchir pour appeler la police. Il lui arrivait souvent de le faire pour se plaindre de tapage nocturne, de gens qui entraient dans son jardin, y compris en plein jour, comme s'ils se croyaient chez eux.

– Allô, il y a un incendie dans l'ancien fumoir, rue Skulagata, annonça-t-elle dès que son correspondant décrocha. Dépêchez-vous. Ils ne vont pas tarder à le démolir.

Le chauffeur du camion, celui de la grue et celui de la pelleteuse discutaient devant le bâtiment qu'ils étaient sur le point d'abattre. Ils avaient eux aussi remarqué la fumée qui sortait de la cheminée. Ils avaient tenté d'entrer, mais la porte était fermée à clef, le lieu était abandonné depuis des années. Ils avaient essayé de regarder par la fenêtre, mais elle était condamnée. Ils décidèrent donc de se mettre au travail.

Le grutier démarra son engin et hissa dans les airs la boule d'acier. Les deux autres l'attendaient. La boule tournoyait à bonne vitesse quand elle heurta le mur sans toutefois l'abattre. Les vieux bâtiments étaient solides, autrefois les gens savaient construire, se dit le grutier. La boule frappa une seconde fois au même endroit, le mur céda. Un gros trou apparut au-dessus de la porte coulissante.

Les deux policiers avaient quitté le domicile de Kalmann en milieu de matinée. Ils discutèrent de la suite des événements quelques instants devant chez Erlendur. La radio de leur voiture branchée sur le canal de la police était allumée, on y signalait des accidents, des problèmes de voisinage, et enfin, le collègue du standard annonça que de la fumée s'échappait de la cheminée de l'ancien fumoir des abattoirs du Sudurland. On supposait que quelqu'un avait incendié le bâtiment abandonné, les pompiers étaient en route.

Erlendur entendit l'annonce. Il continua à écouter Sigurdur Oli qui lui disait qu'à en croire Kalmann, Janus était la dernière personne à avoir vu Birta en vie. Tout à coup, Erlendur fit le rapprochement entre un détail qu'il avait entendu pendant l'enquête et ce que la radio venait d'annoncer.

– La mère de Janus nous a dit qu'il avait travaillé quelque part après avoir quitté l'école, où ça ? demanda-t-il à Sigurdur Oli.

– Je ne m'en souviens pas.

– Ce n'était pas aux abattoirs du Sudurland avant qu'ils soient transférés loin du centre-ville ? Il ne travaillait pas au fumage de la viande ?

– Peut-être. Je ne vois pas où tu veux en venir.

– De la fumée s'échappe par la cheminée de l'ancien fumoir.

– Hein ?

– Janus a bien caché Herbert quelque part. Peut-être là-bas. J'ai senti une drôle d'odeur sur lui quand je suis allé le voir à l'aérodrome Sandskeid. Une odeur de bacon ou de mouton fumé.

Deux camions de pompiers et une ambulance étaient déjà sur les lieux quand Sigurdur Oli tourna sur Skulagata en faisant crisser ses pneus quelques minutes plus tard. C'était une intervention de routine qui ne nécessitait aucune présence policière. La grue s'était immobilisée. La presque totalité de la façade était réduite en miettes : on voyait le grand four et ses trois portes en métal ainsi qu'un véhicule gravement endommagé, garé à l'intérieur du bâtiment. Avant même que son collègue ait le temps de s'arrêter, Erlendur sauta de voiture et se précipita vers le fumoir tandis que les pompiers assemblaient leurs tuyaux et couraient les brancher sur la bouche d'incendie. Il contourna le véhicule endommagé sans écouter leurs cris et entra. Il se mettait en danger. Le bâtiment risquait de s'effondrer.

Erlendur plaça son mouchoir devant sa bouche et son nez, et avança vers les fours. Il poussa la première porte qu'il trouva, mais ne vit que l'obscurité à l'intérieur. Il ouvrit la porte du milieu et sentit une chaleur infernale l'envelopper. La fumée lui brûlait les yeux, il fut pris de violentes quintes de toux. Il sauta à l'intérieur du four. Les braises rougeoyaient sous ses pieds, la chaleur montait du tiroir à travers les barreaux du sol. Il trouva Janus suspendu à un crochet tout au fond du four. Il tenta d'appeler à l'aide, mais presque aucun son ne sortait de sa bouche.

Il se demanda s'il devait détacher Janus ou attendre l'arrivée d'un médecin. Les pieds et les jambes du jeune homme souffraient de graves brûlures. Son pantalon avait été consumé.

– Est-ce qu'on peut le sortir de là pour l'éloigner de la chaleur ? demanda-t-il à Sigurdur Oli qui venait de le rejoindre. Les semelles des deux policiers commençaient à fondre.

– Dans ce cas, dépêchons-nous, répondit son jeune collègue.

Ils le sortirent lentement du four dont ils refermèrent la porte. Janus était immobile. Sigurdur Oli courut à l'extérieur pour chercher un médecin. Les ambulanciers étaient venus seuls. Ils l'accompagnèrent dans le fumoir et éclairèrent le corps suspendu avec leurs lampes de poche, dévoilant une vision d'épouvante.

Le jeune homme avait la tête en sang, ses yeux étaient enfoncés dans les chairs tuméfiées, son visage méconnaissable. La position de son bras droit semblait indiquer qu'il avait l'épaule cassée ou déboîtée. Sa tête retombait mollement sur sa poitrine. Presque tous ses vêtements s'étaient consumés et son corps était parsemé d'importantes brûlures, les plus graves étant aux jambes. Il était attaché à ce crochet par une chaîne qui lui enserrait le torse.

Les ambulanciers appelèrent des renforts. Les pompiers arrivaient un à un dans le fumoir sans y repérer aucun foyer d'incendie. Deux d'entre eux tenaient la lance. Ils allèrent dans la pièce située derrière les fours, mais n'y trouvèrent que de la fumée.

D'autres ambulanciers arrivèrent, accompagnés d'un médecin équipé du matériel adéquat au traitement des grands brûlés. Ils installèrent un escabeau et montèrent décrocher Janus en coupant la chaîne tandis que deux d'entre eux le réceptionnaient. Munis de gants adaptés, ils le placèrent dans un sac réfrigérant puis l'allongèrent sur une civière où le médecin l'examina.

Erlendur et Sigurdur Oli se tenaient à l'écart. Les mains dans les poches, ils observaient les soignants et les pompiers en plein travail. D'autres policiers étaient arrivés, tous se tenaient devant les fours et regardaient, silencieux, le corps martyrisé.

Le médecin cherchait un pouls. Il posa deux doigts sur la gorge de Janus, écouta attentivement dans son stéthoscope. La fumée se dissipait. La lumière de l'été les éclairait à travers le mur effondré.

– Le cœur bat ! s'écria le médecin. Il est en vie. Allez, emmenez-le. Emmenez-le !

Erlendur s'approcha de la civière. Les yeux baissés sur le visage tuméfié, il remarqua que Janus bougeait les lèvres et se pencha vers lui. Son oreille touchait presque la bouche du jeune homme. D'un geste de la main, il intima à tous l'ordre de se taire. Un silence absolu s'abattit.

– Je… veux…

Les mots de Janus étaient à peine audibles.

– Mou… rir…

– Emmenez-le ! ordonna le médecin en poussant Erlendur.

Tous s'écartèrent. Le praticien plaça un masque à oxygène sur la bouche du grand brûlé. Deux ambulanciers soulevèrent la civière et l'emmenèrent au pas de course.

41

Janus survécut. Les médecins le plongèrent dans un coma artificiel pendant un mois, le temps que ses blessures cicatrisent, et il passa deux mois supplémentaires à l'hôpital. Sa jambe droite fut amputée au niveau du genou. La gauche fut sauvée grâce à des greffes de peau et toutes sortes d'interventions. Ses poumons et l'ensemble de ses voies respiratoires avaient été gravement endommagés par la fumée toxique. On considérait qu'il avait eu la vie sauve grâce à la cheminée dont le tirage était excellent même si le fumoir n'était plus en service depuis des années. Les tiroirs des fours situés de part et d'autre de celui où on l'avait trouvé étaient ouverts, ils communiquaient, ce qui avait fait un appel d'air et participé à évacuer la fumée. En outre, les flammes ne s'étaient pas propagées à tout le combustible, dont une partie n'avait pas brûlé.

Erlendur venait régulièrement le voir pendant sa convalescence et lui apportait souvent un petit quelque chose. Il s'installait à ses côtés, tous deux restaient silencieux. Quand Janus était sorti du coma, il l'avait vaguement informé de la progression de l'enquête. Au fur et à mesure que sa santé s'améliorait, ils en discutèrent un peu davantage. Janus expliqua au policier ce qu'il avait fait à Herbert après sa disparition et lui exposa le très mauvais tour que le malfrat lui avait joué. La police avait recherché Herbert tout le temps que Janus avait passé à l'hôpital, il demeurait introuvable. Au bout de douze semaines, Erlendur parvint enfin à convaincre Janus de lui parler de Birta.

Ce jour-là, une aide-soignante avait poussé son lit jusqu'à la salle commune. Erlendur l'avait accompagné. L'automne arrivait. La bise piquante d'octobre balayait les feuilles dans les rues et les allées, le soleil montait moins haut dans le ciel. Erlendur attendait avec impatience les frimas et la nuit presque éternelle de l'hiver qu'il préférait de loin aux jours sans fin de l'été.

L'aide-soignante les avait laissés seuls après avoir placé le lit face à une baie vitrée pour que le convalescent puisse profiter de la vue sur la crique de Fossvogur. Il y avait très peu de patients à l'étage où il était admis à l'hôpital de Borgarspitali.

– J'ai essayé ma prothèse ce matin, dit Janus.

– On fabrique aujourd'hui des membres artificiels d'une telle qualité qu'on aurait presque envie d'en avoir besoin, plaisanta Erlendur.

– Enfin, si on peut dire.

– C'est vrai.

– Des nouvelles de Herbert ?

– Mon collègue Sigurdur Oli me tient au courant, je me consacre à autre chose, ma fille étant impliquée dans cette affaire d'une manière extrêmement déplaisante. Je vous ai déjà dit que Herbert était introuvable. C'est à croire que la terre l'a englouti. La police a interrogé tous ceux qui le connaissent depuis vingt ans, mais ça n'a servi à rien. C'est incroyable, non ? Sa mère, très âgée, est morte d'inquiétude. Apparemment, il n'a pas fui à l'étranger. Il a un oncle commandant chez Eimskip, la compagnie maritime. Nous pensions qu'il l'avait peut-être pris à bord d'un navire pour l'emmener à Bremerhaven ou dans un des ports desservis par la compagnie en Europe. Mais quand nous l'avons interrogé, l'oncle est tombé des nues. Il jure que son neveu ne l'a pas contacté. On a passé notre temps à tenter de vérifier des tas de rumeurs. Selon la dernière en date, il aurait été tué et son corps dissimulé dans les fondations d'un des bâtiments en construction dans le quartier de Grafarvogur. Personnellement, je m'en fiche. Ça ne me gênerait pas de ne plus jamais revoir ce crétin.

– Et son acolyte ?

– La montagne de muscles ? Certains affirment qu'il a pris la relève de Herbert à la tête du marché de la drogue. Il nie catégoriquement vous avoir fait du mal et il a un alibi. Ses copains culturistes disent tous qu'il était à l'entraînement avec eux.

Il y eut un silence. Janus regardait la crique de Fossvogur et la mer.

– Kalmann certifie que Birta était en vie quand elle a quitté son chalet d'été, reprit Erlendur qui, jusque-là, n'avait pas osé mentionner le prénom de la jeune fille dans leurs conversations.

– Et Kalmann et ses manigances ? éluda Janus. Erlendur lui avait parlé de ses soupçons quant aux liens entre les rachats de quotas et l'exode que connaissaient les fjord de l'Ouest.

– Il nie tout en bloc.

– Et la photo ?

– Le fonctionnaire a été muté, non sans mal, en tout cas, il quitte la municipalité.

– Donc il y a bien eu malversations ?

– Pas officiellement et nous ne pouvons rien prouver d'illégal. Chacun est libre d'acheter des quotas. On peut même s'associer et créer une entreprise dont c'est l'activité principale. Si les spéculateurs de Reykjavík veulent le faire, rien ne les en empêche. S'ils veulent vider les villages pour attirer leur population dans les centres commerciaux, ce n'est pas un problème, comme nous l'a expliqué un économiste que nous avons interrogé. Ceux qui rachètent les quotas sont également ceux qui construisent ces galeries. Ce sont eux qui détiennent le pouvoir en Islande. Ils s'en prennent directement aux villages et à la population, mais tout le monde s'en fout.

– Et, comme d'habitude, personne n'est responsable.

– Exactement.

– Donc, Kalmann et compagnie ont gagné.

– Kalmann et compagnie gagnent toujours. Mais ce n'est pas forcément une loi immuable. Ceux qui possèdent les quotas dans les ports de pêche ont le pouvoir de faire changer les choses, s'ils le veulent. C'est entre leurs mains que repose l'avenir de ces villages. Ils doivent agir de manière responsable. S'ils ne le font pas, c'est Kalmann et compagnie qui gagnent.

– Birta a été vengée.

– En effet.

Janus regarda sa prothèse avec un sourire grimaçant.

– Je ne regrette rien. Je ressens parfois des douleurs pires encore que celles que j'ai connues dans ce four, mais elles finissent par se calmer et ça va mieux.

Il demanda à Erlendur de le ramener dans sa chambre.

Désormais chargé de l'enquête concernant Herbert et Kalmann, Sigurdur Oli avait régulièrement rendu visite au jeune homme qui l'aidait comme il pouvait. Les documents qu'il avait trouvés dans la maison de Herbert avaient été très utiles à la police, mais tout n'était pas encore terminé.

Un jour, le jeune policier était venu le voir avec Bergthora. Il lui avait avoué avoir emménagé avec la femme qui avait découvert le corps de Birta dans le cimetière et Janus avait souhaité la rencontrer. Il lui avait demandé de sortir de sa chambre pour discuter seul à seul avec elle. Ils avaient parlé une heure durant tandis que Sigurdur Oli faisait les cent pas dans le couloir en se demandant pourquoi leur conversation durait si longtemps alors qu'ils ne se connaissaient absolument pas.

Bergthora était sortie en larmes.

Sigurdur Oli n'avait aucune idée de ce qu'ils s'étaient dit, mais il ne s'en inquiétait pas. Il savait qu'il finirait par le découvrir.

42

Quelque temps plus tard, Janus remarchait. Un jour, il appela Erlendur, en début de soirée, pour qu'il vienne le chercher au centre de rééducation, rue Grensasvegur. Quand le policier arriva, Janus lui proposa d'aller se promener dans le cimetière de Sudurgata. Bien que surpris, Erlendur accepta sa requête. Il l'aida à monter en voiture et rejoignit le cimetière par le chemin le plus court.

Il s'arrêta devant l'entrée, se gara, deux roues sur le trottoir, ouvrit la portière, aida Janus à sortir puis pénétra avec lui dans le cimetière. Il faisait froid. Erlendur frissonnait. Les arbres plantés sur les tombes étaient nus. Le vent glacé de l'automne balayait leurs feuilles sur la terre. Le cimetière était désert. On entendait le ronronnement de la circulation sur le boulevard de Hringbraut. Ils s'arrêtèrent devant la tombe de Jon Sigurdsson. Janus avança d'un pas pour se tenir à la grille de métal noir qui l'entourait.

Ils restèrent immobiles un long moment. Erlendur regardait la tombe, Janus semblait à des lieues de là, plongé dans ses pensées.

Bientôt, il se mit à lui parler de Birta.

Il était chez lui à Breidholt quand elle était rentrée, tard dans la soirée. Elle avait ouvert la porte avec sa clef, ôté son bonnet et s'était dirigée droit vers les toilettes où elle conservait sa seringue, sa cuillère, son briquet et l'élastique brun qu'elle s'attachait autour du bras, dont elle avait renoncé à se servir depuis quelque temps puisque le creux de son coude ne supportait plus l'aiguille. Elle se piquait maintenant entre les orteils et dans le nombril. Le Buveur de lait l'avait ramenée du chalet d'été et elle lui avait acheté de l'héroïne. Kalmann lui demandait de temps en temps de se piquer en sa présence parce qu'il trouvait ça distrayant. Parfois, cela faisait partie de leurs jeux.

Elle s'était assise sur la cuvette des toilettes, avait fait chauffer l'héroïne dans la cuillère et, quand le produit s'était liquéfié, l'avait aspiré dans la seringue qu'elle avait ensuite plantée dans son nombril où elle l'avait lentement vidée. Le flash avait été immédiat. Ses muscles s'étaient détendus et elle avait retiré l'aiguille.

En arrivant à la porte, Janus avait vu la sérénité envahir le visage de son amie. La seringue était tombée par terre, Birta était assise sur la cuvette, les yeux fermés, les bras et les jambes ballants. Il avait regardé son corps pâle, les bleus et les blessures. Il avait regardé son pull, sa mini-jupe verte, son collant déchiré et les chaussures à semelles compensées dont elle s'était débarrassée. Pour une raison qu'il ignorait, elle aimait se mettre nue chaque fois qu'elle se faisait un shoot. Il n'était pas choqué par sa nudité, Birta lui semblait si fragile. Il avait observé l'épaisse couche de fond de teint sur son visage, le maquillage outrancier de ses yeux et de ses lèvres, gonflées et fendues. Il avait regardé les bleus qui parsemaient son corps blanc et maigre, son épaisse chevelure brune qu'elle n'avait pas lavée depuis des jours. Elle avait également des bleus au cou : Kalmann avait sans doute essayé de l'étrangler.

Elle avait ouvert les yeux.

– J'ai annoncé la mauvaise nouvelle à ce connard, avait-elle dit. Il venait de me pénétrer, je me suis redressée et je lui ai hurlé en pleine figure que j'avais le sida, qu'il était sans doute contaminé et qu'il allait crever. Tu aurais dû voir la tête de cet immonde sadique. Il est devenu complètement fou. Je lui ai dit que je n'avais couché avec personne d'autre que lui depuis que j'ai appris que j'étais séropositive. Si tu avais vu sa gueule. Je me demandais s'il n'allait pas gerber ou se chier dessus.

– Et ensuite il t'a frappée ? avait éludé Janus, qui ne supportait pas d'entendre des vulgarités dans la bouche de Birta. Étrangement, l'information qu'elle venait de lui communiquer ne l'avait pas choqué. Il avait cessé de s'offusquer de ce qu'elle se faisait subir à elle-même et de ce qu'elle infligeait aux autres. Elle était devenue pour lui une inconnue.

– Pas du tout. Il s'est éloigné de moi comme si j'étais pestiférée.

Elle s'était levée de la cuvette, était allée dans la chambre pour s'allonger sur le lit, reprenant presque aussitôt ses esprits, prête à conquérir le monde, remise à cent pour cent. Il l'avait suivie. Il n'avait pas encore pris la décision au moment où il s'était assis à côté d'elle. Puis, tout à coup, elle s'était imposée à lui.

– Pourquoi tu as tout fait pour le contaminer ? avait-il demandé.

– Parce qu'il le mérite.

– Mais tu le condamnes à mort. Birta, tu n'as pas le droit de tuer les gens. Qu'est-ce qui te prend ?

– Je ne vois pas pourquoi tu t'inquiètes. Tu m'as dit je ne sais combien de fois que tu voulais les tuer tous les deux, lui et Herbert. Tu sais tout de lui. Tu sais comment il est. Tu sais le mal qu'il a fait aux fjords de l'Ouest, tu sais comment il se comporte avec les filles, tu sais qu'il a aidé Hebbi à organiser le trafic et le marché de la drogue. Tu voulais le tuer. Tu me l'as dit très souvent. Je l'ai fait à ta place. Mais il ne mourra pas. Ne sois pas si naïf. Les riches comme lui s'en tirent toujours. Il vivra encore de longues années et ne crèvera sans doute que quand il sera devenu une vieille merde. Par contre, il ne m'oubliera pas.

– Pourquoi tu as fait ça ? avait répété Janus.

Birta n'avait rien répondu.

– Pourquoi ?

– Je t'ai déjà dit d'arrêter de me poser tes questions idiotes, s'était-elle agacée. Si tu avais vu la gueule de ce salaud. Je pensais que tu serais content.

– Tu ne peux pas simplement répondre à ma question ? Pourquoi tu refuses d'en parler ? Pourquoi est-ce que tu as toujours refusé d'en parler ?

– Tais-toi.

– Pourquoi tu as sombré dans cette vie de junkie ? Nous sommes pareils. Nous avons le même âge, nous venons du même village. Regarde-moi, je ne fais pas ça. Pourquoi toi, tu es comme ça ?

– Nous ne sommes pas pareils.

– C'est vrai, tu te piques dans le nombril.

– Tu veux que je te dise pourquoi je me shoote ? Tu as vraiment envie de le savoir ? Je le fais parce que ça me donne l'impression d'être quelqu'un. Tu comprends ça ? L'impression d'être une personne ! Quand je me pique, je me sens vivante. C'est comme ça. Et maintenant fous-moi la paix et dégage !

La solution lui était tout à coup apparue. Tout ça devait s'arrêter. Il avait vu Birta se détruire jour après jour depuis deux ans et, quoi qu'il puisse dire ou faire, il était impuissant à lutter contre le désir d'autodestruction qui s'était emparé d'elle. Maintenant qu'elle avait déclaré le sida, elle était de toute façon condamnée, ce n'était qu'une question de temps. Sa pensée avait cessé d'obéir aux lois de la logique. Elle refusait d'aller consulter un médecin, refusait d'aller à l'hôpital et voilà maintenant qu'elle se servait de sa maladie pour se venger. Janus ne voyait pas d'autre issue. Il fallait absolument mettre un terme à tout ça.

– Tu es mon amie ? avait-il dit en attrapant un des oreillers.

– Quoi ?

– Moi, je le suis encore et je le serai toujours. Je veux que tu le saches. Si je fais ça, c'est justement parce que je suis ton ami et que je suis persuadé de te rendre service.

– De quoi tu parles ? s'était enquise Birta, les yeux fermés.

Il lui avait plaqué l'oreiller sur le visage en le maintenant fermement. Birta n'avait d'abord pas réagi puis s'était mise à agiter les bras et les jambes pour se libérer. Elle s'était cabrée, mais Janus avait usé de toute sa force pour l'empêcher de se dégager. Au bout de quelques instants, elle s'était débattue avec moins d'énergie puis avait tout à fait cessé. Janus avait maintenu l'oreiller sur son visage jusqu'à être certain que tout était fini.

Il savait qu'elle était morte, mais percevait encore sa présence dans la chambre. Il la sentait toute proche. Il se rappelait ce que ça faisait de mourir. Il n'y avait ni clarté, ni lumière aveuglante, ni long tunnel, ni chaleur, mais seulement le froid et la nuit. C'est là-bas qu'il avait envoyé Birta. Il s'était redressé sur le lit, les yeux levés, comme s'il s'attendait à la voir flotter au plafond. Il n'avait rien vu.

– Pardonne-moi, avait-il toutefois murmuré.

Il était resté assis sur le lit jusqu'à ce que la présence de Birta se dissipe.

Erlendur avait écouté en silence la confession de Janus qui s'était exprimé à voix basse en faisant régulièrement des pauses. Debout à ses côtés, le policier regardait le vent balayer les feuilles mortes.

– Les roses de la nuit, dit-il.

– Quoi ? demanda Janus.

– C'est à ça que me fait penser la couleur de l'automne dans les arbres, c'est celle de la nuit et de la mort.

Ils se turent quelques instants.

– Je l'ai enveloppée dans une couverture, je l'ai mise dans la voiture et je l'ai emmenée ici, poursuivit Janus. Je n'arrivais plus à réfléchir. Je ne savais pas du tout où laisser son corps. Je voulais que vous la trouviez, mais pas chez moi. Je suis allé avec cette voiture volée jusqu'à l'aéroport de Keflavik pour vous mettre sur une fausse piste. Puis je suis rentré à Reykjavík.

– Pourquoi vous n'avez pas appelé la police ?

– Je suppose que je voulais me venger. Je voulais me venger de Herbert et de Kalmann. Je voulais que quelqu'un paie pour ce que j'avais fait à Birta. Vous ne trouvez pas ça tordu ?

– Je crois que je comprends ce que vous voulez dire. Ma fille… Enfin, non, peu importe.

Ils étaient immobiles dans la brise du soir.

– Vous aimiez Birta ?

– Je crois. Je ne sais pas. Je ne suis pas capable de cerner ce que j'éprouvais pour elle. J'ai essayé de l'aider, ça ne servait à rien. J'ai pourtant fait tout ce que j'ai pu. Et puis, elle avait utilisé sa maladie pour se venger. Elle n'était plus elle-même. Mais ce n'est peut-être pas la principale raison à mon geste. Birta était condamnée. Je ne voyais pas d'autre solution pour abréger ses souffrances.

– Qu'allez-vous faire ? demanda Erlendur après un silence.

– Ça dépend d'un certain nombre de choses, répondit Janus. Je suppose que je finirai par repartir dans les fjords de l'Ouest. Je n'ai rien à faire à Reykjavík. Ce n'est pas chez moi. Et vous, vous comptez faire quoi ?

– Je suis dessaisi de cette enquête.

– Mais la police sait que c'est moi qui ai déposé le corps de Birta ici.

– Vous devriez aller raconter ce que vous m'avez dit à Sigurdur Oli.

– J'ai parfois l'impression de devenir fou. Depuis tout petit, je vénérais Birta parce qu'elle m'avait donné tout ce qu'elle possédait. J'ai essayé de faire la même chose pour elle, mais elle était devenue affreusement égoïste. Elle avait radicalement changé. Elle était la première à le répéter. Elle se rendait sans doute compte de ce qui lui arrivait, mais elle ne voulait pas ou ne parvenait pas à redresser la barre. Je ne comprends pas ça. Je ne comprends plus rien. Je ne comprends pas ce besoin de se détruire.

Ils retournèrent vers la voiture.

– Encore une chose, Janus, reprit Erlendur. Pourquoi avoir déposé le corps sur la tombe de Jon Sigurdsson ? Il y a un lien avec les fjords de l'Ouest ?

– Jon Sigurdsson ?

– Oui.

– Comment ça, Jon Sigurdsson ? répéta Janus.

– Vous ne savez donc pas où vous l'avez déposé ?

– Je l'ai couchée dans les fleurs.

– Vous l'avez mise sur la tombe de Jon Sigurdsson, le héraut de l'Indépendance.

– De l'Indépendance ? J'ai vu plein de fleurs, alors je l'ai allongée là. C'était qui, ce Jon Sigurdsson ?

Ils sortirent lentement du cimetière. Erlendur jeta un regard par-dessus son épaule sur la plaque en cuivre à l'effigie de Jon. Le grand homme semblait les toiser d'un air méprisant. Erlendur haussa les épaules, à nouveau la question résonnait dans sa tête :

Où donc s'est perdue la couleur de tes jours ?

DU MÊME AUTEUR

La Cité des jarres
prix Clé de verre du roman noir scandinave 2002
prix Mystère de la critique 2006
prix Cœur noir 2006
Métailié, 2005
et « Points Policier », n° P1494

La Femme en vert
prix Clé de verre du roman noir scandinave 2003
prix CWA Gold Dagger 2005
prix Fiction du livre insulaire d'Ouessant 2006
Grand Prix des lectrices de « Elle » 2007
Métailié, 2006
et « Points Policier », n° P1598

La Voix
Grand Prix de littérature policière 2007
Trophée 813 2007
Métailié, 2007
et « Points Policier », n° P1831

L'Homme du lac
Prix du polar européen du « Point » 2008
Métailié, 2008
et « Points Policier », n° P2169

Hiver arctique
Métailié, 2009
et « Points Policier », n° P2407

Hypothermie
Métailié, 2010
et « Points Policier », n° P2632

La Rivière noire
Métailié, 2011
et « Points Policier », n° P2828

Betty
Métailié, 2011
et « Points Policier », n° P2924

La Muraille de lave
Métailié, 2012
et « Points Policier », n° P3028

Étranges Rivages
Métailié, 2013
et « Points Policier », n° P3251

Le Livre du roi
Métailié, 2013
et « Points », n° P3388

Le Duel
Métailié, 2014
et « Points Policier », n° P4093

Les Nuits de Reykjavík
Métailié, 2015
et « Points Policier », n° P4224

Opération Napoléon
Métailié, 2015
et « Points Policier », n° P4430

Le Lagon noir
Métailié, 2016
et « Points Policier », n° P4578

Dans l'ombre
Métailié, 2017
et « Points Policier », n° P4730

La Femme de l'ombre
Métailié, 2017
et « Points Policier », n° P4882

Passage des ombres
Métailié, 2018
et « Points Policier », n° P5023

Les Fils de la poussière
Métailié, 2018
et « Points Policier », n° P5093